ALPHAPOLIS
WEB CITY SINCE 2000

ギフト争奪戦に乗り遅れたら、ラストワン賞で最強スキルを手に入れた 1

A L P H A L I G H T

みももも
Mimomomo

アルファライト文庫

登場人物紹介
シオリ
Bランク「図書館」の
ギフトを得た少女。
イツキ
本編の主人公。
Cランクの「洗浄魔法《ウォッシュ》」を得たせいで、
周囲からは「皿洗いの勇者」として
有名になる。
アカリ
SSレアのギフト
「神霊術《シャーマン》」を持ち、
イツキとともに行動する。

ユータ
イツキの存在を目のかたきにする赤髪の勇者。
杖《つえ》突《つき》宏《ひろ》介《すけ》
齢《よわい》八十八の老人。
召喚《しょうかん》された勇者の一人。
ハルト
Sレア「忍者」。
言葉遣《づか》いもギフトにあわせている。

目次

序章　異世界の狭間《はざま》にて

拝啓《はいけい》。
時下ますますご清栄《せいえい》のこととお慶《よろこ》び申し上げます。
突然ですが、皆さんは勇者として異世界に召喚《しょうかん》されることになりました。
戸惑《とまど》っておられるのですね。ええ、ええ。気持ちはよくわかります。
当然ながら「元の世界に帰してくれ」というリクエストにはお応《こた》えできません。
理不尽《りふじん》に感じるかもしれませんが、雷に打たれたようなものと思って諦《あきら》めてください。
代わりに皆さんには、ギフトを授《さず》けたいと存じます。
いわゆる「オレツエー系ギフト」ってやつです。
このギフトがあれば、召喚先でも大活躍間違いなしですよ！
ただやはり、優秀《ゆうしゅう》なギフトは数に限りがございまして……
ということで今回は、ギフトを選ぶのは早いもの順にしようと思います！
大当たりのＳＳＳレアが一点、同じぐらい当たりなＳＳレアも一点。そして、Ｓレアの

ギフトはなんと三点もありますよ！

ギフトの内容は、カードに書いてテーブルの上に置きました。ギフトを決めた人はカードを持って、こちらの門を通り抜けてください。門を通り抜けた時点でギフトが確定し、召喚先の世界へと転送されます。

さあ、ギフトを選ぶのは早いもの勝ちですよ！　急いで、急いで!!

敬具《けいぐ》

……だ、そうだ。

あれは昼頃だっただろうか。

学校帰りの電車の中で突然めまいがして意識を失った俺は、目が覚《さ》めたら知らない空間に立っていた。

今思えば、あの立ちくらみに似た現象こそが、召喚の予兆《よちょう》というやつだったのだろう。

足元に魔法陣が浮かんで……とか、そういういかにもな演出がなかったのは残念だが、まあそんなことに文句を言っても仕方ないか。

転送された異空間には俺以外の人間も大勢いて、半額シールの貼《は》られた弁当を奪《うば》い合うかのごとく「我先に！」とギフトに群《むら》がっていた。ギフトの種類は手に取って見るまでわからないのか、「これでもないこれでもない」と手に取っては投げ捨て、次を拾ってはまた投げ捨てている。まるでギフトがゴミのようだ……

そして俺はというと……そんな様子を眺《なが》めながら、半《なか》ば諦《あきら》めモードに入っていた。

俺の名前は明野樹《あけのいつき》。歳《とし》は十七、高校二年生。

運動神経もイマイチだし、手先が器用なわけでも、何か特技があるわけでもない。

あえて何かあげるとすれば、漫画やライトノベルを結構読むことで鍛《きた》えられた妄想力《もうそうりょく》とか想像力とか……それでも上には上がいるから、大したことはない。小説を書いたこともないし、絵がうまいわけでもない。妄想ぐらいなら誰にでもできるからな。

ついでに言うなら、運もあまりいい方ではない。そういう意味では運任せのガチャみたいなやつじゃないだけ、俺にも勝ち目はあったのかもしれない。だけど、血眼《ちまなこ》になって相手を押しのけてでも目的のギフトとやらに必死になれるような、やる気も気概《きがい》も持ち合わせてはいない。

結果として俺は、こうして傍観者《ぼうかんしゃ》の立場を取ることに。まあ、あれだ。俺なんてのはあいったやる気に満ちた陽《よう》の者と比べたら、それこそ路傍《ろぼう》の石みたいなものなのだろう。

自分で言ってて悲しくなるが。

それにしても、リア充っぽい若者や堅物《かたぶつ》そうなスーツを着たおっさんまでギフトの争奪《そうだつ》戦《せん》に参加しているのは、見ていて少し意外な感じがする。

いかにも「アニメなんて興味ないです」って風貌《ふうぼう》の、いわゆる表の世界の住人たちが必死になっているのを見せつけられて、俺みたいなオタクの代表みたいな立場の人間は逆に尻込《しりご》みをしてしまうというか。

……でも多分、俺みたいな落ちこぼれと世にはびこる勝ち組との違いは、今みたいな大事な局面をしっかりと見極《みきわ》めて、そこで人目も気にせず本気になれるかなれないか――そんなところなのかもしれないな。

勝つために必死になれるからこそ強い力を手に入れて、それで世界の上位に収まっていくわけだ。つまり、俺は戦いに参加する資格すら持っていなかったということか。

……まあでも贈り物《ギフト》というぐらいなのだから、最低ランクでも役に立たないことはないだろう。

できれば召喚先でちょっとした有名人になれるぐらいの有能スキルではあってほしいが、逆に言えば俺はそれでも十分だ。

元の世界に未練があるわけでもないし、召喚先の世界で自分が勇者になるなんて、俺には想像もできない。

なんかパッとしないけどちょっと珍《めずら》しいぐらいの能力を手に入れて、それで悠々自適《ゆうゆうじてき》にスローライフを……ってのも悪くなかろう。

続々と、ギフトを選んだ人たちがゲートのような門をくぐって姿を消していくのを眺めていると、人込みを抜けて一人の女性がこちらに向かって歩いてきた。制服を着ていて俺と同年代のようだから、女子高生なのだろうか。

「やあ、君はギフトを選ばないのかい？」

「まあ俺は……って、誰だ？　知り合いじゃないよな？」

「私？　名乗るほどでもないけれど、要するに君と同じ召喚者ってやつだよ。次の世界では勇者になるつもりだから、顔だけでも覚えておいてね！」

「だったらこっちも名乗らなくてもいいよな。……で、俺に何の用だ？」

「いやいやだから……もしかしてさっきのアナウンスを聞いてなかったのかな？　ぼーっとしてると、優秀なギフトはなくなっちゃうみたいだよ？」

「そういうお前はいいのかよ。こんなところで俺みたいなのを相手していて……」

「私？　私は大丈夫。ほら、私のギフトはもう確保してあるからね！　見てよ、たまたま手に取ったのがSSレアだって！　すごいでしょ」

　ほらみろよ。結局世の中はこういう人間が勝ち抜くようにできているんだ。

「……ちゃっかりしてるな。なるほどそれで『次の世界の勇者』ってわけか。だったら俺はこのままいけば、次の世界ではホームレスにでもなるだろう。せめて顔だけでも覚えといてくれ。んでもって、もし向こうの世界で出会ったら、そのときは施《ほどこ》しでもしてくれ。現金でもいいし、レアアイテムでも構わんぞ」

「君、面白《おもしろ》いことを言うね！　いいよ、わかった。だったら、勇者《わたし》のパーティーで荷物持ちぐらいさせてあげるよ！　……さあ、そんなことを話している間に、他の人は全員選び終わってる。残っているのも、君の分のギフトだけみたいだね。私は先に召喚先の世界に行ってるから！　んじゃ、またね‼」

「……騒《さわ》がしい女だ」

いきなり声をかけられたので適当に話を合わせていたら、いつの間にか周りは静かになっていた。

あの女も光り輝くゲートを通り抜けてからは気配が消えた。

残されたのは、俺一人。みんなが群がっていたテーブルに向かうと、ギフトの内容が書かれているカードが一枚だけ残されている。

残り物には福があるなんてことわざがあるが……まあ期待はできないだろうな。

スキル名：洗浄魔法《ウォッシュ》

スキルランク：Cランク

概要《がいよう》：指先で触《ふ》れた場所を少しずつ綺麗《きれい》にする。

手に取って確認すると、俺に残されたのは掃除用のギフトだった。

効果は汚《よご》れを落とすこと。戦闘に使えそうにないというだけでなく、効果範囲も指先だけ……と。
想像以上に汎用性《はんようせい》のないスキルでびっくりしてるけど、まあいいや。
俺がそんなことを考えていたら、突然、どこかからファンファーレが聞こえてきた。
パパパパーン！
おめでとうございます！
最後に選ばれた方には素敵なラストワン賞がございます！
おまけのギフトをお受け取りください！

スキル名：聖剣《ぶ》／魔《き》剣召喚
スキルランク：ラストワン
概要：聖剣及《およ》び魔剣の召喚が可能（時間制限あり）。召喚可能な時間は召喚者のレベルに応じて変化する。召喚者のレベルが1の場合、十秒間の召喚が可能。十秒経過で自動的に消滅《しょうめつ》し、任意のタイミングで消滅させることも可能。消滅後は、召喚者のレベルに応じた時間だけ再召喚が行えない。召喚者のレベルが1の場合、召喚時間一秒につき三十分再召喚不可。聖剣と魔剣は別枠扱《べつわくあつか》いとなるため、同時に召喚が可能。聖剣消滅直後に魔剣を召喚することも可能。聖剣召喚時、聖剣を持つ人間は『スキル：聖化』が発動し、聖人と同等の神聖力適性を獲得《かくとく》する。魔剣召喚時、魔剣を持つ人間は

『スキル：魔化』が発動し、魔族と同等の魔力適性を獲得する。聖剣スキル……

ファンファーレとともに現れたもう一枚のカードを手に取って確認すると、そこには紙面を埋《う》め尽《つ》くさんばかりの説明文が書いてある。

なんだこれ、おまけってレベルじゃない……

第一章　冒険の始まり

「おおっ！　これでついに、すべての勇者様が揃《そろ》いましたな！」

ゲートを通り抜けると、そこはまばゆいぐらいに明るい空間で、目をしばしばさせながら周りを見れば、どうやらさっきの空間にいた人は全員ここに集合しているみたいだ。

足元を見ると、魔法陣の残光がある。ということは、俺たちをこの世界に召喚した連中がこのあたりにいるのは間違いないだろう。

落ち着いて周囲を見渡してみると、元の世界には戻れないと説明されているにもかかわらず、悲観的《ひかんてき》な顔をした人はあまりいないように見える。もしかしたら、誰しも「新しい世界への旅立ち」を潜在的《せんざいてき》に望んでいたのかもしれない。

「それでは最後の勇者様、まずはあなたのギフトを教えていただけますかな？　先に来たものたちからはすでに聞いておりますので」

先ほども声を上げた、魔術師のようなローブを着た老人に声をかけられたが、どう答えるべきだろうか。

おまけでもらったギフト《チート》のことまで話すべきか、それとも今は黙《だま》っておくべきか。

正直《しょうじき》、全てを話すのは気が進まない。強い力を持っていることを知られたら戦場に放り込まれかねないし、最悪の場合は国から危険な敵と認定されてしまう恐れもあるような。なんて、さすがに妄想が過ぎるか。

しかし、秘密にしていたことがバレたら、それはそれで面倒なことになりそうな気もする。やはりここは素直に話しておくことに……

「おい、早くしろよ！　お前のギフトは洗浄魔法だろ！　最後の二つから選んだのは俺だ。お前には一つしか残っていなかったはず。どうせこの世界の役には立たない雑魚《ざこ》スキルなんだから、もったいぶらずにとっとと話せよ！」

今まさにそのことを話そうと思っていたのに！　誰かと思ったら小学生ぐらいのクソガ……お子様が偉《えら》そうに。

まあ否定はできないけど！　そういうお前は俺の次に弱いスキルなんだろ？　なんでそれで偉そうなことを言えるのか……

「……勇者様、彼の言っていることは本当ですかな？」

「ええまあ、概ね間違っていません。私のギフトは洗浄魔法という、触れたところを綺麗《きれい》にするスキルのようです」

「そうですか。かしこまりました、情報提供ありがとうございます」

俺が「洗浄魔法です」と言った瞬間にこのジイさん、目に見えてがっかりしやがった。

確かにこっちのギフトは戦闘の役に立たないギフトだし、世界を救おうとしている人からしたら意味がないのかもしれないけれど、せめてそこはもう少し大人の対応をだな。

そうだ。後方で衛生管理とかの支援《しえん》をする人がいて、初めて人は前線で戦えるんだぞ！

なんてそれっぽいことを思ってみたり。まあ口には出さないが。

「それでは全ての勇者様が揃いましたので早速、僭越《せんえつ》ながらわたくしから説明をさせていただきます。皆様をこの世界の勇者としてこの場に召喚したのは我々、王宮の魔術師団でございます。我々は神々の力を借りて皆様を召喚したのですが、その目的とはまさしく魔王の討伐《とうばつ》でございます！」

このあたりはなんていうか、大体想像通りだな。わざわざ勇者を召喚する理由としては、戦争とか魔王討伐とかが定番だからな。

「我々の世界は、魔王によって滅《ほろ》びを迎《むか》えようとしております。そこで皆様には、勇者として魔王と戦っていただきたい。我々はサポートをさせていただきます。必要なものがあればなんでもおっしゃってください。限度はありますが、可能な限りお手伝いさせていただきますぞ！」

それは……俺みたいな清掃スキルを持っている人にまで有効なのだろうか。望み薄だとは思うが、そのうちダメ元で頼《たの》んでみようかな。

「さて、それでは勇者様がたには早速魔王討伐の準備をしていただきたいのですが、その前に我々から皆様に最低限の旅の必需品《ひつじゅひん》を進呈《しんてい》させていただきます。どうぞお納めください！」

そう言ってジイさんが手をパンパンと打ち鳴らすと、扉が開いてメイドや執事《しつじ》が次々と入室してくる。

どうやら担当があらかじめ決められているようで、勇者一人につきメイドか執事が一人ずつ、鞄《かばん》が載《の》せられたお盆を両手で持った状態でやってくる。

俺の前に立ち止まったのは、まだあどけなさの残る幼いメイドさんで、若干《じゃっかん》頼りないような気がする。

幼メイドもお盆に載せた鞄を持っているのだが、なんか汚れているというか、中古品のように見えるのは気のせいだろうか。

改めて他の勇者の使用人たちが手にしている鞄を見ると、新品らしきものもあれば、少しくたびれたものもある。

ちなみに、俺のギフトの内容を暴露《ばくろ》した少年君の目の前にいるのは、年をとりすぎたおじいさんで、鞄も俺のほどではないがかなりぼろくなっているようだ。

つまり、この時点からすでに王宮による差別は始まっているのだろう。まあ、これだけの人数の装備《そうび》やら何やらを用意するのは大変だろうから仕方ないのかもしれないけれど、これでは先が思いやられるな……

「はい、どーぞ！　ゆーしゃさま、頑張《がんば》ってくださいね！」

「はいどーも。ありがとね」

「きゃー！　ゆーしゃさまに声かけてもらいました、きゃー！」

女の子は俺に鞄を渡してそれだけ言うと、恥《は》ずかしそうに顔を隠《かく》して走り去ってしまった。

他の勇者たちも同じように鞄を渡されていたのだが、渡すだけ渡して逃げたのは俺の目の前にいた幼メイドだけだった。

仕方ないので、隣《となり》で説明しているメイドさんの話に耳を傾《かたむ》けると……「私はあなたの専属メイドとなります。困ったことや、わからないことがあったら聞いてくださいね」とのことらしい。

要するにアドバイザー的な役割で、俺の場合は、あの幼メイドがアドバイザーってことになるようだ……

「皆様、鞄は行き渡りましたかな？　それではまずは、鞄の中に一枚のカードが入っているので、取り出してご確認ください。そちらはステータスカードという、召喚者に限り登録と使用が可能な魔道具で、その名の通り登録したもののステータスを表示できる機能を持っておりますぞ！　試《ため》しに取り出してカードに向かって『ステータスを確認したい』と念じてみてくだされ！　それで登録も完了いたします！　初めのうちは苦労するかもしれませぬが、伝承《でんしょう》によればすぐに慣れるらしいので、今のうちから練習しておくとよいですぞ！」

ステータス確認と聞くだけで内心ワクワクしてしまう俺もいる。つっても、現時点で表示されるのは残念ギフトとラストワンギフトの二つだけなんだろうけどな。だって、まだレベル上げとかしてないし。

まあでも一応、念のために確認だけはしておくか。えっと、カードに向かって……ステータス確認、ステータス確認、ステータス確認！　……ああ、やっと表示された。

カードを確認してみると、プラスチックのような半透明《はんとうめい》なカードに赤い文字で俺のステータスが記載《きさい》されている。

明野樹
年齢：17
レベル：1
ギフト1：洗浄魔法

ギフト2：聖剣《ぶ》／魔《き》剣召喚

やはりこれは、うかつに他人に見せない方がいいだろう。「ギフト2」の部分は特に。

カードに向かって「消えろ」と念じたら、今度は一発で非表示になってくれたが、これはたまたま時間切れで非表示になったのか、それとも俺の念が通じた結果なのかは定かではない。まあどちらでもいいか。

とりあえず今は、カード《こいつ》は鞄の中にしまっておこう。

「確認していただけましたかな？　さて、長々と説明ばかりしていても仕方ありませぬな。気になることがあったらメイドや執事に尋《たず》ねてくだされ。それではこの場は解散としましょう。皆様の健闘《けんとう》を祈っておりますぞ！」

最後にそう言葉を残して、説明を行なっていたジイさんは出口から退出していった。

残されたものたちはすでにあちこちで「俺と一緒に旅に出ないか？」みたいなナンパまがいの会話を繰《く》り広げている。まったく、お盛《さか》んなこった。

だが俺は興味ない（強がりで言ってるわけじゃない！）から、こんな場所は早々に退出することにしようかな……

◇

「おや、お早い出立《しゅったつ》ですな。勇者様は仲間を集めなくてもよろしいのですかな？」

「いや、わかってるでしょう。俺みたいな見えてる地雷《雑魚ギフト》を仲間にしようなんてやつがいないことは。それよりもジイさん、聞きたいことがあるんですが」

扉から外に出ると、さっきのジイさんがベンチに座って休んでいたので、とっ捕《つか》まえて色々聞いてみることにした。

とはいえ、このジイさんは俺のギフトのことを外《はず》れだと思い込んでいるだろう。だから、いきなり「レベル上げに効率のいい狩場《かりば》はどこか」などと言わずに、「安全にレベルを上げられる場所がないか」と聞いてみることにした。

そうだな。ギルドとかでクエストを受けて、金や経験値を稼《かせ》げるシステムだったら助かるんだが……

「レベルを上げるというのは、つまり戦いの訓練を積《つ》みたいということですかな？　この国でも戦いの達者《たっしゃ》なものは、この街を出て東へまっすぐ進んだ場所にある魔物の森で訓練しているという話をよく聞きますぞ。ですがあなた様の場合、それはやめた方がよいでしょう。ハハッ、皿洗いなど、わしにでもできますのじゃ！　おっと失礼！」

いや、笑いながら言ってるけど、本当に失礼だからな？

「……じゃが、森の外に湧《わ》き出る程度の魔物であれば、子供でも危険はほとんどありませんの。まずはそのあたりで剣を振るう練習でもしてみるのはいかがかな？　まあそれだけで簡単に強くなれるとは到底思えませぬが」

この反応を見た感じ、もしかしたらこの世界では、レベルという概念《がいねん》はあまり一般的ではないのかな。確か「ステータスカードは召喚者にしか使えない」と言っていたし、レベルが上がったとしても、この世界の人たちはそれを確認する方法がないのだろうか。ということは、少し聞き方を工夫する必要があるのかもしれないな。

「そっすか。ちなみに、皿洗いをするだけで強くなれるとか、そういうことはないんですか？」

「何をおっしゃる、そんな便利なことがあるわけないでしょう！　ですが、お金を稼ぐ必要はありますな。大抵の商会にはクエストボードというものが置いてあり、そこで仕事を受けることができますのじゃ。お渡しした支援金がなくなる前に、安定して稼げるように努力はした方がいいのかもしれませぬ」

「そりゃそうか……まあ、ありがとうな。とりあえず色々試してみることにするよ」

「安心せよ、本当に路頭《ろとう》に迷《まよ》うようなことがあったら、王宮でわしの弟子《でし》として雇《やと》ってやるわい！　そのときは衣食住ぐらいは確保してやった上でこき使ってやるから、今は安心して色々なことに挑戦してみるのじゃ！」

ジイさんはいきなり態度を変えてきた。だが、これはこれで悪い気分はしない。それにこれなら、俺も遠慮《えんりょ》はしなくてもいいだろう。

「ジイさんの助手なんか、こっちから願い下げだ。意地でも稼げるようになってやるからな！　見てろよ、クソジジイ」

「誰がクソジジイじゃ！　これでもわしはこの国でトップクラスの魔術師なんじゃぞ！　普通なら『弟子にしてくれ』と頭を下げられる立場なんじゃぞ！　おい、聞いておるのか？　よいか、困ったら悪事に手を染《そ》める前にまず、必ずわしのところに来るのじゃぞ！　わしの下で働くのが嫌《いや》というのなら、この城の厨房《ちゅうぼう》でもどこでも、仕事を紹介してやるからの！」

そんなアフターサポートがあるなら、異世界召喚も悪くないのかもしれないな。

まあ、俺はともかくとして、俺につられて強力なギフトを持っている他の勇者たちが犯罪集団に入るのを防ぎたいという思惑《おもわく》があるだけなのかもしれないが。

そして、運よくいい情報も聞けた。魔物の森か……。いかにもそれっぽい名前だし、強力な魔物とかも出るのかもしれない。久しぶりにワクワクしてきたぞ。とはいえ、まずはこの街の近くで出てくる弱い魔物を倒しながら、コツコツレベル上げをしないとな。

「それじゃあ、俺は行くよ！　またな、ジイさん！」

「まったく……気をつけるのじゃぞ。くれぐれも無茶はせぬようにな！」

ジイさんに別れを告《つ》げた俺は、王宮の庭で仕事をしていた庭師に魔物の森がある方角を聞いて、そのまま多くの人々で賑《にぎ》わう街を素通りして、街の巨大な門も通り抜けて、街道《かいどう》に出た。

この街道をまっすぐ進めば魔物の森にたどり着くらしいが、今回はそこまで行く気はない。今日はこのあたりで出現するという、いわゆる雑魚《ざこ》モンスターを倒してみようかな。

とりあえず素手《すで》で戦うのは無理があるから、どこかで武器でも仕入れようかと思っていた。そうしたら、街の門を通り抜けるときに「どうぞ勇者様、お好きな武器をお使いください」と守衛《しゅえい》に勧《すす》められた。

勇者のために用意されたのであろう、剣や槍、弓矢にこん棒まで、一通りの武器があった。俺はとりあえず使いやすそうな短めの木剣《ぼっけん》と、魔物の解体に便利だという小型のナイフを受け取っておくことにした。

いかにも武器武器しい刃物を持ち歩くのは怖《こわ》いし、下手《へた》したら俺自身の体が傷つきそうだし。まずは殴《なぐ》っても使えるような武器で、戦い自体に慣れる必要もあるしな。

ちなみに守衛によると、このあたりで出現するのは基本的に苔団子《こけだんご》と呼ばれる魔物だけで、討伐することができれば苔の塊《かたまり》というアイテムが手に入るらしい。

守衛に感謝を告げて門を抜け、街道を歩いていると、道から少し離《はな》れた位置にマリモのような巨大な苔の塊《かたまり》がのそのそと動いていた。近づいてみれば、身長が百七十センチ以上ある俺でも見上げなければならないほどでかいのだが、動きは鈍《にぶ》い。そして、いつまで経《た》っても俺に襲《おそ》いかかってくる気配はない。

「これが、話に聞いた苔団子で間違いなさそうだな。まさに名は体《たい》を表すってところか。さて、じゃあ試しに……まずは木剣で一刺ししてみるか！」

思い切り木剣を突き刺してみると、弾《はじ》かれるような感覚は一切なく「ボスン」という気の抜けた音とともに中に入っていった。そのまま上下に動かそうとしても、絡《から》まっているのかうまくいかないが、引いてみたら簡単に引き抜くことができた。もちろん、それだけでこの苔団子を倒せるわけではなさそうだが……

「あのジイさん、『危険は少ない』とは言ったが『倒せる』と言わなかったのは、そういうことか」

試しに木剣を振り下ろしてみるが、今度は「ポヨン」と弾力のある音で弾かれてしまう。ならばということで、解体用のナイフを使って切り落とそうと頑張《がんば》ってみるも……ちゃんと刃は入るのだが、切れ目を入れた瞬間から再生が始まってしまうため、結局うまく切り落とすことができなかった。だめだこりゃ。

「仕方がない、できれば魔物の森まで温存したかったんだが……ラストワンを試してみるか。えっと、スキルの発動方法は……」

聖剣を召喚する方法なんて聞いてもいないが、ステータスカードの表示と同じ方法で行けるだろうか。試してみる価値はあるかもしれない。

聖剣、聖剣、聖剣、聖剣……聖剣！

強く何度も念じていると、やがて右の手のひらの上にぼんやりとした光の粒《つぶ》が見えるようになってきた。

「これは……剣？」

試しに光の粒を握《にぎ》り込んでみる。すると、突然何かを握った感触《かんしょく》がした。手のひらを見ると、精緻《せいち》な飾《かざ》りのついた剥《む》き出しの剣が現れていた！

重たい剣を手にしたはずなのに、なぜか体は逆に軽くなる。今ならその場でジャンプするだけで五メートルは飛べそうだ。

視覚や聴覚《ちょうかく》なんかの五感もかなり鋭《するど》くなっているみたいで、苔団子の細かい苔一つ一つの様子まで見えるし、ここからかなり離れている街の人たちの話し声までなんとなく聞こえてくる。

そういえば、ギフトの説明のところに「剣を握っていると聖人になれる」みたいなことが書いてあった気がするが、それの効果だろうか。

しかし、のんびり検証《けんしょう》している時間はない。というのも、この剣を握り込んだ瞬間から、俺の視界の右上に10、9、8……とカウントダウンが表示されているから。

なるほど、これが時間制限のメーターなのか。わかりやすくて助かる。だが今はこの剣で苔団子を攻撃するのが最優先だ！

「食らえ！　えっと、聖剣突き！」

剣に触れた苔団子は一瞬にして消し飛んで、残されたのは小さく光り輝く苔の塊《かたまり》だけだった。そして同時にカウントダウンのメーターがゼロになり、聖剣の感触が右手から消滅した。代わりに、視界の右隅《みぎすみ》には２９９という数字が表示されている。

確か説明だと、一秒につき三十分使用不可能になるんだっけ。ということは、今俺は十秒丸々使ってしまったから三百分、つまり五時間は聖剣の再召喚ができないわけか。

え、それってもう今日は使えないと思った方がいいんじゃないか？

パパパパーン！

苔団子の落とした苔の塊《かたまり》を拾って鞄に入れようと腰をかがめると、突然頭の中にファンファーレが鳴り響《ひび》いた。

何事かと思ったが、試しにステータスカードを確認したら、レベルの欄《らん》が３になっていた。どうやら、これだけで早速レベルが上昇したようだ。

ちなみに右上のカウントダウンは、レベルが上がってリセットなんてことにはならないみたいで、相変《あいか》わらず２９９と表示されている。

でもなんだ、レベル上げって思ったよりも簡単じゃないか。……ギフトさえ自由に使えればの話だけど。

その後、せっかくだから「魔剣の方も試してみよう」と思って街道を歩き回ることにしたのだが、なかなか苔団子には出くわさなかった。

正確には、一体や二体が点在していることはあったのだが、時間制限のある武器を使うこちらとしては、もう少し密集《みっしゅう》してくれていた方がありがたい。

そんなわけで、結構長い間あちこち走り回っていると、運よく四体の苔団子が密集しているのを見つけたので、今度は一度の魔剣召喚で十秒のうちに四体倒すことに挑戦する。

息を整《ととの》えて魔剣を召喚し、一息の間に四回剣を振り回すと、無事に四体の苔団子を倒すことができた。ただ、剣を振り慣れていないこともあって、余裕がある感じではなく、ギリギリ間に合ったようなものだった。

せっかく強いギフトを持っていても使いこなせないのではもったいないし、今後は剣を振る練習とかもしてみようかな……どう考えても付け焼き刃にしかならないだろうけど。

四体の苔団子を追加で倒したおかげで、レベルは5まで上がったが、同時に俺はあと半日近く、本当に皿洗いしかできない勇者になってしまったことになる。

それにしても、最初に苔団子を倒したときはそれだけでレベルが3まで上がったのに、今度は四体倒しても5までしか上がらなかった。当たり前といえば当たり前なんだろうけど、レベルが上がるほど必要な経験値が増えて、同じ敵を倒してもレベルが上がりにくくなるようだ。

苔団子が密集している場所を探《さが》すのに結構時間がかかってしまったので、たった五体の苔団子を討伐しただけなのに、気がついたらすでに日が傾きはじめていた。

視界の左隅には２９９という魔剣再召喚までの時間が新《あら》たに表示され、右隅の数字は２１８まで減《へ》っている。３００から引くと、八十二分。

このタイマーを信じるなら、どうやら気づかないうちに一時間以上経っていたみたいだな。

「さて、それじゃあさすがに、そろそろ街に戻るか！」

苔団子を求めているうちに、魔物の森の手前まで来てしまっていたようだ。ここから街までは結構距離《きょり》があるが、だからといってこんな場所で野宿するわけにもいかないから、速足で街まで戻ることにしよう。

レベルが上がったおかげなのか体力も増しているらしく、以前の俺だったらとっくに音《ね》を上げているような距離を歩いているにもかかわらず、まだ余裕があるのはありがたい。

途中で苔団子が五体密集していた気もするが、もう魔剣も聖剣も使えないのだから、気づかなかったことにしよう。

そんな感じで十分ぐらい、結局途中で小走りを交えたりもしながら移動を続けると、ようやく街の明かりが見えてきた。

振り返るとちょうど日が沈《しず》むタイミングで、綺麗《きれい》な夕焼けが見えたけど、感動しているような暇《ひま》はない。とっとと街に戻って飯と宿を探して、のんびり休むための準備をせねば。てか常識的に考えればそういうのは普通、旅に出る前に手配しておくものなのかもしれないが。

まあ俺もなんだかんだ言って、異世界の冒険ということではしゃいでいたのかもしれないな。

「おや、おかえりなさいませ。お待ちしておりましたよ、勇者様！」

出発したときの門をくぐって街に戻ると、昼間と同じ守衛がそこにいた。

「ああ、あなたは昼間の。まだお仕事終わらないんですか？　お疲れ様です……」

「いえいえ、もうじき交代の時間なのでお気になさらずに。どうでした？　苔団子には出会えましたか？」

「はい。なんとか五体、倒すことができました。あ、そうだ。木剣とナイフをお返ししますね」

「これはどうもご丁寧《ていねい》に。たったこれだけの時間で五体も倒されたのですか！　さすがは勇者様ですね！」

確かに、聖剣や魔剣がなければ倒すことなどできなかっただろうけど、まあ「勇者だから」ってことにしておけばいいか。

「はい。勇者にはギフトという便利なものがありますから……ところで、これから夕食を取ろうと思っているのですが、オススメの店とかありますか？」

「そうですね……やはり人気《にんき》があるのは大通りの飲食店でしょうか。お酒が美味《おい》しいお店なのですが、料理の方も絶品《ぜっぴん》です！　街に入って一番大きな通りを王宮に向かって歩いていればすぐに見つかるはずですが、もうじき混みはじめますので、急いだ方がいいですよ！」

「ありがとう！　助かったよ！」

「いえいえこちらこそ、お役に立てたようで何よりです！」

もしかして、この世界には親切な人が多いのだろうか。この守衛もそうだし、王宮魔術師のジイさんも色々気を遣《つか》ってくれてるしな。

突然この世界に召喚されたときは「第二の人生を楽しめればいいか」ぐらいに考えていたけど、親切にされたら返してやりたくもなる。まあ、ほどほどにではあるけれど、この世界のためになら戦ってやってもいいかな……なんてな。

本当に魔王と戦うような仕事は、ＳＳＳレアのギフトを引き当てた、顔も知らない別の勇者に任《まか》せておけばいいとして。俺はその裏で、魔王軍とかそういうのから街を守る感じの美味《おい》しいポジションに……。なんて、ここまで行くとさすがに取らぬ狸《たぬき》の皮算用《かわざんよう》と言われそうだが。

◇

守衛に紹介された店に行って、料理が来るのを座って待っていると、続々と人が集まってきて、守衛が言っていた通り、あっという間に満席になってしまった。

日が暮《く》れきるよりも前に店に入ることができて、大正解だったのかもしれない。気づいたら店の外にまで行列ができていた。

しばらく待っていたら、混雑《こんざつ》した店内を縫《ぬ》うようにして料理を持った店員が近づいてくる。

「お待たせいたしました！　本日のおすすめ定食、大盛《も》り無料サービスでございます！」

「おお！　キタキタ。魔物の肉のステーキと聞いてたが、なかなか美味《うま》そうじゃないか！」

「どうぞお召《め》し上がりくださいませ！」

出てきた料理はジュウジュウと音を立てていて美味《うま》そうだし、店員の接客もなかなかいい。さすがは守衛が勧めてくれただけのことはある。

ちなみに料金は前払いで、注文するときにすでに支払っている。毎日この料理を食べ続けると、支援金が一ヶ月で底を尽きてしまうぐらいなので、なかなかの贅沢《ぜいたく》なのかもしれない。だが、初日ぐらいは許されるだろう。

ただ、調子に乗って大盛りを注文したら想像以上に大盛りだったので、食いきれるかどうか心配ではあるのだが……俺はなんて贅沢《ぜいたく》な心配をしているんだろう。

　早速料理にかぶりつこうと、右手にナイフ、左手にフォークを握りしめて舌なめずりをすると……急に店の入り口の方が騒がしくなってきた。何か面倒ごとでも起きたのだろうかと視線を向けてみれば、王宮で見かけた顔がちらほらと見受けられる。どうやら店員と揉《も》め事になっているようだ。

「ちょっと、お客様？　困ります、順番は守っていただかないと……」

「うるさい！　こっちは勇者のパーティーだぞ！　だったらもちろん、俺たちが優先だろ。それとも、俺の能力を今ここで体験させてやってもいいんだぞ？」

「そんな……」

　あ、やべ。

「貰い物のギフトがあるってだけであんなに偉そうな態度を取れるとか、逆に尊敬《そんけい》できるレベルだな」って考えながらボーッと眺めていたら、あいつらと目が合ってしまった。慌《あわ》てて視線を下げるけど……多分無駄なんだろうなあ。

「おい、おいおい！　なんであいつが先に飯を食ってるんだよ、しかもあんなに美味《うま》そうなステーキを！　あいつはよくて俺はよくないってか？　そんなの不公平だと思わないんすか？　なあ、店員さんよお」

「彼は先に来て注文していただいておりますので……」

「なあおい、皿洗い君よ！　ちょっとその席、俺らに譲《ゆず》ってくんないか？」

「はあ……めんどくせえ」

まあでも確かに混雑していることは事実だし、店のためにも少し急いで飯を食うぐらいのことはしてやってもいいのかな。

そう思ってステーキにナイフとフォークを当てて食事に戻ろうとしたら、なんとやつらは他の客を押しのけてまで、わざわざ俺のところに歩み寄ってきやがった。

俺を威圧《いあつ》しているつもりなのかもしれないが、悪いが俺は中学時代にいじめられた経験から、「暴力に恐怖してもあまり意味がない」ことを学習している。むしろ怖がった様子を見せてしまうと逆効果だ。ここは無理してでも強気に……肉でも食うことにしよう。

一口サイズにナイフでカットしたステーキを、今にもフォークを落としてしまいそうな震《ふる》えを抑《おさ》えて口元まで運《はこ》び、食う。うん、美味《うま》い。

「なあ、おい！　皿洗い君は、とっとと裏に戻って皿でも洗ってこいよ！」

「ガハハハハ！　言い得て妙だな、おい皿洗い。俺のギフトは感覚強化っつってな、お前がガクガク震えながらビビりまくってることには気づいてんだぞ！　とっとと逃げ出して、その席を俺らに譲っちまいな！」

くそう、視界の右隅の聖剣メーターが２００近い数字を表示さえしていなかったら、もう少し勇気を持てたのかもしれないけれど……

　でもまあ、俺の勇気もこのあたりが限界かな。今すぐ俺がこの席を離れれば、やつらも満足するだろう。……せめてこの料理を持ち帰りできるといいんだけど。店に頼めばラップに包んでもらえたりするのかな……

　諦《あきら》めて席を立とうとすると、俺に突っかかってきてたやつらのさらに後ろから「ねえ、邪魔《じゃま》なんだけど」と、あきれたような声が聞こえてきた。

「ていうか、ねえ。ちょっと君たちに聞きたいんだけど……その、恥ずかしくはないの？　いや、これは侮蔑《ぶべつ》とかじゃなくて純粋《じゅんすい》に尊敬してるんだけど。どんなメンタルしてたら、そんな行動を取れるの？」

「なんだあ？　部外者は黙ってろ！」

　誰だか知らないが、火に油を注ぐようなことはしなくても……。というか、顔は見えないが、どこかで聞いた声のような？

「あ、ごめん。確かに私、君たちからしたら部外者だよね。だけど、店の通路の真ん中で仁王立《におうだ》ちされると邪魔なんだよね。演劇の練習なら店の外でやってくんない？」

「ああ？　なんだお前、俺らに喧嘩《けんか》売ってんのか？　一戦交えようってか？　俺らはこの世界に召喚された勇者様だぞ？」

「自分に対して様づけって……見た目の割に随分《ずいぶん》と幼いんだね。てか奇遇《きぐう》じゃん！　私もこの世界に召喚された勇者だよ！　ね、最後の勇者君！」

面倒くさい自称《じしょう》勇者様方をかき分けて俺の前に姿を現したのは、転移前の空間で俺に話しかけてきた騒がしい女じゃないか。普段だったら関わりたくない女性ランキングのトップを独走《どくそう》しそうなもんだが、今この状況でもグイグイ不良どもを攻めてくれるのは、正直助かる。

なんだったら俺にしては珍しく「何らかの形で恩返しをしてやってもいい」って感じるぐらいに。やばい、この女が救世の女神《めがみ》に見えてきた。不良に絡まれたせいで、メンタルが相当弱っているのかもしれない……

「それでどうするの？　そっちが勇者ならこっちも勇者だよ。だったら決闘でもする？　私、こう見えても強いよ！」

だよな。確かSSレアのギフトを引き当てたんだっけ？　これは頼りになるなあ。よし、喧嘩《けんか》はこの女に任せて俺は食事に戻ることにしよう。

「おいアニキ、どうやらこいつが強いってのはマジみたいだぞ。嘘《うそ》をついてる感じでもないし、今までビビり散《ち》らしてた皿洗いの心拍数《しんぱくすう》が一瞬にして正常値にまで落ち着いた。よほど信頼を置いてないと、こうはならねえ……」

「そういやこいつの顔、見たことがある。確か王宮の魔術師どもから『期待してます』って言われてた。ってことは、まさかSレア以上の？　……くそっ、覚えてやがれ！」

どうやらあいつらはこの女に恐れをなして逃げ出したようだ。なんにせよ助かった。

尻尾《しっぽ》を巻いて逃げていくチンピラどもを見送ると、この女はふぅ〜と長い溜息《ためいき》をついて俺の隣の空《あ》いている席に腰掛けた。

「……ああ〜、怖かった〜！　最後の勇者君、それとも最後の皿洗い君って呼んだ方がいいかな？　とにかくサポートしてくれて助かったよ！　君、あの状況でも食事に戻れるとか、思ったよりも胆力《たんりょく》があるんだね！」

「まあ俺は、お前がＳＳレア《最強クラス》のギフトを持っているって知っていたからな。任せとけば大丈夫かと思って……。いつかこの借りは返したいが……あまり期待はしないでくれよ？」

がちがちに震えていたのは俺だけじゃなく、この女もこう見えて結構勇気を振り絞《しぼ》った行動だったらしい。戦えば勝てることと、戦いに挑むことは別の問題なのかもしれないが、それでも一歩踏《ふ》み出せるとは、さすがは勇者を自称するだけのことはある。

「借りなんて返さなくてもいいよ。その代わり、あのときの約束通り、荷物持ちとして私を手伝ってくれるつもりはない？　もちろん分け前は半々で！」

「それは願ってもないことだが……お前のパーティーメンバーは、俺なんかが突然入ることを認めないだろ」

「それなら心配ご無用だよ。そのパーティーはついさっき解散したばかりだからね！　要するに、方向性の違いとかってやつで」

いや、ついさっき解散したって、まだこの世界に来た初日だろうが。なんでそんな短期間で「結成→解散」の流れを踏めたんだ？　アマチュアのバンドでももう少し長持ちするだろうに……

「それで皿洗い君、どうする？　私についてくるつもりはある？」

「そういうことならぜひ頼みたい。だがそれなら、いつまでも皿洗い呼ばわりはやめてくれ。事実とはいえ、言われてあまりいい気はしないからな」

「そうだよね。でも私は君の名前を知らないや。……えっと、私はアカリ。水音朱理《みとあかり》、ピチピチの十七歳、高校二年生だよ！」

そう言って、アカリはステータスカードを取り出し、ステータスを表示させた状態で手渡した。

水音朱理
年齢：17
レベル：1
ギフト1：神霊術《シャーマン》

カードを確認すると、名前と歳以外に、ギフトの内容も書いてある。

シャーマンというのがどのようなギフトなのかは知らないが、ＳＳレアと言っていたし、優秀なギフトであるのは間違いないだろう。しかし、ステータスカードを見せられたのなら、俺も見せた方がいいのだろうか……

まあそもそも大恩のある相手に対して隠し事をするというのも心苦しいし、俺もいつまでも一人で秘密を抱《かか》えていたくないと考えていたところだ。ギフト2の秘密を共有するという意味でも、俺のカードも見せてしまうことにしよう。

「じゃあ、これが俺のカードな。念のためってことで確認しておいてくれ」

明野樹
年齢：17
レベル：5
ギフト1：洗浄魔法
ギフト2：聖剣《ぶき》／魔剣召喚
スキルポイント：10

あれ、気づいたらなんかスキルポイントとかいう項目が増えてる。なんだこれ。

テーブルの上にカードを置いて、表示されたステータスを確認することにした。

「えっと……イツキ君って名前で、私と同い年だったんだ。なんとなく年上だと思ってた。……すごい、もうレベル5まで上がったの？　私なんてまだレベル1なのに」

「まあ、それはそうなんだが、そこじゃなくてとりあえず一番下の『ギフト2』ってところを確認して欲しい」

「うん、どう突《つ》っ込《こ》めばいいのかわかんなくてわざと無視してた。……ねえ、ギフト2って何？　しかも名前的にめちゃくちゃ強そうなんだけど！」

「まあその、なんだ。お前と別れた後、あの空間で色々あってだな……」

「その色々を聞きたいんだけど！　聞かせてくれるんだよね？」

「それはいいが、まずは落ち着けよ。ほら、お前の料理も来たみたいだぞ？」

アカリの料理が店員によって運ばれてきたタイミングで、カードはひとまず鞄にしまうことにした。誰が盗《ぬす》み見ているかわからないからな。

「まったく、食べながら話をするなんて行儀《ぎょうぎ》が悪いよ！　でも異世界だからいっか！」

いや、「異世界だからいっか」の理屈はよくわからないが。

そんなわけで、俺がギフトを選んでからラストワンのスキルを獲得した流れを簡単に話すことにした。とはいえ、スキルの細かい条件やら能力やらを完全に覚えているわけじゃないし、現時点ではスキルの詳細を確認する方法もわからない状態だから、本当に曖昧《あいまい》な情報しか伝えられない。それでも、とりあえず今伝えられることは全部伝えた……はず。

「……そんなことがあったんだ。ちなみにそのギフト、使い勝手はどうなの？」

「強いは強いと思うが……使用制限がやばい。一度使うと数時間は再使用できないみたいだ。魔剣の方なんてまだ三時間以上使えない状態だし……」

「つまり、今すぐ試してもらうってわけにはいかないんだね。じゃあ明日は一緒に狩《か》りに出かけようか！　他の勇者たちが歩いて稼いだ情報だと、このあたりの平原には苔の塊《かたまり》みたいなモンスターが出るんだって。倒しにくい敵らしいけど、ギフトを使えば倒せないことはないって言ってたよ。念のために改めて聞くけど、どうする？　私とパーティーを組む？」

「それはいいが……新しいメンバーを誘ったりするときとかも、俺のギフトのことはできるだけ秘密にしてくれよ？」

「だよね！　勇者はいつだって真の武器は隠しておくものだもんね！」

何か勘違《かんちが》いしているというか、美化しすぎているように感じなくもないが、どちらかというと自衛《じえい》の意味が強いかな。下手に力を持っていることがバレると危険人物と見られかねないし、そうなったときに俺には戦い続ける持久力《じきゅうりょく》がない。

なにせ一秒につき三十分という超ヘビー級な使用制限が設定されているからな。あと、例えば一秒に満たない時間使用したときにどういう扱いになるのかとか、試さなければいけないことはたくさんあるが、そういう検証も終わってない時点で公表はされたくない。というか、検証が終わったとしてもできるだけバラしてほしくはない。

「それで、俺が今気になっているのは、むしろこっちのスキルポイントってやつなんだが……これはどうやって使えばいいんだ？」

俺は再びカードを取り出してアカリに聞いてみる。

「さあ、試しにこのカードを色々いじってみたら？」

いじるってどう？　「スキルポイント」の文字をスマホみたいにタップしてみたが何も起こらない。カードに向かって「スキルポイント」とか「スキル変更」って何度か念じてみたが、それでも変化は見られない……

「あ！　イツキ君、わかったよ。これ、長押しして横にスライドすると、別の画面に切り替わるみたい。ほら！」

アカリに言われた通りにカードを操作《そうさ》してみると……ほんとだ、俺の画面もちゃんと切り替わった。

「なるほど、ポイントを割り振ることで、ギフトを成長させることができるみたいだな」

スキルポイント：10（有効期限：残り33分）
ギフト1（洗浄魔法）
―洗浄力強化（必要ポイント：1）
―洗浄範囲強化（必要ポイント：1）

ギフト2（聖剣《ぶ》／魔剣《き》召喚）

—クールタイム減少《げんしょう》（必要ポイント：150）

—持続時間延長《えんちょう》（必要ポイント：7）

スキルの設定画面を確認すると、そこにはギフト1、ギフト2のそれぞれに対してポイントを割り振れる項目が表示されている。

「なるほど、今できそうなのは持続時間延長と、あとは皿洗い系スキルか。これは、検証が終わるまでは保留にしておきたいところだが……」

「待って、よく見てイッキ君！　このスキルポイントって有効期限が設定されてるみたいじゃない？　ってことは、あと三十三分以内に設定しないと消えて無くなっちゃうのかも」

「マジかよ！　……そんなのまずは持続時間延長に割り振るしかないだろ！　そんで残った端数《はすう》のポイントは、捨てちまうのももったいないし、適当に割り振って……」

ギフト1（洗浄魔法）

—洗浄力強化Lv2（必要ポイント：1）

—洗浄範囲強化Lv3（必要ポイント：1）
—オフハンド（必要ポイント：1）
ギフト2（聖剣《ぶ》／魔剣《き》召喚）
—クールタイム減少（必要ポイント：150）
—持続時間延長Lv2（必要ポイント：21）

獲得済み：
・洗浄力強化Lv1
・洗浄範囲強化Lv2
・持続時間延長Lv1

まあこんな感じか。ポイントを捨てたくないという理由で、皿洗いのスキルまで地味に成長させることになってしまった。ちなみに、洗浄範囲のレベル2を取得したら、派生《はせい》スキル的な扱いで「オフハンド」という項目が増えた。ってことはこれは、スキルの獲得はツリー構造みたいな感じになっていて、無限の可能性があるのかもしれない。

今回は時間制限があったのであまり考えずに適当に割り振ったが、今後はどのスキルを伸《の》ばしていくのか慎重《しんちょう》に選ぶだけじゃなくて、レベルの上げ方にも注意した方がよさそうだな。

中途半端《ちゅうとはんぱ》にレベルを上げた結果、スキルポイントを腐《くさ》らせてしまうのももったいないし……

◇

飯を食い終わって店を出た俺は、外の空気を吸いながら街を散策《さんさく》することにした。苔の塊《かたまり》もどこかで売却《ばいきゃく》する必要があるし、ギフト1の方も検証してみたいからな。

「じゃあね、イツキ君！　また明日の朝ね！」

「ああ、色々助かったよ。じゃあまた明日」

アカリとは明日の朝に東の門の手前で待ち合わせをすることにして、それまでは一旦《いったん》別れて行動することにした。

ちなみにアカリによると、この街の宿はすでにほとんどが勇者たちのせいで満室になっていて、王宮は臨時《りんじ》に宮殿内の部屋を無償《むしょう》で貸し出ししているらしい。

アカリは要領《ようりょう》よく宿を借りたらしいが、そのことを伝えると、宿代は王宮が支払ってくれるという話になり、高級な宿に実質無料で泊まることができるようになったと自慢していた。

俺は後先考えずに子供みたいに魔獣狩りに出かけてしまったから、今から宿を確保するのは無理そうだし、今日のところはおとなしく王宮で世話になることにしよう。

街を歩いて買取屋みたいな場所を見つけ、苔の塊《かたまり》を売却していくらかの小銭《こぜに》を受け取った俺は、その足で王宮に向かうことにした。

王宮の門番に事情を話すと、従業員用と思われる小部屋まで案内してくれた。もともと宿泊用に用意された部屋ではないからなのか、小さなテーブルとベッドがあるだけで、照明もむき出しのランプが天井からつるされているにすぎない。

慌《あわ》てて掃除をしたからなのか、床の隅には埃《ほこり》が残っていたりもするが、ベッドには綺麗《きれい》なシーツが敷《し》かれているし、そもそも俺は部屋を借りている立場なのだから、贅沢《ぜいたく》は言わないでおこう。

「さて、寝床を確保できたのはいいが、寝るにはまだ早いんだよな……」

素材の売却や寝床の確保が思いのほかスムーズに進んでしまったので、逆に時間が余ってしまった。とはいえ王宮を歩き回って探検《たんけん》しようってほどには俺もガキじゃない。

てか、向こうからしたら、こっちはまがりなりにも勇者というか、賓客《ひんきゃく》であることは間違いないわけで、そんなのがうろうろ歩き回ってたら落ち着いて仕事もできないだろうしな。

厚意《こうい》で泊めてもらっているのに、これ以上迷惑《めいわく》をかけるわけにはいかない。

「仕方ない、明日に備《そな》えて現状の確認でもするか……」

まずは鞄の中身を確認してみよう。

鞄の中には取り出しやすい位置にステータスカードを入れているが、その下をあさってみると、この世界で一般的なのであろう布の服が何着か入っていた。

パッと見た感じサイズが俺にぴったりに見えるのは、たまたま俺が標準的《ひょうじゅんてき》なサイズの人間だったのか、それとも俺用に見繕《みつくろ》ってくれたのか。後者だったら嬉《うれ》しいな。

しかもよく見たら、外歩き用のしっかりした服だけじゃなくて、寝巻きのようなゆるい服も入ってるみたいだ。

他には……支援金の入った金貨袋と小銭を入れる小銭袋があった。調《しら》べてみたところ、どうやら袋の中にお金を投げ入れるだけで、金貨や小銭が自動的に分けられるらしい。

飲食店で受け取ったお釣《つ》りの小銭や、苔の塊《かたまり》を売ったときに受け取ったお金が、硬貨《こうか》の種類ごとに綺麗《きれい》に揃えられて袋に入っている。金貨袋に小銭を入れても、それは小銭袋に移動していた。

さすがに両替までしてくれることはないみたいだが、いつも気づいたら財布の中が小銭で溢《あふ》れかえってしまう俺でも、この袋があれば大丈夫だな。

と、こんなもんか。鞄をあさってみても他には何も入っていないようだ。本当に最低限のものしか入っていないみたいだな。

まあ、あれだけの数がいた勇者全員に用意したとなれば、これだけでも十分すごいのだろうし、文句を言う筋合《すじあ》いはない。

さて、いつまでも前の世界で着ていた学生服のままというのも肩が凝《こ》るし、とっとと寝巻きに着替えてしまおう。

着替えた学生服は今後もしかしたら使うことがあるかもしれないから、鞄の奥に大切にしまい、代わりにこの世界の寝巻きのような服に袖《そで》を通す。

「ということで……とりあえず着替えたはいいが」

そういえばこのステータスカード、王宮魔術師の説明では「ステータスを確認できる」ってだけだったが、実際にはスキルポイントの割り振りとかもできたわけだし、色々試したら他にも隠された機能が見つかるかもしれない。壊《こわ》れることもないだろうから、色々検証させてみようかな……

こういう機械いじりというか、試行錯誤《しこうさくご》するのは嫌《きら》いじゃない。スマホのようにスライドしてみたり、文字の部分を長押ししてみたり……

そして気がついたら一時間が過ぎていた。

この部屋に時計はないのだが、俺の視界の両隅には常に時間をカウントしているメーターがあるからな。本来の使い方とは違うんだろうけど、正確に時間を計《はか》れる道具があるというのは便利だなあ。強《し》いていうなら、もっと短い時間だったらよかったのに……で、検証の結果わかったことがいくつかある。

まず第一に、ステータスカードに表示される内容は調整することができるみたいだ。

最初の表示画面で長押しして指を右にスライドさせると、スキルポイントの確認画面になるのだが、逆に左側にスライドしたところ、今度はステータスカードの設定画面が表示された。

この画面を使えば名前、レベル、年齢、ギフトを簡単に非表示にすることができるようだ。

さすがに嘘の情報を載せたりして偽装《ぎそう》することはできないみたいだが、知られたくない情報を隠せることが分かっただけでも大きな成果だと思う。

さっそく俺はギフト2だけを非表示にして、他の項目はそのまま表示させておくことにする。これで知らないやつにも堂々とステータスカードを見せつけることができるようになったな。そもそもそんなことをする予定は今のところないわけだが。

んでもって、項目の表示切り替えだけでなく、カードのデザインとかも変えることができるみたいだ。例えば花柄《はながら》の背景に設定したり、カードや文字の色を変更したり。ただこっちに関しては俺はそのままでいいかな。元々のデザインもシンプルで気に入っているし。

ステータスカードの検証はこれぐらいでいいだろう。

続いてスキル1の検証だ。スキル2の方は試した結果封印《ふういん》状態になってしまったが、洗浄魔法のスキルに使用制限はないはずだから、色々と試してみることにしよう。

まずはステータスカードや剣のときと同じく、洗浄魔法……洗浄魔法……と何度か念じると、だんだんと俺の右手人差し指と中指が淡《あわ》く輝き出した。どうやら起動はうまくいったようだ。

「じゃあ、次はこれの検証だけど……とりあえず鞄の汚れに当ててみるか」

俺の魔法の鞄は中古品だからなのか結構汚れていて、しかも染みもあり、軽く擦《こす》ったぐらいでは全く汚れが落ちなかった。

しかし、ひときわしつこかった汚れのある場所に光り輝く人差し指と中指を当ててなぞってみると……なんということでしょう！

あんなにしつこかった謎《なぞ》の汚れが、あっという間……というほどではないですが、少しずつ消えていくではありませんか！　そして徐々に蓄積《ちくせき》されていく疲労……

魔力ってやつなのか、そういう力が消費されていく。鞄についた小さな染み一つを消し終える頃には、五十メートル走を全力で駆《か》け抜けたぐらいに疲れ切っていた。もう走れない……。いや、走ってはいないけど！

「まあ、ちょうど寝る前に体力を使い切ることができたわけだし、もう寝るか」

天井に吊《つ》るされていたランプのノズルを回して明かりを消すと、この部屋には窓もないせいか一瞬にして真っ暗になってしまう。壁《かべ》の向こうからはまだ王宮の使用人たちが働いているような音が聞こえてくるが、やがてそんなことも全く気にならないくらいの眠気《ねむけ》がやってきて……。気づいたら俺は眠りに落ちていた。

◇

朝。窓のないこの部屋に陽《ひ》の光は届かないが、少しずつ宮殿全体が騒がしくなってきたので自然と目がさめる。

視界両隅のクールタイムは消滅していて、代わりに緑色の文字で「12」と表示されている。おそらくこれは「あと十二秒使用できますよ」ということを表しているのだろう。スキルツリーの持続時間延長を取得したから、十秒から十二秒に延長されたってことか……でもまだ十二秒しか使えないんだよなあ。

さて、とりあえず目が覚めてしまったことだし、二度寝するのももったいないので、とりあえず着替えてからシーツを整えたり旅の準備でもしておこう。

とはいえ、そもそも荷物自体が少ないわけだから、準備なんてすることもほとんどないのだが。

コンコンコン……

「ん？　あ、ちょっと待ってください……はい、どうぞ！」

「えへへ、来ちゃった！」

ちょうど服を脱《ぬ》いでいたタイミングで扉を叩《たた》く音が聞こえた。慌《あわ》てて服を着替えて扉を開けると、アカリが立っていた。アカリも元の服装からこの世界の衣服に着替え、腰にはどこで借りてきたのか知らないが鞘《さや》に収められた剣を下げていて、出発の準備が整っているように見える。

「来ちゃった……じゃ、ねえんだよ。ってか、どうやって俺のいる場所がわかった？」

「だって昨日イツキ君は『王宮に泊まる』って言ってたじゃん！　あとは王宮に入って適当な執事さんに『皿洗いの勇者はどこですか？』って聞いてみたら、最終的に可愛《かわい》いメイドさんが案内してくれたんだよ」

可愛《かわい》いメイドさん？　と思って扉の方に目を向けると、最初に俺に鞄を渡してくれた幼メイドがあわあわしていた。

「ごめんなさい、案内しちゃいました……」

「……まあいいよ。それじゃあメイドさん、お仕事頑張《がんば》って！」

「はい！　がんばります！」

なんだろう。全く頼りになる雰囲気《ふんいき》じゃないんだけど、癒《いや》されるというか……。まあいいや。彼女にはまだメイドとしての仕事がたくさんあるだろうし、このまま仕事に戻ってもらうことにしよう。

「いいなあ、イツキ君のメイドさんは可愛《かわい》くて。私なんていかついおじさんだよ？　確かに筋肉むきむきで強そうだし、ものすごく物知りだから助かるけど。でも全く癒《いや》されないよ……」

「まあ一長一短《いっちょういったん》だろうな。それよりも何しに来たんだ？　待ち合わせ場所はここじゃなかったはずだが……」

「えっと、なんか楽しみだったせいか早く起きちゃって！　でもまだ太陽も昇《のぼ》ってなかったから、待ち合わせ場所に行っても来てないだろうなって考えて、どうせならってことで……来ちゃった！」

「……まあ、来ちまったなら仕方ないか。で、どうする？　もう出発するのか？」

「うん！　行こうよ！　私、昨日はこの街から出てないから楽しみ！　どんな魔物がいるのかな！　スライム？　ゴーレム？　それともデビル系？」

魔物の森まで行かなければ苔団子しかいないわけだが、夢を壊すのも悪いし、黙っておこうかな。

「それじゃあ、とりあえず今日はどうする？　魔物の森とかに行ってみるか？」

「ま・も・の・の・も・り!?　何それすごそう！　行こ行こ！　場所はわかるの？」

「まあ一応、俺は昨日は森の手前までは行ったから。えっと、帰りはジョギングぐらいのペースで走ってきたが、そんなに時間かからなかったかな。なんだったら、道中でレベル上げしてもいいし……。そういえば、お前のギフトはシャーマンとかいうやつだっけ？　どんなスキルだったんだ？」

「えっと、そのあたりは実際に試しながらにしたいな。説明文を読んでもよくわかんなかったし。ところで、イツキ君のギフトがどんな感じなのかも気になるんだけど……」

「だったらそれも歩きながら。つっても俺のギフトは苔……森に入る前の敵に使うのはもったいない気がするから、とりあえずは口頭《こうとう》で説明する感じになるかな……」

洗浄魔法の方は実践《じっせん》してもいいんだが、戦闘の役に立たないのを見せつけたところで特に意味はないからな。

そんなことを話しつつ宮殿を抜け、まだ薄暗い街を抜けて東側の門に向かう。

この時間帯に門が開いているのか心配したけど特に問題もなく、昨日と同じ守衛がいたので声をかけることにした。

「おはようございます」

「おはようございます、勇者様！　おや、今日はお二人ですか？　仲がよろしいようですが、ちゃんとパーティーは組みましたか？」

「おはようございます！　ねえイツキ君、この人は誰？　知り合い？」

「いや、知り合いっていうか、昨日もここで会って少し話をしただけなんだけど。それよりも守衛さん、『ちゃんと』ってどういう意味ですか？」

今の守衛の話し方だと、単にチームを組むということ以上の意味があるように聞こえたのだが……

「いえ、わたくしも実はよく存じておりませんのです。昨日、他の勇者様が帰っていらっしゃった際に『こんなことならもっと早くちゃんとパーティーを組んどきゃよかった』などと話していたのを耳にしただけでして……」

「あ、これだよ、イッキ君！　ステータスカードを長押しして下にスライドすると……ほら！」

アカリが見せてくれたステータスカードには、確かに「近くの勇者にパーティー申請を送りますか？」というメッセージと、「近くの勇者一覧」の中に俺の名前が表示されている。

アカリが俺の名前にチェックを入れて送信ボタンを押すと……ピピッという電子音とともに、俺のステータスカードに「水音朱理様からパーティー申請が届いております」というメッセージが届いた。

確認してみれば「許可」「拒否《きょひ》」の二択のボタンが。

こういうとき、普段なら試しに拒否を押してみたくなるけど、そういう冗談《じょうだん》をやるほど仲がいいわけでもないから、ここは素直に許可を押しておこう。

迷うそぶりなく「許可」ボタンに触れると、「水音朱理とパーティーを結成しました」というメッセージに続いて、パーティーを組むことの説明文が表示された。色々なことが書いてあるが、要約すると「パーティーメンバーとは入手した経験値が共有されます」ということらしい。

説明を読んだ感じ、パーティーでなかったら、魔物を倒したときに経験値を獲得するのは、最後にとどめを刺した一人だけなのだろうか。どちらにせよパーティーを組めば、全員が一緒に成長できるらしい。

「守衛さん、役に立つ情報を教えてくれてありがとうございます。あと、昨日と同じ木剣とナイフをお借りしたいのですが……」

パーティーの情報を教えてくれた礼を言って、装備についてもお願いをすると、守衛は「待ってました」と言わんばかりに、昨日と同じ装備を取り出した。

「そう言うと思って用意してましたよ！　そちらのお嬢《じょう》さんは……王宮から支給された剣があるようなので必要ありませんか？」

「だったら私も、ナイフだけお借りしてもいいですか？」

「かしこまりました、こちらをどうぞ」

門で装備を整えた俺たちは、魔物の森に向かって歩きはじめることにした。

森に入る前に一度ぐらいは、苔団子でアカリのギフトの内容を検証しておきたいわけだが、まあ特に無理をしなくても、二～三体ぐらいの群《む》れに遭遇《そうぐう》するだろう。アカリの話を聞いた感じだと、俺のラストワンのギフトみたいに回数制限が厳《きび》しいタイプではなさそうだから、そのときにギフトの内容を見せてもらえばいいかな。

門を出てしばらく進むと、街道から少し離れた場所に巨大な緑の塊《かたまり》が見えてきた。苔団子だ。

昨日帰り道で見かけた場所にいたので、どうやら昨夜は倒されることもなく、またほとんど移動もせずにこの場にとどまっていたのか。まあこっちからしたら都合がいい。とりあえずこいつを的《まと》に、アカリのギフトを試してもらおう。

「ねえイツキ君、なにこの……マリモもどき」

アカリは、苔団子を前にして、どう反応すればいいのかわからないような顔をしている。確かに、何の情報もない状態だと、これが魔物だとは考えないだろうな……。

「こいつは苔団子っていう名前の魔物だ」

「イツキ君は戦ったことあるの？」

「ああ、昨日な。俺でも倒せるぐらいだから、お前でも問題なく倒せると思うぞ。まあ、人間に害を与えるようなやつではないが、倒すとレベルも上がるし、ギフトの試し打ちにはちょうどいいと思う……」

「それで昨日、レベルが上がっていたんだね。じゃあ、この魔物は私が倒すから、イツキ君はそこで私の実力を見ていて。行くよ！　……身体強化！」

アカリが叫《さけ》ぶと、アカリの体を光が包み込んだ。気のせいか、アカリから感じる存在感というか、プレッシャーのような気配が強くなった……気がする。

「行くよ！　っせい！」

身体強化したアカリはそのまま腰に下げた剣を抜き放ち、斬撃《ざんげき》を食らった苔団子は一瞬にして真《ま》っ二《ぷた》つに切断された。後には苔の塊《かたまり》が一つだけ残る。

一見したところ、威力《いりょく》は俺の聖剣や魔剣と同じぐらいだろうか。俺のギフトがＳＳレアのギフトと同等の威力を持っていることを喜ぶべきなのか、ラストワンと同等の威力で何度でも攻撃できるアカリのギフトが強いと考えるべきなのか……

「イツキ君、見てた？　こんな感じだよ！　……あ、時間切れみたい」

「そっちにも時間切れとかがあるのか。ちなみにどんな制限が設定されてるんだ？」

「えっと……今のところ、発動の維持は最大十五秒が限界みたい。で、使ってから十秒間は使えなくなるんだって。なんていうか、思ったより不便なギフトだね」

「贅沢《ぜいたく》言うな！　俺なんて……」

初期状態から十五秒も使うことができて、しかもクールタイムは十秒間？　なんてすごいギフトなんだ。そんなの使い放題とほとんど同じじゃないか！

ちょうどいいタイミングなので、苔の塊《かたまり》を回収してから森に向かって歩きつつ、俺のギフトについてアカリに説明しておくことにした。黙っていると「早く君のギフトの力を見せてよ」とか言われそうだしな。

「……というわけだ。威力に関しては甲乙《こうおつ》つけがたい感じなんだが、使い勝手に関してはそっちが圧倒的に……」

「そんなことより、イツキ君！　ほら見て、私もレベルが上がったみたいだよ！」

アカリが見せつけてきたステータスカードには、確かに「レベル3」という文字が記載されている。

パーティーを組んでいる以上、俺にもある程度は経験値が入っているんだろうが、俺の場合はすでにレベル5だったこともあって、苔団子一体だけでレベルが上がることはなかった。

「まあとりあえずおめでとう。今すぐここでポイントを割り振るのか？」

「う～ん……やめとく。あと一時間以上猶予《ゆうよ》があるみたいだし、時間延長よりもこの『精霊召喚』って方を取得したいから！」

「なるほど。特に強制はしないがな……」

そもそも俺たちって、この世界から見たら召喚者だよな。召喚者がさらに精霊を召喚するって、それはどうなんだ？　いや、あまり気にしてもしょうがないか。

その後、俺たちは道中にいた苔団子を五～六体討伐して、二人ともレベル6まで上がったところで魔物の森に到着していた。街道は続いているが、森の中は暗くてよく見えない。

俺のレベルもひとつ上がっているので、ステータスカードを確認したら3ポイント獲得していた。

だが、今ここで洗浄力を強化する理由は特にないし、武器系のギフトを強化するためにも残しておきたい。アカリはステータスカードを操作して、何やらスキルポイントを割り振っているようだ。

「イツキ君！　いくよ、見ててね……えいっ精霊召喚！　来て、光の精霊さん！」

アカリが両手を合わせ、手のひらで水をすくうような形にすると、そこから蛍《ほたる》のように光る何かがふわりと浮かび上がった。ふわふわと漂《ただよ》うだけで移動速度もかなり遅《おそ》いし、全く強そうには見えないが、暗い森の中で暗闇を照《て》らすにはちょうどいいのかもしれないな。

少なくとも今みたいな明るい場所では何の役にも立たないだろうが。

「なるほど、これで森とか洞窟《どうくつ》に入ったときに、松明《たいまつ》を節約できる……」

「あ、消えちゃった……ふう。この妖精、出してると私の体力を食べていくみたい。今のところ十秒ぐらいが限界かな……」

「……松明《たいまつ》を節約するには少し心もとないが、いざとなったときにあたりを照らすぐらいはできそうだな。あとはもしかしたら、少し離れた先の様子を確認したいときとかにも使えるかもな！」

「イツキ君ってなんだかんだ、結構ポジティブシンキングだよね」

俺の場合、そうとでも考えないとやってられなかったからな。知能面でも体力面でもスペックが低かったため、スクールカーストのトップ勢と争《あらそ》うことは諦《あきら》めて、今あるものだけでどうにか満足できるように工夫をする必要があった。つまり、アカリが言う俺のポジティブとは、現実逃避《とうひ》が形を変えたものに過ぎないんだろう。

そしてもう一つ、底辺を彷徨《さまよ》うものが自然と身につけるのは、環境《かんきょう》に合わせて生き残る技術。目立ちすぎると巻き込まれるし、目立たなすぎると置いていかれるという状態に身を長くおいてきたおかげで、空気を読むのは我ながら上手《うま》い方だと思う。まあどれだけ空気を読んだところで、暴風《ぼうふう》みたいなやつに巻き込まれたら逃れることはできないわけだが……

「それじゃあイツキ君、森の中に入ろうか……」

「いいか、絶対に俺から離れるんじゃないぞ！」

魔物の森を前にした俺たちは、入る前にもう一度だけ目を合わせて確認しあう。

「イツキ君……私を守ってね！」

「馬鹿野郎、お前が俺を、守るんだよ！」

「せっかく感動しかけたのに……台なしだよ、イッキ君！」

知ったことか。現実問題として、守られるのはどう考えても俺の方だろう。というか、俺の立場はあくまでお前の荷物持ちだからな！


魔物の森に入ってしばらく進むと、巨大な白い綿毛《わたげ》のような魔物と遭遇《そうぐう》したけれど、アカリがあっという間に（ギフトも使わずに）倒してしまった。

苔団子を倒していた分の余剰《よじょう》があったおかげなのか、二人ともレベルが7に上がり、同じ敵を今度は俺が木剣で何度か叩《たた》いて倒したら、二人ともレベルが8に上がった。

こう見えてこいつは、苔団子よりも経験値が多いっぽいな。

割とあっさり倒せたが、レベルが上がったことで、基礎《きそ》ステータスが高くなっているのかもしれない。ただ、レベルを下げる手段がない以上、そのあたりの検証はできそうにない……か。

「イッキ君、この調子でこの綿毛っちを倒し続けることにする？」

「それでもいいが……そうだな。とりあえずこの綿毛を倒して、レベル10ぐらいまでは上げることにしないか？」

「その根拠《こんきょ》は？」

「いや、なんとなくだが。レベル10ってキリがいいじゃん……」

根拠とか聞かれても「なんとなく」以外に答えることができるわけないだろう。強《し》いて理由をあげるなら、昨日の苔団子を倒していたときの感覚で行くと、10以上は上げるのが困難になりそうな気がしているのだが、この予想にも特に根拠があるわけではない。

「それじゃあ、一度分かれて……」

「いや待て、分かれるのはなんかその、死亡フラグな気がするからやめておこう」

確かにアカリが提案する通り、効率を考えるなら、分かれて行動した方がいいのだろうが、強力な魔物が出てきたりしたら俺一人では手に負《お》えないからな。

「なに？　イツキ君、一人じゃ怖いの？」

「いや……怖いが？　怖いが、だからどうかしたか？」

「開き直られても……。わかった。じゃあ、とりあえず一緒に行動して、順番に綿毛を倒すことにしよっか！」

無事に説得できたところで、俺とアカリは綿毛を追って、そのまま森の奥へと入っていくことにした。

幸いというか、綿毛以外の獣に出会うこともなく、ギフトを使う必要もなく、綿毛を順調に討伐し続けたら、俺もアカリもレベル9まではすんなり上がった。とはいえやはり、レベルが上がるごとに必要な討伐数は多くなっているようだ。

レベルが7から8に上がるときは一体倒すだけで十分だったのだが、8から9に上げるときは十体近くの綿毛を討伐する必要があった。

このままだと、目標のレベル10は相当遠そうだ……

「あ、見て！　イツキ君、綿毛が二体並んでる！」

「おいちょっと、待て。こういう気の抜けたときが一番……」

「え？　地面が、うわぁ～！」

アカリが突然駆け出したかと思うと、急に大声を上げ——視界から突然消え失《う》せた。

近づいてみると、どうやら縦穴《たてあな》のようなものがあって、その穴に真《ま》っ逆《さか》さまに落ちてしまったらしい。

「ちょっとイツキ君！　のんびり眺めてないで助けてよ！」

穴はそこまで深くないみたいで、怪我《けが》をしたわけではなさそうだが、地面がぬかるんでいることもあり、自力で上がってくるのは難《むずか》しそうだ。

アカリを助けるために俺まで一緒に落ちたのでは本末転倒《ほんまつてんとう》なので、木剣を地面に突き刺して足場にしながら、アカリの方にロープを放り投げた。

ちなみにこのロープは守衛からの借り物だ。「森に行く」と言ったら「念のために」と貸してくれたんだが、こんなに早く役に立つとはな。

「ったく、だから慌《あわ》てるなって言っただろうが。ほらよ、つかまりな！」

「ありがとう、イツキ君……」

投げたロープは狙《ねら》い通りアカリのもとに届き、彼女はロープをしっかりと握りしめたようだ。

「イッキ君！　つかんだよ、そっちから引っ張ってくれる？」

アカリの準備が整ったようなので、綱引《つなひ》きの要領で少しずつロープを引っ張り上げる。

普通に考えたら、俺のようなインドア派に女性とはいえ一人分の体重を引っ張り上げる力はない。だが、レベルが上がって筋力も強化されているのか、無理なく引っ張り上げることができそうだ。

「……助かったよ、イッキ君！　ありがとう！」

無事に引き上げることに成功すると、アカリは感極《かんきわ》まったようで、そのまま俺に飛びついてきた。

「いや、アカリ。泥《どろ》だらけの服装で抱《だ》きつかないでほしいんだが……」

「なにおう！　イッキ君だって泥塗《まみ》れだから関係ないじゃん！　この恥ずかしがりやめえ！」

飛びついてきたアカリを受け止めるようにしながら、俺は体を固くしていたんだが……だってしょうがないだろ。こちとら非リアで、スキンシップには慣れてないんだから！

ていうか、リア充のスキンシップにしても激《はげ》しすぎじゃない？　なんか逆に怖いぐらいなんだけど。

だけど俺は知ってるぞ。これで俺が「もしかしてこいつ、俺に気があるのかも？」とかって勘違いすると、絶対後で痛い目見るやつだろ？　どうせ後から「友達同士だったらハグぐらい当たり前だよね！」とか、そういうセリフをツンデレとかでなく素《す》で言い出すんだろ？

だから俺は勘違いはしない。こっちはクールにあしらわせてもらう……女の子って思ったより柔《やわ》らかゲフンゲフン！

「で、どうする？　今日はもう街に戻るか？」

ごまかすように問いかけると、アカリも俺から離れて真面目《まじめ》な顔で考えはじめた。

「え、でもまだ昼前だよ？　確かに少しはレベルが上がったけど、まだまだ物足《ものた》りないよ！　イツキ君もそう思わないの？」

「いや……。まあ俺は男だし、多少泥で汚れるぐらい気にならないんだが、アカリは気にならないのか？」

「え？　いやまあ私も？　てか、イツキ君のギフトの力でどうにかなったりはしないの？ほら、洗浄とかっていうスキルだったんでしょ？」

今の俺のギフトの出力だと、数十秒かけて小さな染みを落とすので精いっぱいだったんだよな。

ギフトにポイントを割り振って強化すれば、使い物になる可能性もあるが……

「そうだな……このペースで21ポイントも稼ぐのは難しそうだし、少し試してみようかな」

ステータスカードを確認すると、スキルポイントは6と表示されている。聖剣と魔剣の持続時間延長を成長させるのに必要なポイントは21だから、1レベルごとに3ポイントずつ入ってくるとして、単純計算すると……あと5レベルは上がらないとダメなわけか。

今のペースで今日中に5レベル上がるかと言われるとわからないし、ここで洗浄を強化するのも選択肢の一つとしては十分にありだと思う。

もしかしたら後になって「あのとき洗浄にポイントを振っていなければ！」なんて後悔《こうかい》することになるかもしれないけど、そのときのことはまあそのとき考えることにしよう。

とりあえず、まずは洗浄力強化と洗浄範囲強化を強化する。オフハンドってのは、左手でも洗浄できるようになるってことか？　こっちは今は必要ないからとりあえず保留にして……っと、ここでさらに派生が増えるのか。厄介《やっかい》だな。

「ねえイツキ君、まだあ？」

アカリは、俺がステータスカードと悪戦苦闘《あくせんくとう》しているのをのんびり見てやがる。

とりあえずもう少し考えたいから、アカリには適当に時間を潰《つぶ》してもらおう。

「もう少しだけ待ってくれ……アカリはそのあたりで綿毛でも狩っててくれ！　くれぐれも気をつけてな！」

「離れるなって言ったのはイッキ君じゃん！　まあ、いいけどさ！」

さすがにアカリを一人で長時間放置するのは気が引けるから、こうなったらあまり悩《なや》まず直感で割り振ることにしよう。とはいっても、どうせ6ポイントしかないから、どちらにせよそこまで時間はかからないんだけどな。

ということで、直感に従《したが》って洗浄範囲強化を中心にレベルを上げて、派生で出てきた浄化と非接触《せっしょく》洗浄も獲得だけはしておこう。オフハンドに関しては……またの機会でいいや。

ギフト1（洗浄魔法）
—洗浄力強化Lv3（必要ポイント：1）
—浄化Lv2（必要ポイント：1）
—洗浄範囲強化Lv6（必要ポイント：2）
—オフハンド（必要ポイント：1）
—非接触洗浄Lv2（必要ポイント：1）

ギフト2（聖剣《ぶき》／魔剣召喚）
—クールタイム減少（必要ポイント：150）
—持続時間延長Lv2（必要ポイント：21）

獲得済み：

・洗浄力強化Lv2
・洗浄範囲強化Lv5
・浄化Lv1
・非接触洗浄Lv1
・持続時間延長Lv1

「よし、できた！」

「終わった？　私は三体倒してきたよ！」

「すげえな。さて、まずは俺自身に対して実験するか……」

洗浄範囲強化のおかげなのか、洗浄の力を起動すると、右の手のひら全体が魔力っぽい光に覆《おお》われた。そして泥で汚れた場所に右手を近づけると、手を当てた場所を中心にドロが粉状《ふんじょう》になってパラパラとこぼれ落ちて、十秒ぐらいで服の綺麗《きれい》な布地が見えてきた。

どうやらこの洗浄の力は、手を当てた部分から徐々に広がっていく感じらしい。

「すごい！　私にもやってよ！」

「もちろん。じゃあとりあえず……こっちに背中向けて！　背中に手を当てるぞ！」

「わかった！　お願い！」

アカリは全身泥塗《まみ》れになってるから、どこに手を当てても効果は同じようなものだったんだろうけど、正面《しょうめん》から触《さわ》る勇気は俺にはない。とりあえず後ろを向いてもらって、背中に手を当てて洗浄の力を発動させると、そこからどんどん泥が落ちていく。今度は二十秒ぐらいかかったけれど、無事に全身の汚れを落とすことができたようだ。

「うわすごい。泥以外の汚れも落ちるみたい？　洗濯《せんたく》して天日干《てんぴぼ》しした直後みたいに、服がふかふかなんだけど！」

驚《おどろ》きの洗浄力。これがギフトの実力か……

◇

服装の汚れを落としてさっぱりした俺とアカリは、一度森を通る街道に戻って道沿《ぞ》いに進むことにした。道の脇《わき》には何体か綿毛の魔物を見かけたけれど、今更《いまさら》倒したところで簡単にはレベルが上がりそうになかったので基本的には無視する。

ただ、スキルポイントの期限は少しでも敵を倒せばリセットされるようだから、アカリのスキルポイントが消滅しない程度に目の前にいたのだけ倒しながら進んでいった。

すると、少し先に一つの綿毛を三人で囲んで戦っている集団を見つけた。というか、一体の綿毛を囲んで順番に武器を振り下ろしている様子は、まるで臼《うす》を囲んでみんなで餅《もち》つきをしているようにしか見えない……。

「イッキ君！　見て、あっちで誰かが戦っているみたい！　私たちと同じ勇者なのかな」

「よしアカリ、邪魔しちゃ悪いから回り道をするぞ！」

「いやイッキ君、判断が早すぎるでしょ……ほら、無事倒したみたいだよ。おーい！」

「いや待て、心の準備が……」

男女のペアでパーティーを組んでいるところを見られて変な誤解《ごかい》をされないか——なんてことを心配しているのは、俺だけみたいだ。きっとこんなのは、アカリにとっては日常茶飯事なのだろう。それこそ仲のいい友達……あるいは普通の知り合いとかと遊びに行くような感覚なのかもしれない。

仕方がないので、俺たちに気づいて近づいてきた三人組の勇者パーティーを見ると……大剣を背負《せお》った赤髪の勇者に、魔術でも使えそうな杖を持った黒髪の女性勇者、それに拳《こぶし》にバンデージを巻いた格闘家っぽい金髪の勇者という、いかにも「これぞ勇者の一行」みたいなパーティー構成だった。役割的にもそうだし、それぞれのビジュアル的にも。

身につけている装備はどれもピカピカで高級そうだから、おそらくそこそこ優秀なギフトを獲得して、国から見込みありと認められた勇者たちなのだろう。

「こんにちは！　あなたたちもこの辺でレベル上げ？」

「ああ、そうだが……おや？　君たちには見覚えがある。確か王宮で……。君たちもレベル上げをしに来たのかな？」

アカリが集団に声をかけると、燃えるような赤い髪の青年が一歩前に出てきた。どうやら彼がこのパーティーのリーダーっぽい。

この世界に召喚されたからといって、俺たちの姿は基本的に前世と変わらないはずだ。ってことは、この人は前世でもこんな派手《はで》なファッションをしてたってことなのか？　そいつあ……すげえや。

「はい。私はイッキ君とパーティー組んで、レベル上げ中です！　とりあえずもう少し先の方に進んでみようかなって思ってるところです。ね、イッキ君！」

「ええまあ、そういうわけです」

一対一の会話ならなんとかなるが、集団になった瞬間に何を話していいのかわからなくなる。きっと俺は、こういうところがコミュ障《しょう》って言われるんだと思う。

そしたら今度は、三人組の中から気の強そうな魔術師風の女性が出てきて、キッとアカリに視線を向けて話し出す。

「てかあんた、偉い人から『期待しておるぞ』って声をかけられてた勇者の一人でしょ？　あんたが昨日参加してたパーティーに今日はいなかったからどうしたのかと思ってたけど、そんな冴《さ》えない男と組んでたのね！」

冴えないとは失礼な。まあ、冴える男でないという自覚はあるが。

……っと、次はこれまたガラの悪そう、というかいかにも不良っぽい金髪格闘家の兄さんが、何かを言いたそうだ。

「俺はそっちを知ってるぞ！　てかそいつ、勇者じゃなくて皿洗いだろ？　なんでこんな森の中まで来てるんだ？　まさか、一流の皿洗いでも目指すのか？」

一流の皿洗い……。確かにそれも悪くないかもしれない。むしろそんな称号も普通にかっこいいと思ってしまう俺は、中二病《ちゅうにびょう》を拗《こじ》らせているのかもしれないな……

今のところ、スキルポイントのほとんどは洗浄系スキルの強化に割り振ってる関係で、現時点ですでに皿洗いとしては一流なんじゃなかろうか。だったら目指すのは超一流の皿洗い？　なんて。本当はもう一つの方のスキルツリーを成長させたいんだけど……

金髪の皮肉に内心で苦笑《くしょう》しながら無表情を保っていると、今度は赤髪が再び話しかけてくる。

「まあ落ち着けよ、お前ら。お嬢さん、俺は勇太《ユータ》。このパーティーのリーダーをやっている。君たちは？」

「私？　私はアカリで、こっちはイツキ君。さっきも言ったけど、今は二人で一緒にレベル上げをしているよ！」

赤髪が俺のことを蚊帳《かや》の外に置きたがっているのはなんとなくわかるけど……今はとり

あえず黙っとこう。

「そうか、アカリさんというのか。……早速だがアカリさん、そんな男は放っておいて、俺たちのパーティーに合流して、一緒にレベル上げをしないか？　そっちの皿洗いと組むよりは絶対に効率がいいはずだぞ」

その根拠は？　いやまあ、普通に考えればそうなるのかもしれないけれど。

アカリはその提案を聞いて俺の方をちらりと見たので、俺は「好きにすればいい」という意図を込めてこくりと頷《うなず》いておく。

ここにきてアカリに見捨てられるのは精神的にくるけど、そもそも俺は、そこまでアカリに依存しているわけではないからな！　……強がりな面もあるけど、そう言い訳すれば納得できないこともない。

「えっと……イツキ君も一緒でいいなら、私はそれでもいいよ」

「だ、そうだ。君の相方はこう言っているが、イツキ、お前はどうするんだ？」

いやそんな、急に俺に振られても……。てか、要するにSSレアのアカリと組んで楽がしたいだけなんだろ？

んでもって、邪魔な俺は適当なところで外せばいいやぐらいに考えているに違いない。

……こいつらの自信満々な顔を見ている限り、まさか断《ことわ》られるなんて考えてないんだろうなあ。だとしたらなおのこと、俺はそういう人間の鼻《はな》っ柱《ぱしら》をへし折ってやりたい。

「そういうことなら、俺はお断りだね。どう考えても俺に利益がない……」

「……はあ？　お前何言っちゃってんの、は？　え、マジで言ってるの？　は？　おいアカリさん、こいつこんなこと言ってやがるぜ！　アカリさん、こんなやつについていくのはやめた方が……」

「ごめんね！　イッキ君がそう言うなら私もやめとくよ。じゃあまたね、君たちも頑張《がんば》ってね！」

俺だけでなくアカリにまで振られた赤髪君は、唖然《あぜん》とした顔で仲間たちの方に振り返って助けを求めている。

「うっわー、マジかよ。ありえねー！　なあ皿洗い、お前はそんなんで恥ずかしくないの？」

「そうよ！　せっかくユータさんが厚意で誘ってくれたのに！　このことは王宮に報告させてもらいますからね！」

金髪君と黒髪さんはそう言うが、恥ずかしさっていう点でいうと「困ったときは先生に言わなきゃ！」みたいな発想しかできないそっちの方も負けていない気がするんだけど。

というか、寄生《きせい》しようとして失敗して逆ギレしてるようなやつらに何か言われたところで、何も心に響かないんだよね……

「それじゃそういうことだから、お前らも達者でな……」

「おい待て、お前はここで俺が倒す。剣を抜け！」

俺がさっさと立ち去ろうとすると、赤髪君は背負っていた大剣の鞘《さや》を外して投げ捨てる。あまりにテンプレな行動で、逆に現実を疑《うたが》うレベルだけど、わかりやすくていいよね。それに、彼らは綿毛相手にも苦戦するレベルみたいだから、まあどうにでもなるでしょ。

「イツキ君！」

「ああ、こうなったら仕方がないな。戦ってでもわからせて……」

「そうじゃなくて、逃げちゃおうよ！　多分この人たちは私たちの脚力についてこれないよ！」

そう言って走り出すアカリに手を引かれ、俺たちはその場から退散《たいさん》することにした。途中で振り返ると、あいつらは武器が重いせいなのか、それともアカリの言う通り、レベル差が脚力の差として現れたのか、俺たちについてくることすらできないようだった。

つまり何が言いたいかというと、相手が売ってきた喧嘩《けんか》を素直に買おうとしていた自分も、視野がだいぶ狭《せま》くなっていたようだ。もしくは「喧嘩《けんか》になったら勝てる」と驕《おご》っていたのかもしれない。俺のギフトも、レベルによるステータスも、俺自身の力ではなく与えられたものだというのに。俺はそんなものが自分の実力だとか勘違いしていたってわけだ。

俺自身の幼さが暴《あば》かれたみたいで若干恥ずかしい思いはあるけれど、アカリが引き止めてくれたおかげで、痛々《いたいた》しい真似《まね》をせずに済んだのはよかったのかもしれないな。

「イッキ君！　次はどんな魔物が現れるかな！」

「どんな魔物が来ても、俺とアカリならどうにでもなるさ！」

こんな恥ずかしい思いをした後だからこそ、臭いセリフも平気で言える。というか、一刻も早くこの痛々しい自分の記憶を消し去りたい……。どうも墓穴《ぼけつ》を掘《ほ》っている気がしてならないのは気のせいということにしよう。

◇

何度か振り返りつつ走って、勇者三人組から無事に逃げ切れたことを確認した俺とアカリは、再び魔獣を探しながらレベル上げを再開する。だが、人の手で整備《せいび》された道の近くでは、どれだけ探しても綿毛しか見つからなかった。

綿毛を倒し続けるだけでも経験値は手に入るので、とにかく森を先に進みつつ、二人合わせて数十体の綿毛を倒していたら、二人ともレベルが10に上がった。

さて、次のレベルに上がるためには、あと何体の綿毛を倒せばいいのやら……

「なあアカリ、危険だとは思うが、また森の奥に入ってみないか？」

「そうだね、イッキ君。道沿いにどれだけ進んでも、綿毛しか出てこないみたいだしね」

いい加減綿毛以外の魔物とも戦いたいと思いはじめていた俺たちは、整備された道を外れ、再び森の奥へと踏み入ることにした。

とはいえ、考えなしに森に入ってまた穴に落ちるような目には遭《あ》いたくないから、今度は慎重に慎重を重《かさ》ねた上で進んでいく。

何か起きたらすぐ逃げられるように、常に退路《たいろ》を確保するのはもちろんだし、帰り道に迷うことがないように、蛍光色《けいこうしょく》の包帯のようなものを木の小枝に巻きつけてマーキングもしておこう。

もちろん帰り道に回収することを忘れてはいけないのだが、いざというときはこの目印に従えば再び街道まで戻れるという仕組みだ。

ちなみに、元の世界で勝手にこれをやると、逆に後続《こうぞく》の登山者を混乱させてしまうらしいから、少なくとも素人《しろうと》はやめておこうな！　って、俺は誰に向かって説明しているんだか……

この包帯は、アカリの鞄の中に入っていた初期装備の一つだ（俺の鞄にはこんなものは入っていなかったが、まあそこに関して今更文句を言うつもりはない）。

同封されていた説明書によると、本体からちぎると数日間は光り続け、徐々にその光は弱まっていく使い捨て品らしい。

だから、今日の探索《たんさく》が終わって街に戻ったら買い足す必要がありそうだな。まあ、アカリが王宮に言えばタダでもらえるような気もするが。

しばらく森の木の枝をかき分けながら進んでいくと、アカリが突然立ち止まって前の方を指さした。

「……イツキ君、前！」

「あれは……亀？　サイズは異常だが、あれも魔物なのか。どうするアカリ、戦ってみるか？」

アカリが指さす先には、ひらけた空間があり、そこに巨大な亀のようなやつがいた。

「そうだね。この不自然にできた広場は、あいつがこのあたりの植物を食い荒《あ》らしたせいなのかな。生態系を守るためにも、討伐した方がいいのかも？」

もしかしたらこの亀は凶悪《きょうあく》な魔物で、レベル10になったばかりの今の俺たちが手出ししてはいけない強敵の可能性もある。ただ、かといってここで引き下がったら「じゃあ何を倒すの？」ってことになってしまうからな。

幸いなことに相手は亀だ。元の世界の亀の特性を当てはめるのは危険かもしれないが、あの体型で高速移動ができるとは思えない。

なら、いざとなったら逃げればなんとかなるだろう。

「なあ、やっぱりいきなり特攻を仕掛けるのは危険だと思うんだが、遠くから殴《なぐ》れる武器とか持ってないか？」

「あるよ！　鞄の中にそれっぽい弓と矢が入ってた！　でもどうしよう、私こんなの使ったことないよ！」

「……貸してみな！　こんなのはなんとなくでなんとかなるだろ。的《まと》は馬鹿みたいにでかいし、ほとんど動きもしない。こうしてこうすれば……」

なんかそれっぽい構えをとって弓を引きしぼって矢を放ったのはいいが、飛んでいった矢は亀から少し離れた地点に着地してしまった。格好つけようとして失敗したみたいでいたたまれない。穴があったら入りたい……

「ど、どんまい！　でもほら、おかげでわかったことがあるよ！　あの亀、今は寝てるのかな。イツキ君の矢がすぐそばに落ちたのに全く気づいてないよ！」

「ってことは、討伐するとしたら今がチャンスなわけだ。……アカリ、ここで俺に名誉挽《ばん》回《かい》させてくれないか？」

「いいけど、何をするつもりなの？」

何って、そりゃもちろん、あの亀を叩《たた》っ斬《き》るんだよ！　って言いたいけど、これを言って失敗したら今度こそ立ち直れないから、口には出さないでおこう。俺だって学習してるんだ。

「まあ、見ててくれ。危《あぶ》なくなったらすぐ逃げるから、その準備だけよろしく！」

アカリに待機をお願いした俺は、亀が目を覚まさないように、そっと足音を殺して近づいていく。

近くで見ると、やっぱりこの亀でかいなあ……

無事に亀の足元にたどり着いた俺は、改めて亀を観察するが、甲羅《こうら》の大きさだけで二メートルぐらいあるだろうか。

試しに木剣で軽く叩《たた》いてみると、金属を叩《たた》いているようなコンコンという音が響く。よく考えたら、これでこの亀が目を覚ました可能性もあったのか。もう少し慎重に行動しなくては……

「それじゃまずは、実験その一！」

右手に聖剣を召喚しようとイメージするのだが、今回は一瞬だけ出してすぐに消す練習をしたい。

「右手に出した聖剣を、即座に振りかぶって振り下ろす。そしたら、結果を確認するより前にとにかく一瞬でも早く……消す！」

約三秒。聖剣を握って振り上げるのに一秒、振り下ろすのに一秒、そして剣を消すのに一秒、合わせて三秒間だけ召喚された聖剣は、俺の意思に従って即座に消滅してくれた。

亀を見ると……ものすごい衝撃《しょうげき》を受けたのに驚いたのか、目を覚ましたようだけど、ちょうど首とは正反対の側から攻撃した俺のことにはまだ気がついていないようだ。

「だったら、実験その二！」

次に試すのは、聖剣と魔剣の同時召喚だ。

右手と左手それぞれに、聖剣と魔剣を握るイメージをすることで、両手にそれぞれ聖剣《ぶき》／魔剣を召喚することに成功した。

とはいえ、この武器には時間制限があるから、感慨《かんがい》にふけっている時間はない。両手に握った武器を振り回して一撃でも多く亀に与えることに集中する。

亀は俺の攻撃に怒り狂って口から変な光線を発射し、その光線が命中した大木が綺麗《きれい》に一刀両断《いっとうりょうだん》された。俺はギリギリ範囲外だったらしく、危害が及ぶことはなかった。

先に右手の聖剣が時間切れで消滅し、次に左手の魔剣も消えて、いよいよ逃げる準備を心の中でした瞬間、ようやく亀の動きが止まった。きわどい戦いだったが、どうやら無事に勝利することができたようだ……

「イツキ君！　ちょっと、無茶するなら最初からそう言ってよ！」

確かに無茶な行動だったな。でもまさか口からビームを出すとは思わないじゃん。……まあここは素直に謝《あやま》っておこう。

「すまん！　しょせん亀だと思って油断してた。次からはこんな危険な賭《か》けはしないと約束するよ」

「当たり前だよ……。でもこれで無事にレベルも上がったね！　亀の甲羅がアイテムになったみたいだから、回収して、ステータスの確認をしよっか！」

明野樹
年齢：17
レベル：16
ギフト1：洗浄魔法
ギフト2：聖剣《ぶ》／魔剣《き》召喚（非表示）
スキルポイント：37（有効期限：残り59分）

ステータスを確認したら、前は10だったレベルが、16に上昇していた。かなり危険な賭《か》けだったが、一体倒すだけでここまでレベルが上がるなら、危ない橋を渡るだけの価値はあったようだな。しかし、俺の視界の両隅には359という数字が表示されている。これで俺は六時間もの間、皿洗いしかできない勇者になってしまったわけだ。

本当は、保険として魔剣か聖剣の時間を一秒だけでも残しておきたかったのだが、そんな余裕はなかったので、仕方ないと割り切ることにしよう。

使用時間を残した状態でもクールタイムが進むのかとか、このあたりの仕様《しよう》は明日検証することにして、今日のところは使い切ってしまって正解だったということにしておこう。

「イツキ君！　見て、私のレベルも15まで上がってる！　私は見てただけなのに！　すごい！　イツキ君はどれぐらい上がったの？」

アカリのステータスカードを確認すると、確かにレベルが15と表示されている。直接戦った俺と、ただ見ていただけのアカリで、ほぼ同じ経験値を獲得したってことなのだろうか。

「……俺は16まで上がってた。一体どういう基準《きじゅん》なんだろうな」

「さあ？　パーティーを組んでたら、経験値は等分される感じなのかもね」

俺のレベルは6上がり、アカリもレベルが5上昇している。それだけ亀の経験値は大量だったということになるが、それでもクールタイム減少に必要な150ポイントには全く届かない。このスキルを獲得するのは当分先になりそうだな……

「アカリ、とりあえず今日のところはこれで終わりにしないか？　さっきのでギフトの使用時間を使い切っちまったから、俺はあと六時間は皿洗いしかできないし……」

「イツキ君の皿洗いはすでに食洗機並みだけど、そうだね。私も落ち着ける場所でこのスキルポイントを割り振りたいし、スキルポイントの時間切れにだけ気をつけながら、帰ることにしようか」

「だな。レベルが上がってるからなんとかなるかもしれないが、いざとなったら戦闘は頼むな」

「任せて！　イツキ君のことは、私が守るから！」

そいつは頼もしいな。せいぜい頼りにさせてもらおう。

道中で出てきた魔物は綿毛の他に、蛇《へび》のような魔物や巨大な昆虫のような魔物もいた。それらは全てアカリに倒してもらい、その経験値で彼女のレベルは俺と同じ16まで追いついた。

「イツキ君、これでまた、私たちお揃いだね！」

「……まあ、そういうのはいいから。とっとと行くぞ！」

「照れなくてもいいのに……！」

照れるとか、そういうのじゃないから！　てか、勘違いするからそういう思わせぶりなのはやめろ？

俺とアカリは蛍光色の包帯を回収しながら道に戻り、そのまま森を抜けて苔団子のいる街道にまでたどり着いた。

薄暗い森から明るい街道に出て一息ついたので、ここらで一度休憩《きゅうけい》をはさんでもいいかもしれないな。

「ここまで来れば大丈夫だろ。そろそろステータスを確認しないか？」

「そうだね！　街に戻る前に試し打ちもしたいもんね！」

「まあ、そうだな」

俺はどうせ試し打ちなんてできないけどな。

さて、37ポイントか……。本当はこの「クールタイム減少」を獲得したいんだが、それに必要な150ポイントを稼ぐには今のペースだと数日かかりそうだし、今はとりあえず「持続時間延長」を強化することにしようかな。

持続時間延長Lv１↓Lv２（必要ポイント：49）（37ポイント↓16ポイント）

◎スキルツリー解放：エクストラタイム（必要ポイント：７）

手始めに持続時間延長のレベルを上げてみたら、新しいスキルが解放されたようだ。エクストラタイム？　獲得するのに7ポイントも必要なのか……。せめてどんなスキルなのか説明が欲しいのだが、聖剣《ぶき》／魔剣召喚系のスキルツリーで伸ばせそうなのは他にはないし、ついでにこっちも獲得してみるか。

エクストラタイムLv０↓Lv１（必要ポイント：14）（16ポイント↓９ポイント）

これで残りは９ポイントか。エクストラタイムを次に強化するのに必要なポイントは14まで上がってしまったので、こっちは微妙《びみょう》に足りないし……

残りのポイントは、仕方ないから洗浄系のスキルを適当に伸ばすのに使おうかな。超一流の皿洗いにまた一歩近づいてしまうことになるが、捨ててしまうよりはマシだろう。

ギフト1（洗浄魔法）
―洗浄力強化Lv6（必要ポイント：2）
―速度向上Lv2（必要ポイント：1）
―洗浄範囲強化Lv6（必要ポイント：2）
―非接触洗浄Lv3（必要ポイント：2）
ギフト2（聖剣《ぶ》／魔剣《き》召喚）
―クールタイム減少（必要ポイント：150）
―持続時間延長Lv3（必要ポイント：49）
―エクストラタイムLv2（必要ポイント：14）

獲得済み：
・洗浄力強化Lv5
・浄化Lv3（MAX）
・速度向上Lv1

・洗浄範囲強化Lv5
・非接触洗浄Lv2
・オフハンド(MAX)
・持続時間延長Lv2
・エクストラタイムLv1

こんなもんか。それにしても、洗浄系スキルの必要ポイントが少なすぎてどんどんレベルが上がっていくのは一体なんなんだ？　もしかしてランクの低いギフトにはレベルが上がりやすいっていう特徴《とくちょう》でもあるのだろうか。

まあ、どれだけレベルを上げたところで戦闘の役にはたたなそうだから、強化してもあまり意味はないんだろうが……

「イツキ君！　見て、精霊を強化したら光が強くなった！　しかもレベルが上がったおかげか、出し続けていてもそんなに疲れなくなったよ！　身体強化の方も維持できる時間がめっちゃ伸びて、使えない時間は逆に減ったよ！」

「そう……か。それはよかったな」

「すごい！　強化された身体強化を使ってみたら、三メートルぐらい垂直跳《すいちょくと》びできたよ！」

微妙に使用可能時間が伸びただけの俺と違い、アカリの方は順調に成長しているようだ。

まったくもって……うらやましい。

「まあいい。詳《くわ》しい検証は明日にして、今日はもう戻ることにしようぜ」

アカリは「うん、そだね！」と言って俺の隣に着地して、そのまま二人で歩いて街に戻ることにした。

のんびり歩いて街につき、門を通って木剣とナイフを返却しようと待っていると、いつもの守衛が慌《あわ》てた様子で走ってきた。

「イツキ様、アカリ様！　お二人に緊急《きんきゅう》の呼び出しがかかっております！　至急《しきゅう》、王宮の魔術師長のもとへ行ってください」

「え、何の用だろう。アカリは何か聞いてる？」

「私も聞いてないよ。守衛さんは何か知ってるの？」

「私も何も伺《うかが》っておりません。ただ『くれぐれも私のもとを直接訪れるように伝えよ』と承《うけたまわ》っております。これは、魔術師長から二人へとお預《あず》かりしたものになります。お納めください……」

どうやらこの守衛も詳しい事情を知っているわけではなく、とにかく俺とアカリを呼び出す命令だけを受けているようだ。

守衛に手渡された袋を開けると、中には二つの指輪が入っていた。さらに手紙も入っている。

『これは変化の指輪と言い、装着《そうちゃく》しているものの姿形を誤認《ごにん》させる効果がある。この指輪を装着し、わしのもとに来てくれ。一刻も早く、しかし誰にも気づかれぬようにな』

手紙には、この指輪の使い方とその効果が書いてあった。こんな指輪まで渡すということは、王宮で何か悪いことでも起きたのだろうか。それでSSレアのギフトを持っているアカリの力を借りたいとかなのかな。

だとしたら完全に俺は巻き込まれただけってことになるが……まあアカリなら協力してやってもいいかな。

「イツキ君……どうする？」

「……そうだな、仕方ない。ここはあのジイさんのことを信用することにしようぜ。何が起きたかは知らんが、時間に猶予《ゆうよ》があるわけでもなさそうだし……急ぐぞ！」

◇

守衛から受け取った変化の指輪を装備した俺とアカリは、人気《ひとけ》のない街の路地裏《ろじうら》を走って王宮に向かった。

途中で表通りの様子をちらりと確認してみたが、至《いた》って平穏《へいおん》で何か騒ぎが起きている様子は見られない。

結局そのまま特に邪魔が入ることもなく、王宮を囲う塀《へい》の前に着いた。手紙に「誰にも気付かれぬように」と書いてあったから、レベルが上がって向上した基礎ステータスに物を言わせて、塀を飛び越《こ》えて強行突破《とっぱ》することにした。

これは本来不法侵入《しんにゅう》になるが、こんな指輪まで寄越《よこ》したぐらいだから、やりすぎってこともないだろう。

「アカリ、魔術師長《ジイさん》のいる場所を調べたいんだが、わかるか？」

「待って、私のギフトで魔力を探《さぐ》ってみる……見つけた！　あそこの部屋に一人でいるみたい。でも廊下《ろうか》には護衛《ごえい》みたいな人がいるから、正面突破は難しいかも？」

「しかたがない、窓から入るか。……俺らはなんで、アクション映画みたいなことをやってるんだ？」

「まあまあ、イツキ君。なんかスパイみたいでかっこいいじゃん私たち！　それに私は楽しいよ？　イツキ君はドキドキしないの？」

「……それは、まあ」

確かに、これはこれで退屈ってことはない。いや、むしろ冒険しているみたいでワクワクしているのかもしれないが、それを言ってしまうと子供っぽいから口には出さないでおく。

アカリは早速、壁の凹凸《おうとつ》に手足をかけて強引に壁を登って屋根の上までたどりつき、こちらに向かって「早く来なよ」と、声は出さずに口を動かして手を振っている。

前世の俺の運動神経では到底真似《まね》できない芸当だが、今の俺ならなんとなくできる気がした。これもレベルアップの恩恵《おんけい》なのだろう。

この初めてのボルダリングに挑戦して無事に屋根の上まで登った俺は、先行するアカリについていきながら足音を殺して駆け抜けて、あっという間にジイさんのいる部屋の窓までたどり着いた。

カツッ……カツッ……

アカリは窓を爪で叩《たた》いてかすかな音を鳴らし、中にいるジイさんに合図を送る。

「ん？　隙間風《すきまかぜ》かの。昨日まではなんともなかったのじゃが……っ！」

「おじいさん、シーッだよ！」

アカリが人差し指を口元に当てているのを見て、ジイさんはようやく状況がわかったようだ。指輪で姿は変えているが、二人組というところから俺たちだと判断したのだろう。

「お主ら、イツキ殿《どの》とアカリ殿か？」

「そうだ。ジイさん、俺たちをこんな場所に呼び出して、いったい何の用だ？」

「お主ら、なぜ正面から入ってこんのじゃ！　まあよい、窓を開けるからとっとと中に入らんか！」

ジイさんが鍵《かぎ》を内側から回して窓を開き、俺らを中に招《まね》き入れた。

もともとこの窓は人が通り抜けるような設計ではなかったらしいが、俺もアカリもそこまでガタイがいいわけじゃないおかげで、多少つっかえながらではあったが、無事に潜入《せんにゅう》することができた。

部屋の中には豪華《ごうか》そうな調度品が数多くあり、もし俺が泥棒《どろぼう》だったら喜んで窃盗《せっとう》に及んでいただろうが、俺たちは窓から侵入したとはいえ泥棒ではない。なのでとっととジイさんの用件を済ませてしまうことにしよう。

「それでジイさん、結局何の用だったんだ？　俺らにこんな無茶までさせておいて、たいした用じゃなかったら……」

「ばかもん！　正面から普通に入ってくればいくらでも手回しはできたわい！　……っと、そうじゃ。そこまで悠長《ゆうちょう》にしておる余裕もないのじゃった」

「おじいさん……。やっぱり、何かまずいことでもあったの？　それで私たちの助けが必要になったとか？」

「そういうわけではないのじゃが……むしろ、お主らが面倒なことに巻き込まれてしまったようなのじゃ」

ジイさんはそう言って三人がけのソファを指さして、自分自身はその向かい側の一人がけのソファに腰を下ろす。もしかしたら長話になるのだろうか。それとも、単にジイさんが歳で、立っているのが辛《つら》いだけなのだろうか。それにしても……

「面倒なこと？　俺たちが？　特に面倒ごとに首を突っ込んだ記憶はないんだが？」

「で、あろうな。わしもお主らのことを信じておるのじゃが……まずは話だけでも聞いてくれ」

「イッキ君、まずは話を聞こ？　冤罪《えんざい》だったら私のことを守ってね！」

「馬鹿野郎、お前が俺を、守るんだよ！　まあいい。それでジイさん、話ってのは？」

「実はな、一部の勇者の中にお主ら……いや、イツキ殿に対して文句を言う輩《やから》がおるようなのじゃ……」

一部の勇者から俺たち……というか実質俺個人に対してクレームが来たらしい。

なんでも「皿洗いごときがSSレアギフトの勇者を独占《どくせん》していてずるい」という理不尽な申し出なのだとか。ジイさん個人としては「聞くに値《あたい》しない」と考えているのだが、王宮としては勇者の言うことである以上、蔑《ないがし》ろにするわけにはいかないんだとか。

特に俺はヒエラルキーの最下位にいることもあって、平等に扱うことで、一部の勇者たちからは逆にひいきしているように見られてしまうのだとか。

まあ理屈はわかるし、ジイさんにここまで申し訳なさそうに話されてしまうと、こっちも納得せざるを得ない気持ちになる。

そのクレーマーって絶対、森で綿毛相手に餅《もち》つきしていた例の赤髪の連中だろ。俺だけじゃなくてアカリの人権すら無視したような言い方には多少腹も立つが、王宮としてはなんとか穏便《おんびん》に済ませたいという気持ちもわかる。俺たちにできる範囲でなら協力してやってもいいが……

「向こうとしては、どうやらアカリ殿だけでなく、他の勇者のことも気遣《きづか》っているつもりらしくてな。今現在王宮に残った勇者を集めて大規模なパーティーを結成しておるようなのじゃ。なんでも『森に入って狩りをした経験のある自分たちが協力すれば、他の勇者のレベル上げにも協力できる』というのが言い分らしい。そしてアカリ殿には『強力なギフトを使って皆のサポートをしてほしい』と。イツキ殿には『パラサイト目的なら、これでも十分だろ』と勧誘《かんゆう》をかけるつもりのようじゃ」

「……要するにそれって、近いうちにまた強引な勧誘があるかもってことなのか？　だったら俺たちの答えは単純で、そんな効率の悪いことやってる暇はない！　ってことになるわけだが？」

「お主ならそう言うかもしれぬと思っておった。だからこそ、わしがこうして呼び出したわけじゃが……。よいか、よく聞け。特にお主じゃ！　イツキ殿は最弱ギフトの保持者、アカリ殿は逆に最強に近いギフトの保持者であると、すでに多くの勇者に知れ渡ってしまっておるのじゃ。そんな状況でアカリ殿がお主だけを手助けし、しかもお主らが他の勇者たちに非協力的であると知れ渡ってみろ！　お主ら、この街で肩身の狭い思いをして暮らしていくことになるのじゃぞ！」

んなこと言われてもなぁ。

「ねえ、イツキ君。とりあえず一日だけでも参加してみない？　他の勇者たちから情報だけでも得られたら、それはそれで価値があるかもしれないよ」

「……まあいいか。だけど俺はギフトを使わないから、戦闘はお前に任せることになるが、それでもいいか？」

「もっちろん！　戦闘は私に任せてイツキ君は後ろで見てて！　イツキ君のことは私が守るね！」

「と、そういうわけだ、ジイさん。今回は手伝ってやることにするが……それで俺たちは何をすればいいんだ？」

まあ別に、狩りを手伝うこと自体はそこまで嫌でもないからな。ただ赤髪たちの思った通りに動くのが嫌なだけで……

「お主らが寛容《かんよう》な心を持っておって非常に助かるのじゃ。それでは今からおよそ一時間後、改めて王宮からの呼び出しということで兵士から声をかけられることになるじゃろうから、そのときは『手伝う』と返事してほしいのじゃ。あと、わしとこうして話しておったことはできる限り伏《ふ》せてくれ。彼らに知られたらまた難癖《なんくせ》をつけられかねんからな」

面倒なことになってしまったが、まあこれも異世界生活の醍醐味《だいごみ》ってことにしておこうかな。

ジイさんとの話が終わった俺たちは、窓から入ったのに出入り口から帰るわけにもいかず、仕方なくまた窓から屋根伝いに人気《ひとけ》のない場所へ向かい、そこで地上に飛び降りる。

五メートル近い屋根の上から地上に無音で着地して、俺たちは食事をとるために、そのまま昨日夕食を食べた飲食店に向かうことにした。

「あのおじいさん、きっと私たちだけじゃなくて、全員にこうして根回《ねまわ》ししてるんだろうね」

「すげえよな。そうとわかってても、俺たちがまるで特別扱いされてるように感じちまうんだから」

「イツキ君、それは違うよ。多分、あのおじいさんは全ての勇者を特別扱いしているの。ただそこに区別はないっていうだけ」

「……そうとも言うか。それにしても明日は集団行動か。ギフトは隠しておきたいんだが、大丈夫かな」

「大丈夫だよ、イツキ君は私が守るから！」

◇

変化の指輪を外して元の姿に戻り、その後も誰にも見つかることなく裏路地《うらろじ》を抜けて大通りに戻った俺とアカリは、店が混みはじめるよりも前に、昨日と同じ飲食店にたどり着いた。そして、昨日とは違うメニューを頼んで二人掛けの席に並んで座り、ゆっくりと食事を始めた。

呼び出されるまでに一時間あるので、その間に食事をしておこうというわけだ。

なんか周りが騒がしい気がしたので少し耳を傾けると「あれが例の……」とか「本当に勇者と皿洗いが一緒にいる……」とか、そんな声が聞こえる。

向こう《クレーマーたち》は向こうで何らかの根回しをしているのかもしれない。そんなことしなくてもこっちは協力してやるつもりだし、そもそもそんなことをしたところで、結局ジイさんの手のひらの上なんだよなあ……。

「イツキ君、あんなの気にしたらダメ！　だよ」

「気にしてねーよ。ただちょっと雑音が気になっただけだ……」

「それって気にしてるじゃん！　それでね、次の派生スキルのことなんだけど……」

「なるほどな。そっちのスキルはそんなことになってるのか。だったら……」

ここは異世界で、ギフトやスキルといった共通の話題があるおかげで、こんな俺でもまともに会話を続けることができる。あとは最後に倒した亀の話とか、少し憂鬱《ゆううつ》になるけど明日の予定とか。

色々なことを話しながらゆっくり食事を楽しんだのはいいんだが、いつまで経っても王宮からの連絡が来なかった。だから、そのまま別の店に行って、武器や防具や怪我《けが》をしたときの治療《ちりょう》キットなどを物色《ぶっしょく》して、必要そうなものは購入したり……

ここが前の世界で、買うのが服とか小物だったら、デートと呼んでも差し支《つか》えなかったのだろうが、ここは異世界で、買うのはいわば生活必需品だからな。ただの買い出しに近い。

「はあ、はあ。探しましたよ！　アカリ様とイッキ様でございますね。王宮からお二人に呼び出しがかかっております。急ぎお越しください！」

いい加減時間を潰《つぶ》すのも限界だと感じていた頃になって、ようやく王宮からの使いが俺たちの前に現れた。わざわざ見つけやすいように二人で行動して、大通りや大きな店を回っていたんだけど……

今はとにかく文句を言っても仕方がないから、おとなしく彼の言うことに従おう。

「わかりました。……ところで、そんなに俺たちのことを見つけにくかったですか？　普通に過ごしていたつもりだったんですが」

「それが、町人や他の勇者様に声をかけても『もめごとに首を突っ込みたくない』と教えてくれなかったのです。まるで口止めされているようにも感じたのですが、これはさすがに思いすごしでしょうね……。それよりも早く。時間がありません！」

「う、うん。王宮に行けばいいんだね？　イッキ君、急ごう！」

「そうだな。どうも嫌な予感がするから、とりあえず急ぐことにしようか」

もしこの足止めがクレーマーたちの戦略だとしたら、その目的は俺たちを遅刻《ちこく》させて立場を貶《おとし》めることとかだろうか。ずいぶんと手が込んでいるというか、陰湿《いんしつ》な方法だ。

だんだんやつらに従うのも嫌になってきたが、ジイさんに「協力する」と言ってしまった手前、反故《ほご》にするのも気がひけるし……

「さあお二人とも、すでに大半の勇者様がたは揃っております。急いでください！」

王宮からの使者は、俺たちを急いで案内しようとしているが、おそらくただついていくだけでは間に合わないだろう。だったら……俺たちは俺たちの道を進ませてもらう。

「アカリ！」

「うん！　使者さん、私たちは王宮に行けばいいんだね？　少し本気で急ぐから、使者さんはあとからついてきて！」

俺とアカリは、レベル16のステータスで屋根の上に飛び乗って、言葉通りの最短距離を、地上の道さえも無視して、一直線に王宮に向かうことにした。

地上を見ると、俺たちを足止めしようとしているのか、勇者らしき人たちが路地に隠れて待ち伏《ぶ》せをしている。だが、屋根の上までは気にしていない様子。

それにしてもここまでやるか……。一体何が彼らをそこまでさせるのだろうか。

「イツキ君！」

「ああ、みんなが待ってる。急ごうか！」

何事もなく王宮の近くまで来た俺たちは、屋根から飛び降りて、今度は王宮の正門へ近づいていく。

「そうだね。イツキ君はまだギフト使えないんだよね。イツキ君は私が守るから、後ろに隠れててね！」

「まあ、王宮内で襲ってくるようなやつは、さすがにいないと思うがな……」

王宮の警備《けいび》をしていた門番に声をかけると、案内されたのは、俺たちがこの世界に召喚されたときの大きな部屋だった。扉を開けたら、すでに勇者が何十人もいて、大剣を背負った赤髪の勇者が壇上《だんじょう》に立っている。様子を見るに、演説の真似事《まねごと》をしているようだ。

耳を傾けると「あいつらは臆病者《おくびょうもの》だ！　俺たちの声掛けにも応じずに逃げ出そうとしている。見ろ、もうみんなが集まっているのに、まだ来ていないじゃないか」とか聞こえてくる。

なるほど、あの待ち伏せたちはそういう意図で配置されてたわけね。まあ無駄だったわけだが。

「あの〜、取り込み中悪いんですが……遅れてごめんなさい！　ちょっと道に迷っちゃって！」

アカリが、おそらくわざとだろう、演説を邪魔するような形で声をかけると、赤髪の勇者はわかりやすく挙動不審《きょどうふしん》な様子になった。

「んなっ！　お前ら、どうしてここに……待ち伏せはどうした？」

「待ち伏せ？　もしかして俺たちの足止めでもしようとしてたのか？　その話、詳しく聞かせてもらいたいなあ！」

「……それは、お前が逃げ出さないように用意した包囲網《ほういもう》のことに決まってるだろ！　変な言いがかりはやめろ！」

まあさすがに、そんな簡単にボロは出さないか。だがこれで、やつらのことを疑う人たちも少しは出てくるはず。そうなれば俺たちにも勝ち目が……俺たちは一体何と戦っているんだ？

「遅かったの。じゃがこれで全員か……いやよく見たら赤髪の？　お主のパーティーメンバーが集まっておらぬようじゃが、そやつら抜きで話を進めていいのか？」

お目付役のように赤髪の勇者のそばにいた魔術師長が言った。

「あ、ああ。あいつらには別件を任せているからな！　代表して俺が話をするから、特に問題はないぜ！」

いやその別件って、俺たちの足止めだろ？　……そんなことも言いたいわけだが、これ以上プライドを傷つけると暴走《ぼうそう》してしまう可能性もあるから、ここは温かい目で見守ってやることにしようかな。

「そ、それじゃあ話を始めるぜ。お前たち、よくぞ俺の呼びかけに応じてくれた！　俺の名はユータ。この世界では『赤髪の勇者』と呼ばれているぜ！　ところでお前たち、もうじき異世界召喚から二日が経とうとしているわけだが、どうだ？　レベル上げがきついとは感じないか？　苔の魔物を倒すのも一苦労じゃないか？　しかも、倒してもなかなかレベルが上がらない現実から目を背《そむ》けていないか？　そこで提案だ。みんなで一緒にレベル上げをしないか？　俺たちは今日、森に入っての狩りに挑戦した。しかし、森に出てくる魔物は苔団子よりもさらに高い防御力を持つ、白い綿毛の魔物だった。Aランクのギフトを持つ勇者が三人集まって袋叩《ふくろだた》きにしても簡単には倒せなかったから、低ランクのギフトを持つ勇者諸君《おまえら》にとってはそれ以上の苦行《くぎょう》になるだろう！」

壇上にいる赤髪の勇者は、気をとり直して演説を続ける。俺にとってはあまりピンとこない内容だったんだけど、集まった聴衆《ちょうしゅう》たちにとっては非常に共感できる内容だったらしい。

あちこちから「そうだ、そうだ！」とか「確かに！」みたいな声が聞こえてくる。

「そんな中！　やはりSレア以上のギフトを獲得した勇者なんかは、着実に魔物を倒してレベルを上げている。聞いた話だと、最高ランク《SSSレア》のギフトを獲得した勇者がSレアのメンバーを集めて結成したパーティーでは、メンバー全員がレベル10の大台を突破したらしい。だがまだやつらはいい。おそらくやつらは本気で魔王を討伐しようとレベルを上げているんだろうからな。しかし、そんな中に、レアギフトを引き当てた勇者の足を引っぱろうとするやつがいる。嘆《なげ》かわしいとは思わないか？　なあ！」

赤髪の勇者は俺の方をにらみつけながら、語調《ごちょう》をさらに強める。その様子を見て周りも「ああ、あいつらが噂《うわさ》の……」とか「うわっ、あいつ、皿洗いのやつじゃん！」とか、俺のことを非難《ひなん》するような声が聞こえてくる。

やったね、赤髪の勇者くん。作戦は大成功だね。

「お前たちが俺たちの誘いに応じてこの場に来たことは褒《ほ》めてやろう。だがな皿洗い！　お前の目論見《もくろみ》は、俺たちの前に姿を現してしまったことで水泡《すいほう》に帰《き》した！　さあ、どうする？　お前がこの場で断るのは簡単だ。だがそうした場合、お前は俺たち全員を敵に回すことになるぞ。それでも姫を独占する勇気が、お前にはあるのか？」

いや、姫って……。アカリはそんなガラじゃないだろ。まあいい、もともと断るつもりはなかったんだ。ここはおとなしく乗ってやろう。

「いいよ別に。俺はお前たちに協力してやるよ。もともとそのつもりだったし、……アカリもそれでいいよな？」

「イツキ君、私、あいつらぶん殴《なぐ》ってもいい？」

「いやダメだが。協力してもいいって話だっただろ？　とりあえず従っとこうぜ」

「イツキ君がそこまで言うなら……」

俺たちがすんなり協力することにしたおかげで、この場はそこまで荒れることもなく、しばらく話をしたら解散になった。

どうせ明日になったら、俺とアカリを引き離そうとして、あの手この手を仕掛けてくるんだろう。とりあえず約束したのは一日だけだし、それならなんとかなる。なにせアカリと俺のレベルは16で、有象無象《うぞうむぞう》とはそれこそ桁《けた》が違うから。アカリが少し実力差を見せつけてやれば、やつらも大きな口は叩《たた》けなくなるはずだしな！


赤髪の勇者たちに言いくるめられるような形で明日の遠足の参加が決まってしまった俺とアカリは、そのまま王宮で別れてまた明日集合することにした。なにせアカリは街中《まちなか》の一等地に宿を借りていて、俺は今日も王宮の小部屋を借りるつもりでいるからな！

とはいえ、そう何日もタダで王宮に泊めてもらうのも申し訳ないし、今日は俺にできる仕事を少しだけ手伝うことにしようかな。

そんなことを考えた俺は、魔術師長《ジイさん》がいる部屋に向かうことにした。

ノックをして部屋に入ると、ジイさんは書類の山と格闘しているところだった。邪魔したかとは思ったが、「気晴らしになる。話すがいい」と言われたので、遠慮なく用件を話すことにした。

「と、いうわけだが、ジイさん。なんか俺に手伝える仕事はないか？　掃除でも皿洗いでも任せてくれ！」

「それが人に仕事をもらう態度か……。まあよい。……そう言えば、厨房で『人手が足りない』と悲鳴が上がっておった。それこそ皿洗いでもして手伝ってやればよいのではないか？」

「人手が足りない？　なんでまたそんなことに……って、そりゃ俺たちみたいな勇者が急に増えれば、仕事が増えるのは当たり前か」

「そういうわけじゃ。せっかくだからわしが案内しよう。ついてくるがよい」

俺たちのように街の居酒屋などで飯を食べている勇者も多いのだが、中にはこの王宮で提供される豪華な食事を毎日食べている無遠慮《ぶえんりょ》なやつもいるみたいだ。……王宮に連泊《れんぱく》している俺が言えることでもないが。

それにしてもジイさんが若干上機嫌に見えるのは、俺たちが我慢《がまん》してあの場を丸く収めたことも一因としてあるに違いない。だからこそジイさん自《みずか》ら厨房まで案内してくれるのだろうし。だとしたら、多少は我慢した甲斐《かい》があったということなのかもしれないな。

ジイさんは、普段通る廊下とは違い、薄暗くて簡素《かんそ》な通路を進んでいく。ついていくと、ほのかにいい匂《にお》いが漂ってきた気がする。

この通路はおそらく、この王宮で働くメイドやら執事やら料理人やらが通る裏道で、この匂《にお》いの先にあるのが王宮の厨房なのだろう。

「着いたぞ。お主はしばしここで待っておれ……」

「あ、ああ。わかった」

ジイさんは厨房の扉を開け、中にいる背の高いコック帽をかぶった料理人と、俺を指さしながら話をしている。料理人もこっちを見ながら「そうなのか！」みたいな驚きの混じった顔でこちらを観察しているから、ここは会釈《えしゃく》でもしておこうかな。ぺこり。

あ、向こうも会釈を返してくれた。こういうやりとりは別世界でも共通するものなのだろうか……

「おう、いいぜ！　入ってきな！」

しばらく待つと、その料理人らしき人が手招きをしてくるので、言葉に甘えて中に入ることにしよう。

「あ、どうも。失礼しまーす……」

なんだろうこの、職員室にお邪魔するときみたいな微妙な感覚は。緊張《きんちょう》しているのかな、俺。

「あんたが噂の皿洗い勇者か？　思ったよりなんか……普通だな！」

最初の感想が「思ったより普通」とか、若干失礼な気がするが、まあいいか。ここで険《けん》悪《あく》になってもしょうがないし、今後もこういうことはあるだろうから、今のうちに慣れることにしよう。

「俺はこんなところでまで噂になってるのかよ……。てか、どんなだと思われてたんだよ、俺」

「まあ概《おおむ》ねお主の想像通りの噂じゃよ。少し違うとすれば、その大半は好意的な印象を持っておるという点かの。民衆は、勇者の中でも最弱であるところに心のどこかで共感し、しかも最弱の勇者でありながら街を出て魔物の森を目指すお主に勇気づけられておるのかもしれぬ」

なんだそれ……そんなふうに思われていたのか？　だとしたらそれは誤解なのだが……

「そうだぜ！　しかも噂によると、魔物の森の中まで入ったらしいじゃねえか！　強い仲間と一緒とはいえ、なかなかできることじゃねえぜ！　いやまさか本人に会えるとは思わなかった。しかも仕事を手伝ってくれるんだって？　よろしくな！」

「あ、はい。よろしくお願いします……」

なにその噂。本人のいないところで勝手な噂を広げないでほしい……などと一瞬思ったけど、よく考えたら、普通噂ってのは本人のいないところで広がっていくものだ。それに今回の場合、俺にとって不利になるような噂でもないから、とりあえずは放置しておくことにしようかな……

「さあ、それじゃあまずはこっちに来てくれ！　これだ。この皿の山を綺麗《きれい》にしてくれると助かるんだが……まあ全ては無理だろうな。できる範囲でいいし、まあ無理だけはしないでくれ。洗剤やスポンジはこっちの棚《たな》に、タオルはその棚の中に入ってるから、そこらへんのは好きに使ってくれていいからな！」

料理人が指さす先には、料理で汚れた皿や調理器具が、仕分けされながらも乱雑《らんざつ》に、それこそ山のように積まれている。

「これはまた……随分な量ですね」

「なにせ人手不足だからな。勇者どもに出す料理が片づいた後で、まとめて全員で皿を洗っているんだが、お前が手伝ってくれるって言うなら助かるぜ。よろしく頼むな！　じゃあ俺は料理に戻る。何かあったら声をかけてくれ！」

さて、この量か……一体どこから手をつけようか。

そんなことを思っている間に、料理人は調理場に戻ってしまった。残されたのは、俺とジイさんの二人きり。そしてぼーっとしている間にも、魔術で動いていると思われるカートで皿やらナイフやらが運ばれてくる。

「とりあえず始めるか。ジイさんも、案内してくれてありがとな！」

「お主は明日も他の勇者に交じって冒険に出かけるのじゃから、あまり無理せぬようにな」

いつまでも俺の相手ばかりしているわけにもいかないのだろう。ジイさんが厨房を出て扉を閉めた瞬間に、廊下を小走りで駆けていく足音が聞こえた。……ジイさんが走る姿はちょっと想像できないけれど。

「さて、じゃあま、とりあえずやりますか！　まず洗浄魔法を起動して……」

目の前に積み上げられた皿の山からまずは一枚持ち上げて、スキルで光る右手をかざす。スキルの光を浴《あ》びた汚れは一瞬で落ち、元の綺麗《きれい》な皿の表面が顔を出す。さすがはギフトによる洗浄魔法、油汚れも一発だ！　皿にこびりついていた汚れはさらさらとシンクを流れ、排水溝《はいすいこう》に吸い込まれていく。

普通だったら、もう少しねばつきそうなものなのだが……

「これは……汚れ自体の性質が変化しているのか？　まあいいや、遊んでいたらこの量は片づかないし、検証はそのうち時間のあるときにでもすることにしよう」

そこから俺は無心になってひたすら皿を洗い続けていった。知らない人が見たら皿をつかんで両手で運んで別の場所に移しているだけに見えるかもしれない。でも実際は、常に両手に洗浄の力を最大サイズで展開させているから、つかむだけで汚れが落ちていて、置き直した皿から順にどんどん綺麗《きれい》になっているんだけど。

ちなみに、浄化の力も同時に発動させると、今度は落ちた汚れがその場で蒸発《じょうはつ》するように消滅してくれる。こっちの方が落とした後の汚れのことを考えなくていいぶん気が楽だったので、途中からは浄化を並行して使うことにした。おかげで、厨房も綺麗《きれい》な状態を保ったまま仕事ができて気分もいい！

『ピロリン！　一定量の汚れを洗浄したため、洗浄サブスキル：自動洗浄を獲得しました！』

しかも、なんかおまけまでついてきた。てか、つまりこれはあれか。洗浄魔法と同じように、他のスキルも使い続ければ、勝手に強化されていくってことなのか？

……これだけ大量の皿を洗ってようやくたったひとつ手に入ったってことは、戦闘系だったらそれこそ鬼のように魔物を狩り続けないと無理なのかもしれないが、知っておいて損《そん》はない情報だ。そのうちアカリとも共有することにしよう。

それよりも、今は目の前の仕事をこなすことに集中。とりあえず皿は一山洗い終えたから、次はあの鍋《なべ》やらフライパンやらの調理器具だな。こっちの汚れを落とすのは大変そうだが……

「まあ、俺のギフトの前ではどんな洗い物《てき》が来ようと、関係ないけどな！」

結局その後、一時間ぐらいひたすら洗い物を続けたら、ようやく一通り片づいた。だめだ、疲れた。ギフトの使いすぎで魔力もほとんど残っていないし、ここにいたらまた次の皿が来てしまうかもしれない……

とりあえず今日は「疲れたのでもう休みます」って書き置きだけ残して、部屋に戻って寝ることにしよう。

仕事を放り出すなんて無責任と怒られるかもしれないが、もともとボランティアみたいなものだしな。こんな適当な感じでも別に大丈夫だろ。

◇

「おっはよー！　イツキ君、いつまで寝てるの？　朝だよ！」

「……おい、プライバシー！」

「ごめんなさい、止められませんでした……」

「ああいいよ、メイドさんは謝らないで。悪いのは全部アカリだから……」

などのようなこともあったが、それ以外には特に問題は起きず、朝食を食べ、身だしなみを整えた俺とアカリは、待ち合わせ場所に指定された門の前に来ていた。

また前のように妨害《ぼうがい》されるのもつまらないので、赤髪の勇者が言った時間よりも三十分ぐらい前に到着したのだが、すでに門の周りには多くの勇者たちが集まっていた。

どうやらあの赤髪の勇者はかなりの人数に声をかけていたらしい。しかも周りの話に耳を傾けてみると「ねえねえ、街の外にはどんな魔物がいるの？」とか「きっとスライムみたいなやつじゃないのか？」とか声が聞こえてくる。

つまり、まだこの街から一歩も外に出ていないやつも結構いるようだ。しかもそういうやつに限って、なぜか装備が充実していたりする。まあ準備をしっかりすることが悪いことだとは思わないが……

とりあえず俺はまだ武器を買ってないから、今のうちに守衛から木剣とナイフを借りておくことにしよう。

「時間だな！　それでは出発するぞ。俺についてこい！」

それから少し時間が経って、待ち合わせの時間ぴったりになった瞬間に、いつの間にか来ていた赤髪の勇者が何の説明もなく出発を宣言した。

赤髪の勇者とその一行は意気揚々《いきようよう》と門を抜けて草原に駆け出していくが、周りの勇者たちは不安そうにどうしたらいいのかと戸惑《とまど》っている。

そりゃまあ、召喚されてから今日まで二日もあったのに、一歩も街から出ずに、時間を準備に費《つい》やすような慎重派が集まっているわけだから、「ついてこい！」とだけ言われたところで、二の足を踏んでしまうのは仕方がないのかもしれない。

かといって、こんなところでグダグダするのも時間の無駄なわけだけど……

「みんな！　安心して！　この平原で出てくるのは苔団子っていう、動きもしないし攻撃もしてこないような魔物だけだから。ほらこの通り、イツ……皿洗いの勇者も平然としているでしょ。だからみんなも大丈夫だよ！　ね、イツキ君！」

「ああ……。まあそうだな。それにあいつらを倒すだけで、レベル5ぐらいまでは上げることができるしな」

他の勇者を勇気づけようとするのはいいが、だからと言ってお前まで俺のことを「皿洗い」って表現するのはどうかと思うし、「こんなやつでも大丈夫」みたいな例えに使われるのも……まあ、もういいか。

慎重派にとっては「皿洗いでも大丈夫」という情報で背中を押されるようなので、結果的にはこれが正解だったのだろう。

先頭にいる赤髪の勇者には、アカリの声も俺の声も届かなかったようだけど、戸惑《とまど》って立ち止まっていた勇者たちの足並みが揃いはじめたのを見て、安心したような顔つきをする。そして、ジャンヌ・ダルクの有名な絵画《かいが》のように、胸を張って先頭を走り出した。……なぜ走り出した？

「イツキ君、あれって完全に状況に酔《よ》っちゃってるよね。大丈夫かな……」

「アカリ、面倒なことになるから、絶対に本人の前で言うなよ。あと、周りで誰が聞いているかわからないから、こういう密集地帯で軽々しく悪口を言うのは……」

「そうだぜ。皿洗いの言うことが正しいぜ。赤髪のスパイがどこに紛《まぎ》れているかもわからないからな！」

「「……誰？」」

周りのペースに合わせてゆっくりと歩きながら、アカリとひそひそ話をしていたら、突然俺たちの背後から声をかけるやつが現れた。全身をボロいローブに包んでいるが、こいつは一体何者なんだ？

俺とアカリが「誰？」「知らん」とやりとりしていると、謎の男はローブを脱いで素顔を見せてくれた……が、生憎《あいにく》と俺の記憶にこんな男の情報はない。

ではアカリの知り合いかと思って顔を向けてみると、首を傾《かし》げるアカリとバッチリ目があった。どうやら向こうも同じことを聞こうと、こっちに振り向いたタイミングだったらしい。

てことは、アカリの知り合いでもないようだが……もしかして俺が忘れてるだけ？

「おっとすまねえ。俺はお前たちのことを知っていても、そっちは俺のことなんて眼中《がんちゅう》にないわけだ。自己紹介をしたいわけだが……まあこれで十分か？」

そう言って男は、俺たちにステータスカードを見せてくれた。

亜麻天晴人《あまぞらはると》
ギフト1：忍者《NINJA》

「俺のことはハルトって呼んでくれ。Sレアのギフトを引き当てた者……で、ござる」

「私はアカリ！　SSレアのギフトを引き当てた真の勇者様だよ！　にんにん！」

「俺はイツキ。皿洗いのギフトを引いた者でござるよ。ところで、そんなSレアな忍者様が俺たちに何の用なんだ？」

「用事ってほどでもないんだが……。うちのリーダーに『お前忍者だろ、忍《しの》び込んで調べてこい』って命令をされたから仕方なく……で、ござる」

「調べるっていうのは、私たちのこと？　それとも、この初心者集団のこと？」

「どっちも……だな。どちらかというと、お前たち……というか『アカリさんのことを調べて、可能だったら勧誘しろ』だってさ。ちなみにイツキ、お前のことは毛ほども気にしていない……でござるよ！」

「知ってたが！　そんなことだろうと思っていたが、わざわざ言うことか？」

「ハハハ！　いやまあ冗談だぜ！　ちゃんと『アカリさんに皿洗いがついてくるなら、それはそれで面倒見てやる』って話になってるから安心しな！」

「よかったね、イツキ君！」

　いや、よくないが。どっちにしろ俺はお荷物扱いなんだよなあ。荷物運び扱いをされながら危険な旅についていくぐらいなら、王宮で皿洗いをしていた方が有意義だ。別に荷物運びが嫌なわけじゃないが、そうやって腫《は》れ物に触れるように扱われるのが嫌というか……

「アカリがそっちに行きたいなら好きにすればいいが、俺はそんなのごめんだね。協力するのはいいが、巻き込むのはやめてくれ！」

「まあ、色々噂は聞いてるから、そう言うと思ってたぜ。だが一応話はしたからな！　気が変わったり、俺たちの協力が必要になったら、いつでも声をかけてくれ。可能な範囲で手助けはするぜ！　それじゃあ、そろそろ苔むしり大会が始まりそうだから、俺はお先に失礼する……で、ござる！」

　最後に一言だけ言い残して、ハルトは煙《けむり》とともに姿を消してしまった。これがかの有名な忍術《NINJUTSU》というやつか。さすが忍者……

　忍者《ハルト》が消えた直後、何やら騒がしいと思って草原の小高い丘の上を見ると、赤髪の勇者がみんなの前でデモンストレーションをやっていた。

「みんな、見てくれ！　こいつはこんななりだがしっかりとした魔物で、倒せばレベルも上がるはずだ。見ててくれ！　……テヤア！」

　赤髪の勇者が苔団子に向かって両手剣を振り下ろすが、その刃先は苔団子を両断することなく、逆にぽむんと音を立てて弾かれてしまった。かなり慌《あわ》てているように見えるが、大丈夫か？

「……こ、このように！　こいつは異常なまでの防御力を備えている。おそらくギフトなしではダメージを与えることは難しいのだろう。だからこういうときは……ハア～、テエイ！」

　赤髪の勇者が集中すると、オーラのような謎の光が彼の剣を包み込んだ。剣全体をオーラが包んだことを確認した彼は、そのまま苔団子に向かって振り下ろす。今度はさすがに弾かれることはなく、無事に苔団子にダメージを与えることはできた。だが、どうやらまだ倒すには威力が足りなかったようだ。

その様子を見た赤髪の勇者の取り巻きたちは「おおー！」とか「さすがですっ！」とか騒ぎ立てている。そしてその後は、三人がかりで苔団子を相手に餅《もち》つき合戦を続けること約十秒。苔団子は苔の塊《かたまり》を残して消滅した。

「このように！　仲間と協力してギフトを使うことで、俺たちは確実にこいつらを倒すことができる！　みんなもぜひ仲間たちと協力しあって経験値を稼いでほしい。それと俺たちは今、新しい仲間を絶賛《ぜっさん》募集《ぼしゅう》中《ちゅう》だ！　苔以外の魔物の倒し方も知りたいってやつがいたら、ぜひ俺たちに声をかけてくれ！　ということで、俺たちはこのあたりでみんなの様子を見てるから、ここから先はそれぞれで好きにやってくれ！」

赤髪の勇者が演説を終えると、続々と他の勇者たちも苔団子の討伐を開始する。

なんというか、赤髪の勇者はやるだけやったって感覚なんだろうなあ……。あれでメンバーが集まるとは思えないが……。まあ、俺みたいな外れギフトを引き当てちまったようなやつは、ああいう集団に入るしかないのかもな。

「さあ、イツキ君！　ボランティアの時間だよ！」

「そうだな。せいぜい実力の差ってやつを見せてやってくれ！　俺はここで眺めてる

から」

アカリはなぜかやる気になっているようだが、俺はこんな苔団子相手に聖剣／魔剣《ぶき》を使用するのはもったいないと思っている。それに、そもそもこれだけ衆目《しゅうもく》がある状態でこのギフトを発動するわけにはいかないからな。

とりあえず時間を潰《つぶ》さなきゃいけないので、俺はこの草原を見て回ることにしよう。神霊術《シャーマン》や忍者以外にも、どんなギフトがあるのか知っておきたいところだしな……

草原を歩きながら観察していると、アカリは何人もの勇者を引き連《つ》れて苔退治を始めていた。

初めは「レベルが上がればギフトなしでも……ほら！」というパフォーマンスから始まって「もしかしたら武器なしでもいけるかも……ほらほら！」と、今度は殴《なぐ》って倒したり、手で引きちぎって倒したりしていた。

周りにいる勇者たちは「おおー！」と歓声《かんせい》を上げているが、見たところパーティーを組んでいるわけでもなさそうだから、お前たちそれ、獲物を横取りされてるだけだぞ？　まあ、わざわざ教えてやるような義理もなければ、そんなコミュ力を持ち合わせてもいないわけだが。

「こんにちは。あなたが有名な、皿洗いさんですね」

アカリが無双《むそう》する様子を眺めつつのんびりしていたら、こんな俺に声をかけてくる人がいたようだ。

視線を向ければ、いかにも真面目そうな雰囲気《ふんいき》の女子で……見た目は高校生ぐらいだ。

「皿洗いさんて……。まあ概ね間違っていないが、あんたは？」

「私は、錬金術師《れんきんじゅつし》です。今はまだ何も作れませんが、いつかすごい魔道具とかも作ってみたいです！」

「なるほど。いいじゃん、錬金術。ちなみに錬金術のランクはどれぐらいなの？」

「……そんなことはいいじゃないですか。それよりも、皿洗いさんは魔物狩りもせずのんびりしていていいの？」

「まあ俺は別にいいんだよ。そんなことより、気になるじゃん。ちなみに俺のギフトはCランクの洗浄魔法な」

「それは知ってます。皿洗いって呼ばれてますもんね」

「そう、不本意だけどね。……それで？　錬金術師は？」

今更ランクを隠したところで、大して意味はない気もするのだが、なぜこの錬金術師はこうまで秘密を守ろうとするのだろうか……

一瞬、謎の沈黙《ちんもく》があった後、錬金術師の少女は申し訳なさそうに口を開いた。

「えっとですね……実は、私のギフトは錬金術師ではなくて図書館なんです。でも別に、ギフトとか関係なく錬金術師って名乗るのは自由ですよね！　本当は錬金術が欲しかったのですが、手に入れられませんでした。でも、だったら錬金術師には自力でなろうって決めて、今は本を読んで勉強中です。……あ、ちなみに図書館のギフトはBランクです」

「そうか、そっちも色々苦労しているんだな」

錬金術師が声をかけてきたと思ったら、実は錬金術師見習いの司書だった。まあそういうこともあるか。

彼女の場合、異世界召喚と聞いてまず錬金術のギフト取得を目指したが、物欲センサーでも働いたのか、競争に敗れ、結果として念のため確保していた図書館というギフトで妥《だ》協《きょう》することにしたのだとか。

ちなみにこのギフトは（本に限り）無限に保管できるというギフトなのだが、一番最初は本が一冊もない状態だったそうだ。つまり「現時点ではこんなの全く役に立たないんです！」ということらしい。

俺の場合は、無気力の結果として皿洗い＋αになったわけだが、こうやって頑《がん》張《ば》っても報《むく》われない人もたくさんいる。そして、それでも諦《あきら》めずに地道に頑《がん》張《ば》る彼女のような人もいるわけだ。少しぐらい応援してあげたい気持ちもあるけれど……

「だったらなおのこと、苔を倒してレベル上げとかしなくていいのか？」

「私もそう思ってついてきたんですけど……歯が立たないんですよね、えへへ」

「まあ、そりゃそうなるか。図書館のギフトじゃ、どうあがいても苔団子を倒すことはできないだろうし。……そうだ、じゃあ俺が手伝ってやるよ。パーティーを組んでメンバーが苔団子を倒せば、えっと、司書さんにも経験値が流れていくはずだからさ！」

「司書さん……せめてそこは錬金術師さんではダメですか？　それでえっと、パーティーってどうやれば？」

「まずは司書さんのステータスカードを出して長押しして、それで下にスライドしてくれ。そしたらそこに俺の……明野樹って名前があると思うから、それをタップしてパーティー申請を送ってみてくれ！」

「わかりました！　錬金術師の私は、皿洗いのイツキさんにパーティー申請を送ります！」

司書さんが申請ボタンを押すと、俺のステータスカードには「花布栞様《はなぎれしおり》からパーティー申請が届いております」というメッセージが表示された。名字はちょっとわからないが、下の名前はシオリさんと読めばいいのかな。とりあえず許可のボタンを押しておこう。

すると、アカリの入っているパーティーとは全く別枠として、俺とシオリさんだけのパーティーが新設されてしまった。そうなるのか。てっきりアカリと同じパーティーになると思っていたのに。これでは、俺が働かないといけないじゃないか。

「ところでイツキさん。イツキさんは皿洗いなのに、この魔物を倒せるんですか？」

「ま、まあ。多分レベルが上がってるから苔団子ぐらいなら……」

赤髪の勇者たちが苦戦していた綿毛の魔物も、俺にとってはそこまで苦戦する相手ではなかったから、レベル1のときはギフトに頼って倒していたこの苔団子も、今なら倒せる……はず！

とりあえず試してみよう。

「司書さん、ついてきて」

「だからせめて、錬金術師って呼んでくださいよ、皿洗いさん！」

シオリさんが何やら言っているのだが、とりあえず無視して、草原に一体だけポツンといた苔団子を見つけたので近づいて……試しに木剣を思い切り叩《たた》きつける。すると、あっさり苔団子を倒すことに成功し、シオリさんのステータスカードからピロリンという音が聞こえてきた。どうやら無事にレベルが上がったようだ。

「司書さん、これで司書さんのレベルが上がったはずだ。ステータスカードを確認してくれ」

「本当です、皿洗いさん。レベルが1から3に上がりました。スキルポイント？　なんですか、これは」

「ああ、それは……」

俺はステータスカードでスキルを割り振る方法について説明をするために、シオリさんにスキル割り振りのページを表示してもらい、一緒になって画面を覗《のぞ》き込む。

幸いなことに、というかなんというか、図書館というギフトはどちらかというと俺の皿洗いに近い、コストがかからない系統のギフトらしい。最初から表示されていた「蔵書量《ぞうしょ》拡大」のスキルを成長させるのに必要なポイントは、たったの1ポイントだった。

しかも、俺みたいに二種類から選ぶ感じではなくて、一種類しか選択肢がない状態のようだ。このあたりも人それぞれ違うんだな。勉強になったわ。

「司書さん。とりあえずこの蔵書量拡大を成長させてみようか」

「えっと、これをこうして？　こんな感じですか、皿洗いさん。……あ、なんかギフトが成長したみたいです！」

「本当だ、まあそこから先は司書さんの好きなようにギフトを育てていけばいいと思うぜ。図書館が大きくなったら、俺もたまには暇つぶしに本を貸してくれよ！」

「私は司書になるつもりはないんですけどね！　このギフトを使っていつか立派な錬金術師になってみせるから。そのときは、皿洗いさんにポーションでも錬金武器でも作ってあげますよ。それとも、皿洗いさんには洗剤とかの方がいいのかな？」

「いや、普通に回復薬とかでいいから。てか、せっかくギフトが図書館なんだから、普通に司書とか目指した方が……まあ、他人のことに口出ししてもしょうがないか。とりあえず今日は苔団子を倒してレベル5まで上げちまおうぜ！」

「レベルが上がって体が軽くなりました！　今なら、私でも苔の魔物を倒せるかも。試してみてもいいですか？」

「好きにすればいいと思う。無理そうだったら手伝うから言ってくれ」

シオリさんは俺に頭を下げて礼を言うと、別の苔団子を倒しに走っていった。まあ成《な》り行きではあったが、いいことをしたあとは気分がいいな。

「イツキ君、今の子……誰？」

「うおっ、アカリか？　急に話しかけるなよ、びっくりするだろ」

「ごめんごめん！　で、誰なのあの子。もしかしてステータスカードに名前が増えた、シオリさんって子？」

そう言ってアカリに見せてもらったステータスカードには、俺の名前から線が伸びて、シオリさんの名前と繋《つな》がっていた。ということは、パーティーメンバーが他のパーティーに参加したら、その情報がわかるようになっているんだな。

「あ、ああ。てか、そっちのカードにも表示されてたんだな。いや、なんでも錬金術師を目指す司書なんだとか？　とりあえずパーティーだけ組んでレベル上げを少しだけ手伝ったが、それだけだぜ？」

「ふうん、イツキ君はすぐそうやって、可愛《かわい》い子なら誰にでも声かけちゃうんだね」

「いや待て、だからそういうのではないからな！　……まあ、すまない。お前が仕事をしている間、俺はのんびりしていたってのも事実だからな」

というか、最初に声をかけてきたのはシオリさんの方なんだが……これ以上何を言っても面倒なことになるだけのような気がするから、黙って謝ることにしよう。

「わかればよろしい！　それじゃあ私はまた続きをやってくるね！　でもこの恩はいつか返してもらうから！」

それだけ言うと、アカリは再び苔退治に向かった。

しかし、恩返しって……なんだろう。サプライズでプレゼントとか贈《おく》ればいいのか？

俺はそういうのやったことないから、よくわからんぞ？

第二章　魔王の侵攻《しんこう》

その後、勇者たちの苔団子退治は数時間続いた。

俺やアカリのレベルが上がることはなかったけど、シオリさんのように初めて魔物と戦った人たちにとっては有意義な時間になったんだと思う。

赤髪の勇者の声で「やった！　これでついにレベル5だ！」などと聞こえたような気もするが、きっと声の似た別の誰かだったに違いない。

言い出しっぺのくせにまさかレベル5未満だったなんてことはないはずだしな……いやそういえばあの赤髪、ギフトなしで苔団子に攻撃がはじかれていたけど、シオリさんはレベル3でもしっかりと苔団子にダメージを与えられていたような……。いや、まさかな。

ちなみにシオリさんは、小さな火の玉を苔団子に命中させたりして、一躍《いちやく》注目を集めていた。図書館をどう使えば火の玉を出せるようになるのかはちょっとわからないけど、おそらくスキルツリーを伸ばしたら、攻撃系の魔法を使えるスキルでもあったとか、そんな感じなのだろう。

パーティーを組んでいるおかげで、シオリさんが何体ぐらい苔団子を倒したのかはなんとなくわかる。なかなかいい調子で倒していて、もう苔団子を倒しても簡単にはレベルが上がらないみたいだ。

「みんな、聞いてくれ！　みんなもレベルがいくらか上がったと思うが、どうやらレベルが上がると同時に、スキルポイントというものが手に入るみたいだ。このポイントはステータスカードを使って能力値に変換することができるようだから、街に戻ってゆっくりポイントの振り方を考えることにしないか？」

どうやら、赤髪の勇者もスキルポイントの存在に気づいたようだ。彼の発言を聞いて、他の勇者は「さんせーい！」「あ、じゃあ私これで上がりまーす！」「俺はもう少し続けます！　ここに残って狩りしててもいいっすか？」のように、反応は様々だった。

「っ……自分勝手なやつらめ。まあいい好きにしろ！　引き続き俺の指導を受けたいやつは、一時間後に街の門に集合な！」

俺から見れば、自分勝手なのは、勝手に街に戻ろうと言い出したのに、残りたいと言う離脱《りだつ》組に悪態《あくたい》をついている赤髪の勇者の方だと思うんだが……。でもまあ確かに、苔むしりをもうかれこれ数時間は続けているからな。一度休憩するのも悪くはないだろう。

というか、俺たちは苔むしり組から離脱しても問題ない頃合いじゃなかろうか。引きこもり勇者たちの背中を押すという役割はしっかり果たせたしな！

「あ、いたいた！　イツキ君、どうする？　まだ続ける？」

これからどうするか悩んでいると、アカリも同じことを考えていたようだ。

俺一人で決めるわけにも行かないし、アカリの意見も聞いてみようかな。

「俺は、そろそろ抜けてもいいかなって思ってた。アカリはどう思うんだ？」

「うん。羨望《せんぼう》の目がそろそろ嫉妬《しっと》に変わってきそうだしね。私もこのあたりが潮時《しおどき》だと思うよ。暴れ回って他の人の取り分を奪ってたから、むしろ私たちが抜けることに賛成な人の方が多いんじゃないかな！」

アカリはあの後も苔団子に突撃していたらしい。そして、そのせいで他の勇者たちは苔団子を探して歩き回る必要があったのだとか。確かにそれは、たまったものじゃないかもしれない。

「それじゃあ、俺らはこのあとどうする？　森にでも行くか？」

「う～ん……。とりあえずお腹《なか》がすいたから、私たちも一度街に戻ろう！」

「そうだな。一応ジイさんにも『協力はした』って報告をしておいてもいいかもな」

ということで、俺たちも自然解散みたいな形になってる勇者たちの流れに逆《さか》らうことなく、街へ戻ることにした。

街の門に着くと、守衛に「おや、今日はお早いお戻りですね」と声をかけられたが、午後からはまたレベル上げをする予定なので、木剣とナイフは返却せずに腰に下げたままにしておく。

街に着いたら、とりあえず屋台で昼食を買って、少し行儀は悪いけど食べ歩きをしながら王宮へと向かうことにした。

「ゆーしゃさま、お帰りなさいませ！　アカリさまもご一緒なんですね！　うちのゆーしゃさまがいつもお世話になっております……」

王宮に着いた途端《とたん》、俺たちを出迎えてくれたのは、俺の専属である幼メイドだった。

他の使用人たちはみんな忙しそうにしている中で、こいつだけはのんびりと中庭で空を見上げてぼーっとしていた。本人が言うには「たまたま休憩時間だっただけです！」とのことだが、みんなこいつが子供だからってことで、甘やかしてるんじゃないだろうか。

「メイドさん、私たち魔術師長さんに用事があるんだけど、連絡をとってくれる？」

「そうだな。また連絡なしで会いに行ったら怒られちまうからな。メイドさん、悪いけど頼まれてくれるか？」

「お任せください！　お二人はどうぞ、王宮の中でお待ちください！」

メイドは、俺たちに向かってペコリとお辞儀《じぎ》をすると、テクテクという効果音が聞こえそうなぐらい軽快な足取りで、宮殿の中に走っていった。

……と思って、十秒ぐらい待っていたら、今度は逆に物凄《ものすご》い速さで戻ってきた。

「ゆーしゃさま！　大変です、大変ですよ、ゆーしゃさま！　おーさまがお呼びです！

急いで来てって、お二人のことを呼んでます！　急いでください！」

「え、なにどうしたの、メイドさん？」

「まあ落ち着け。まずは状況を説明してくれ、メイドさん」

「お二人とも、急いでください。わたしもよくわかんないですけど、おーさまです！　とにかく急いでください！」

小さなメイドの慌《あわ》てようもそうだけど、そういえば王宮の空気も少しピリついているような気が……。どうやら、本当に急いだ方がよさそうだ。というか、「おーさま」？　もしかして魔術師長《ジイさん》のことをそう言っているのだろうか。

「それでメイドさん。俺たちはどこに向かえばいいんだ？」

「ご案内します、こちらについてきてください！」

それだけ言うと、メイドは俺たちに背を向けて勢いよく走り出す。慌《あわ》ててついていくと、昨日も通った使用人用の裏道を通ってたどり着いたのは、そこそこ大きな部屋だった。

部屋の中央には玉座《ぎょくざ》のような豪華な椅子《いす》があるが、今は誰も座っておらず、巨大な地図が広げられたテーブルの周りに、何人かが集まって話をしている。

「おーさま！　仰《おお》せのとおりゆーしゃさまをお二人、連れてまいりました！」

「ご苦労。おや？　お主の顔は書類で見たことがある。確か強力なギフトを持つ勇者の一人であったな。これは不幸中の幸いか、それともこれも運命なのか……」

メイドの様子を見る限り、この偉そうな態度のおっさんが「おーさま」――「王様」なのだろうか。

確かにそれっぽい貫禄《かんろく》があって、いかにも王様って感じではあるけど……

「ゆーしゃさま、この方がこの国のおーさまです。ごあいさつをお願いしてもいいですか？」

と思っていたら、やっぱりこの人が王様ってことであっていたようだ。

「あ、ああ。俺はイツキ。いわゆる……その、皿洗いの勇者ってやつだ」

「えと、私はアカリです。ＳＳレアギフトの勇者です……」

「うむ！　我はこの国の王である！　さて勇者よ、お主らに一つ、おりいって頼みがある。この国から伸びる街道を進むと、魔物の森と呼ばれる場所があるのだが、そのさらに先にある村から、ついさっき救難《きゅうなん》信号が届いたのだ。我々も軍隊を派遣《はけん》する予定であるが、お主らに一足先に行って、調査と避難《ひなん》の手伝いをしてほしいのだ！」

「救難信号……？　一体何が起きたんだ？」

「自然災害？　いや、この世界なら魔物に襲われたとか？　それとも、魔王軍とかいうやつ？」

俺とアカリが次々に問いかける。

「……詳しい情報は我々のもとにも届いておらぬのだ。しかし今は一刻を争う事態。報酬《ほうしゅう》は後で必ず払う。避難の手伝いをするだけでもよいし、それさえも難しければ、後から到着した軍隊に状況報告するだけでも構わん。頼む、お主らだけが頼りなのだ！」

王様はそう言って、俺らに向かって頭を下げてきた。

個人的にそういう危険な仕事は他のパーティーに押しつけたいところだけれど、国のトップにここまでさせておいて無下《むげ》にできるほどに度胸《どきょう》はないんだよなあ……

「どうする、アカリ……って、聞くまでもないか」

「もちろんだよイツキ君！　今すぐ助けに行こう！」

ということで、俺たちはそのまま急いで魔物の森の方角に向かって走り出すことにした。

◇

レベル16の全力疾走《しっそう》で、街から続く街道とその先の森まで一気に走り抜け、見えてきたのは小さな村だった。至って普通の農村といった感じなのだけど、異様なことに、村全体が大量の土砂《どしゃ》に塗《まみ》れていた。

川が氾濫《はんらん》したようにも見えないし、近くに山があってそれが崩《くず》れたとか、そういうこともなさそうだ。……ということは、これは自然災害ではなくて、魔物による災害なのだろうか。

村人たちは泥塗《まみ》れになりながらも、なんとか土砂を掘り起こして生存者を救出している。まだ、土砂の下に埋もれている人がたくさんいるのか？

「これは……ひどい！　ひどいよ、イツキ君！」

「確かに、ひどいことになってるみたいだな。それよりも、急ぐぞアカリ！」

「うん！　生存者の救出を最優先に。範囲が広いから手分けしよ！　私は左側から行くから、イツキ君は右側から！」

「わかった。また後で落ち合おう！」

村にたどり着いた俺たちは、そのまま分かれて救出作業に加わることにした。俺の聖剣《ギフト》／魔剣召喚はこういうときには役にたたなそうだけど、それでも俺たちのレベルは16もあって、この世界の一般人よりは力持ちのはず。どこまでできるかはわからないが、やれるだけのことはやろうと思う。

「大丈夫か？　俺も手伝おう！」

「お、おう。あんたは？」

「俺はついこの間召喚されたばかりの、いわゆる勇者の一人だ。到着が遅れてすまない。とりあえず救出を手伝わせてくれ！」

「あ、あんたが勇者か！　すまない、助かる。この家の下に子供がいるはずなんだが、柱が重くて持ち上がらないんだ。今人数を集めているから、あんたも……」

これぐらいの柱なら、今の俺のレベルであれば……

「よしわかった。お……っりゃー！」

思った通り全身の筋肉が軋《きし》む感触はあるが、柱が持ち上がり、ぐったりした子供の姿が見える。瞳は絶望《ぜつぼう》を映していたが、それでもその命は生きることを諦《あきら》めていなかったようだ。

「おい、俺が柱《これ》を支えている間に、早くその子を！」

「マジかよ、嘘だろ……っ、すまない！　おい、つかまれ。早く！　……よしあんた、もういいぞ！」

ズゥン……

俺が手を離すと、柱はそのまま鈍《にぶ》い音を立てて倒れていく。これは、明日は筋肉痛かな。俺の腰や両腕が軽く悲鳴を上げている。今すぐ休憩を取りたいという嘆願《たんがん》が聞こえてきそうだ。

救出された子供を見ると、かなり衰弱《すいじゃく》しているようだが、まだしっかり息をしている。どうやら間に合ったらしい。よかった……。だがこれで安心してしまうわけにはいかない。まだまだ俺が休んでしまうわけにはいかない！

「他には？　他に俺の手が必要な場所があれば教えてくれ！」

「俺はここでこの子を助けるのに必死だったから状況はわからないが、人手が必要な場所はそこら中にあると思う。悪いが手当たり次第に……」

「任せとけ！　それじゃあ俺は行く。その子のことは任せるぜ！」

「お任せください、勇者様！」

改めて村全体を見回すと、外から見た以上にひどい状態だということがわかる。

木造の建物は泥の重さに耐えきれずに倒壊《とうかい》しているし、道も畑も泥塗《まみ》れになっている。泥を避《さ》けて歩くことは難しい状態だ。

初めのうちはできるだけ泥を踏まないように気をつけていたんだが、そんなことを気にしていられなくなった。今では泥の上で足を取られたり滑《すべ》ったりしないように注意だけはする。

当然、服や靴《くつ》が汚れることも、どうでもよくなっていた。

救出にあたっては、場合によっては建物の柱を聖剣や魔剣の一撃で切り分ける必要もあった。制限時間があるから無駄遣《むだづか》いはできないんだけど、人命救助のためだから出し惜《お》しみは一切なしだ。


そして作業を続けること一時間ほど経って——

アカリが最後の救助者を泥の中から救出したことで、とりあえず村人全ての生存が確認できたらしい。

聖剣も魔剣も最後の一秒まで使い切ってしまったのだが、だからこそ全員の命を救うことができたのだと思う。

俺の視界の両隅には「450」と表示されていて、これで俺はまた皿洗いしかできない勇者に戻ってしまったのだが……だけどそれで後悔はしない。出し惜しみして救える命を取りこぼすよりは百倍マシだと思うからな。

俺とアカリは、救助された村人たちが集められているという広場に向かう。すると、そこには泥に塗《まみ》れた村人たちがいて、俺たちの存在に気づいた村の代表っぽい人が深くお辞儀……というか、泥の上に平伏《へいふく》して「ありがとうございます」と感謝した。

いくらもとから泥塗《まみ》れとはいえ、汚い泥に額《ひたい》まで擦《こす》りつけるのは生半可《なまはんか》なことではできないはず。俺には真似《まね》できないかもしれない。

「ありがとうございます、勇者様！　先ほど村人全員の救出が完了しました！　重傷者《じゅうしょうしゃ》はおりますが、死者はゼロです！　これも勇者様の協力のおかげです！」

「そんな、顔を上げてください！　それにしてもよかったね、イツキ君！」

「ああ、そうだぜ。それに、救出は俺たちだけでやったわけじゃない。村の人たち全員で力を合わせたのが大きくて、俺たちはその手伝いをしただけだ。だから村長さん、あんたは誇《ほこ》ってくれていいんだぜ！　そもそも、俺たちはそんな土下座《どげざ》をされるような偉い人間じゃ……」

確かに俺たちが手伝ったからこそ救助できた人もいるだろうが、俺たちだけで全員を救助することはおそらくできなかった。そういう意味で「全員が協力したおかげ」というのは綺麗事《きれいごと》ではない、ただの事実だから。

「私は村長ではありませんが……ですが、怪我《けが》で動けず休んでいる村長にも伝えておきますね」

「イッキ君、村長じゃないんだって」

「……あ、ああ。それよりも他に俺たちに手伝えることはないか？　ここまで来たら最後まで手伝うぜ！」

まあ確かに「村長だ」とは一言も名乗ってなかったな……。勝手にこっちが思い込んでただけで。

俺の提案に、村長代理はしばらく悩んだ末、申し訳なさそうに話し出した。

「でしたら……怪我《けが》を治癒《ちゆ》するポーションと、汚れを落とすための水が大量に必要なのですが、お金は支払いますので、今ある分を分けていただけないでしょうか！」

「ポーションはあるけど、水は水筒《すいとう》に入ってる分しかないよな？」

「そういえばイッキ君は全然汚れてないよね。私はほら、泥塗《まみ》れなのに！」

「確かに……あ、そうか。ついこの間自動洗浄ってスキルを手に入れたから、それで勝手にきれいになってたのか。……てことは、水なんてなくても、俺のギフトで全員綺麗《きれい》にしてやんよ！　まずはアカリから。ほら手を出して」

「はい。……背中じゃなくてもいいの？」

「感覚がつかめたからな。手でも大丈夫なはずだ」

スキルが増えたわけではないが、昨夜の皿洗いを通して、ギフトを扱う俺の技能が向上したっていう感じだろうか。とはいえ、知らない人にやってみて失敗するのが怖いから、まずはアカリで実験することにしたのだが……

洗浄魔法の出力を全開にした右手でアカリの差し出す右手を握ると、手の平から伝わった洗浄の力が彼女の全身を包み、数秒間かけて彼女は綺麗《きれい》に洗浄されていった。泥一つ残さない、完璧《かんぺき》な仕上がりだ。

なんという便利なギフト……信じられるか？　これ、Cランクの余り物《あまりもの》のギフトなんだぜ？

「ふう、なんとかなったな。村長代理、そういうわけだから、俺を村人たちがいる場所に案内してくれ！」

「イツキ君が、まとめて丸洗いしてくれるよ！」

「さすがは勇者様！　さあ、こちらへどうぞ！　みな、あなたたちに感謝を伝えたいと言っていますよ！」

昨日は皿洗い、今日は人洗い。

洗浄系勇者としての本領《ほんりょう》が発揮《はっき》されつつあるわけだが……

◇

クックック……戯《たわむ》れに泥爆弾など送ってみたが、成果はいかがであったか？

はっ、報告いたします、魔王様！

泥爆弾の群れは計画通り、対象の村に到着。その後不審に思った村人の攻撃により、無事に起爆《きばく》も成功しております！

ほほう。それで人類どもに与えた損害《そんがい》はいかほどか？

報告では、村の建造物は七十一パーセントが全壊《ぜんかい》、二十八パーセントが半壊《はんかい》となっております。

また村人の八十パーセント以上に怪我《けが》を負わせ、しかもそのうちの半分以上は重傷となっているようです！

ふむ。思ったよりも軽傷者が多かったようだ。威力の調整が必要かもしれんな。それで、そのうち死者は何人であったか？

……死者は、ゼロ人です。

ゼロ？　何かの間違いではないのか、確かにゼロ人なのか？　あれだけの攻撃を仕掛けたのに？

一体、何が原因だ？

原因は、私にはわかりかねます。ですが報告書には確かに『死者数ゼロ』と記載されております……

ええい、この無能！　それを、調べるのが、お主の、役割だろうが！　ただ報告を聞くだけなら、我が直接聞いておるわ。何のためにお主のような中間管理職を設《もう》けておると思っておるのだ！

はあ、そう言われましても……

もうよい、我自ら視察に出向く。元から一度視察するつもりではあったしな。現場に顔を出すことで士気も高揚《こうよう》するであろう。

ですが、我らが魔王《おう》。我らのような上位魔族は、人間界の結界のせいで、近くの村にすらたどり着けませせぬぞ！

……お主は本当に何も知らぬのだな。そろそろ昇進《しょうしん》を考えていたのだが、保留した方がよさそうじゃ。よいか、これはつい数日前の話であるが、あのいまわしき宮殿で何か大規模な儀式が行われたようなのである。儀式の内容まではつかんでおらぬが、儀式の影響で人類どもを守る対魔結界に綻《ほころ》びが生じておるのだ。今回泥爆弾を送り込めたのも、それゆえなのだが……というか、お主は本当に何も聞いておらんのか？

いいえ、そういえばそのような話を聞いていたような気も……。ですが、それが何か？

結界が綻《ほころ》んでいるということは、我自身が人類界に攻め入ることも可能だと、まさにそういうことなのだが。まあ、我の本体が向かうことはまだ叶《かな》わぬのだが、我の一部を切り離して作った分身に視察をさせることぐらいならば可能なのだよ！

そうなのですね！　さすがは我らが魔王様です（よくわからないけどとりあえず褒めておこう）！

ククク、褒めても何も出ぬぞ（こいつよくわかってないな。……昇進は当分見送りだな）！

◇

俺たちが一通り救助を終えてから数時間後、ようやく王宮から軍隊が到着した。

中には王宮の兵士だけじゃなくて勇者も何人か交ざっているようだ。

なぜわかるかって？　見覚えのある赤い髪が見えたからだ。まったくあの髪はどこでも目立つから便利だなあ。

……あ、よく見たらシオリさんも後ろの方についてきてるみたいだ。他にもさっきの苔団子狩り《ピクニック》で見かけた顔がちらほらと。どうやら王宮は、手当たり次第に勇者を集めて玉《ぎょく》石混交《せきこんこう》の軍隊を編成したみたいだ。

あの赤髪は多分、村を襲う魔物との対決……みたいなのを期待しているのかもしれないけれど、実際にこれから始まるのは土砂を片づけるだけのボランティアなんだよね……。人手と物資が必要ってのは事実だから、援軍自体は嬉しいんだけど、果たして彼らがそんな活動で満足するかどうか。

「みんな無事か！　俺たち勇者が来たからには、もう大丈夫だぞ！」

案の定《じょう》というか、赤髪の勇者が自信満々で言い放ったので、村人たちに迷惑がかかる前にあしらっておくことにしよう。

「ああそうか、遅かったな。だがよく来てくれた。早速だが、お前たちも泥を片づけるのを手伝ってくれ……」

「お前は、皿洗い！　そんな後始末みたいなことは、お前みたいな皿洗いがやればいいだろう！　俺たちは魔物と戦ったり、せめて人命救助を……」

「そういうのは全部、私とイツキ君で終わらせたよ。というわけで、みんなには怪我《けが》人《にん》の治療と村の復興《ふっこう》作業をお願いしてもいい？」

アカリの話を聞いて「よしわかった、まかせろ！」とやる気を出して泥を片づけはじめる勇者や兵士がいる中で、赤髪の勇者のように「雑用なんてごめんだ」という態度を露骨《ろこつ》に取るものもいた。

まあいいや、いくらなんでも邪魔をしてくることはないだろう。邪魔にはなるかもしれないが……

そんなことよりも、今はやるべきことがたくさんある。崩壊《ほうかい》した建物の瓦礫《がれき》も片づけないといけないし、なんだったら建《た》て直しの手伝いまでした方がいいのかもしれない。勇者が建て直しをしちゃいけないなんてルールはないからな！

「さあやるぞ、アカリ！　ここでも俺たちのステータスは役に立つはずだからな！」

「そうだね！　これだけ大勢の勇者が集まれば、小さな村の復興ぐらいすぐに終わるよね！」

どれだけ大勢の人数が集まったところで、人間には社会的手抜きという現象が発生するので、人数分の効果が発揮されるわけではないと思うんだがな。それでも村自体がそこまで大きくないことを考えれば、今日の日暮れまでに最低限の設備を整えるぐらいならできそうだ。

もちろん村人の家全てを直すことができるわけではないので、まずは怪我人《けがにん》を休ませるための建物を建てたいところだが……

「あ、あの……皿洗いさん！　僕は建築系のギフトなので、家を建てるのは任せてください！」

「でしたら私も似たようなギフトですよ、皿洗いさん！」

「私は前の世界で建築士でしたから、色々とお手伝いできるかと。皿洗いさんには勇気をもらいましたので、今度はこちらが恩返しさせてください！」

「皿洗いさんだって、イツキ君！　すごいね、有名人だよ！」

俺がアカリと「次は何から手をつけようか」と話をしていたら、名前も顔も知らない少年少女おっさんから突然声をかけられた。

てか、アカリじゃなくて俺の方に話しかけてくるのな。

「皿洗い」という不名誉な名前とはいえ、多くの人に名前を知られているなら「有名人」と言い換《か》えることもできるのかもしれない。

というか、こいつら「皿洗い」を俺の固有名詞として定着させるつもりか？　嫌がらせか？　いや、顔を見る感じそんなこともなさそうだし、どうしてこうなった……

「皿洗いさん！　君のニックネームは私が広めておいたよ！　悔《くや》しかったら私のことを錬金術……」

「司書さん、お前のせいかよ！」

「うん。だってなんか、みんな君のことを知りたがって私に色々聞いてくるんだけど、勝手に名前を教えてよかったのかわかんなくて……てかごめん、私もここまで定着すると思ってなかった」

なんてこった、真犯人は思ったよりも身近にいたのか。許さん、こうなったら意地でも「司書さん」呼びを定着させてやる！

そんな感じで和気藹々《わきあいあい》と村の整備を行なっていたが、後になって考えれば「なぜ、この村はこのような惨状《さんじょう》に陥《おちい》ったのか」をもう少し考えるべきだった。

奇跡的《きせきてき》に死者数がゼロとなり、しかもいよいよ勇者らしいことができると気がはやっていたのかもしれないし、「みんな気にしていないから大丈夫」と勝手に思い込んでいたのかもしれない。

だけど大抵悲劇《ひげき》というのは、こんな何気《なにげ》ない一瞬から始まるものなのだと思う。このときもそうだった。

「アカリ殿、イツキ殿！　伏せるでござる！」

「え、なに？　忍者？　どうしたんだ急に？　てか、前からそんなキャラだったか⁉」

「忍者君、さっきぶりだね、忍者君も手伝いにきてくれたの……？」

「いいから、早く！　それとも死にたいでござるか！」

突如《とつじょ》、飛ぶように走ってきた忍者に頭を押さえつけられた俺は、渋々《しぶしぶ》体勢を低くしたまま話の続きを……

「おい、で、一体何が……」

「話は後だ！　来るぞ、そのまま姿勢を低くしているでござる！」

意味不明な状況に困惑しながらも、言われた通りに体勢を低くしていると――

バァン！　という鼓膜《こまく》が破《やぶ》れるかと思うぐらいの大きな音とともに、俺の真上を巨大なエネルギーが通りすぎていった。

忍者に言われて伏せていたので直撃は避けられたが……っておい！　俺の頭すれすれを通りすぎたってことは、俺の頭を上から押さえつけていた忍者は？

「だい……じょうぶ。これは分身の術でござる！」

そう言い残して忍者の分身（？）はボフンと音を立てて消し炭《ずみ》になってしまった。

振り返ると、せっかく建てたばかりの建造物が炎々《えんえん》と燃え上がっている。

周りを見渡せば、別の忍者に頭を押さえつけられたり、とっさに身をかがめて助かったと思《おぼ》しき人もいたが、高熱を身に浴びて苦しんでいる人や、そのままバサリと倒れ伏してしまう人もいた。

アカリとシオリさんは……どうやら無事に攻撃をやりすごしたようだ。

建築を手伝ってくれた三人も火傷《やけど》を負っているらしく、呻《うめ》いているけれど、今のところ命に別状はなさそうだ。

後は知り合いって意味で、赤髪の勇者の方に目をやると「うわぁあああああ！」という声が聞こえる。ということは、どうやら彼も無事に生き残ったらしい。嫌なやつとはいえ知人が死ぬというのは……だがあの赤髪を上から押さえ込んでいる二人分の人型は、そのままバラバラと崩れ落ちていく。

いや、今はこれ以上考えるのはやめよう。そしておそるおそるといった感じで、攻撃が飛んできた方向に目をやると……

カッ……カッ……

まるで氷にアイスピックを突き刺したような、背筋《せすじ》の凍《こお》る足音を立てながら、轟々《ごうごう》と巻き上がる炎を引き連れた何かがこちらに近づいてくる。

「ハハハハハ！　アハハハハハハ！　燃えろ！　もっと燃えろ！　人類め、苦し紛《まぎ》れに勇者なぞ召喚しおったな？　だが無駄じゃ！　その芽《め》は全てこの手で摘《つ》み取ってくれよう！　フハハハハハハ！」

絶望という言葉をそのまま形にしたような何かが佇《たたず》んでいた。

だめだあれには勝てない。勝つとか負けるとかそういう話じゃない。

あれは戦う相手じゃない。自然災害に喧嘩《けんか》を売るようなものだ。聖剣《ぶ》／魔剣《き》召喚が使えるとか使えないとかそういう話でもない。出会わないのが最善。逃げるのが次善。

だが逃げられない。落ちてきた雷から逃げ切ることなどできないように、今の俺には神に祈ることしかできない。

俺が恐怖に震えて蹲《うずくま》っている間、炎の魔王は蹂躙《じゅうりん》のかぎりを尽くした。四方八方から悲鳴が聞こえる中、俺は息を殺して隠れることしかできなかった。アカリやシオリさんと一言も発さずに目線だけを交わして逃げ延《の》びることだけを考える。

「つまらぬ。我に挑もうとするものはおらぬのか、つまらぬぞ！　それでも勇者か！　それとも勇者とは名ばかりの……ウグッ、思ったよりも結界がきついよの。どうやら我の視察はここまでのようじゃが、この程度であれば我が直々《じきじき》に手を下《くだ》すまでもなかったの。泥爆弾を生き延びたのは偶然《ぐうぜん》の類《たぐい》であったか……ツマラヌ！　帰る！」

突然脅威《きょうい》の圧力がなくなったと思ったら、災禍《さいか》の元凶《げんきょう》は捨て台詞《ぜりふ》を残して空の彼方《かなた》へ飛び去っていった。どうやら悪夢は去った。俺たちは生き延びることができたようだ。だが残されたのは地獄絵図《じごくえず》だった。

たった数秒間の出来事だったようにも感じるし、数時間に及ぶ苦行だったようにも感じる。正確な時間はわからない。周りを見ると、そこはすでに焼け野原。そこに村があったという痕跡《こんせき》は何一つ残っていない。

どうやらあれは倒れ伏した人間には興味がなかったようで、全身に火傷《やけど》を負いながらも息をしている人も結構多い。だが、攻撃が直撃して灰になってしまったと思《おぼ》しき人も。そしてその亡骸《なきがら》を抱えて泣き喚《わめ》く人も数え切れないほどに。

俺たちはこの日、理不尽に対して敗北した。

◇

俺は世界の脅威《きょうい》に対して無力だった。誰一人、何一つとして守ることなどできなかった。

目の前で「お母さん！」と叫《さけ》びながら黒い炭の塊《かたまり》に抱きつく子供を見て、俺は「すまない」と絞《しぼ》り出すことしかできない。

俺は無力だ。俺たちは無力だ。俺たちには何もできない。何が勇者だ。小さな村一つ守ることもできないで、何を浮かれていたのだ、俺は。

「瓦礫《がれき》を……せめて生存者を……」

うなされるようにして生存者を見つけ出そうと瓦礫《がれき》をかき分けた記憶がある。

全身に火傷《やけど》を負った青年に「ありがとうございます、勇者様」。そんな言葉をかけられる。何も守ってやれなかった俺にそんな言葉は相応《ふさわ》しくない。「私を殺してください、勇者様」そんなふうに死《救済》を望む人もいた。だがそれだけは許してやらなかった。魔力が尽きるまでひたすら洗浄魔法と浄化を繰り返す。

俺のギフトでは火傷《やけど》を治《なお》してやることもできないし、医者としての知識もない俺には適切な治療法もわからない。俺にできるのはひたすらに清潔《せいけつ》な状態を保ち続けることだけ。洗浄魔法で目に見える汚れを落としたら、次は浄化の力を最大限に発動して、雑菌《ざっきん》の一匹たりとも生かしておかないほど除菌《じょきん》する。

魔力の消費とともに俺の体にのしかかるような疲れが蓄積されていく。

叫《さけ》び声が聞こえる。呻《うめ》き声が、怨嗟《えんさ》の声が耳に届く。まぶたが重い。魔力が底を突いたようだ。スキルを発動しても何も起こらない。まるで涸《か》れた井戸に釣瓶《つるべ》を落としているみたいだ……

「うう……？」

「あ、イツキ君」

「ここは？　俺は一体……？」

「まだ起きたらダメだよ、イツキ君。ここは馬車の中。あの後、王宮から追加で救助隊が到着して、生存者の救出や街の整備なんかは全部任せて、私たちは街に戻ることになったんだ。生き残った村人や勇者たちは、別の馬車に乗って移動しているよ。街に戻って、村人や重傷の勇者は病院に。比較的軽傷な勇者は一度王宮に向かうことになったんだって」

「そうか、ただの夢ってわけじゃ……なかったんだな」

アカリの説明を聞くまでもなく、攻撃の熱波を浴びたときの熱がまだ全身に残っているし、瓦礫《がれき》をかき分けたときに両手の指先の爪が捲《めく》れた傷も痛みも生々しく残っている。

自動洗浄は俺が寝ている間にも働いていたようで、アカリを含めた誰もが灰と泥で汚れているのに、俺だけは服装に汚れひとつ見つからない。そのことが余計に罪悪感を募《つの》らせる。

周囲の様子を確認しようと無理やりにでも目を見開くと、なぜか真上にアカリの顔が見えた。そういえばこの枕は妙に生温《なまあたた》かいし、ちょうどそれこそ人の太ももぐらいの柔《やわ》らかさなような気が……ってこれ、膝枕だわ。

なぜか俺はアカリに膝枕されている。……まあ馬車のスペースにも限界はあるし、ちょうどいい枕が膝枕しかなかったってことなのかもしれない。

とりあえず深呼吸して思考を落ち着かせて……起きよう。恥ずかしいし。

「あっ、起きちゃうんだ……」

「そりゃな」

軋《きし》む体を起こして周囲を見回すと、向かい側の座席にはシオリさんが座ったまま何かにうなされながら、目を閉じて眠っている。

「俺たちの他にはシオリさんだけか。他の勇者は別の馬車か？」

「うん。村の人たちが私たちのことを、特に魔力が尽きるまで役目を果たしてくれたイツキ君のことを助けてくれって懇願《こんがん》したの。自分たちも辛《つら》いはずなのに、それでも私たちのことを優先してくれて。おかげで私たちはこの上等な馬車を貸し切りにしてもらえることになったの。あ、そこで寝てるシオリさんはおまけみたいなものだよ。イツキ君の知り合いって他に誰がいるのかわかんなかったし、こんな豪華な馬車を二人っきりでっていうのはさすがに気が引けたから、無理やり引っ張ってきちゃった……」

アカリはこう言うが、もう少し話を聞くと、シオリさんは王宮から援軍が来て俺たちを乗せた馬車が出発しようとしても、現場に残って人助けを続けようとしていたらしい。そんな彼女のことを心配したアカリが、俺のことを出しにして無理やりこの馬車に乗せたという。

アカリと一緒に馬車に乗り込んだシオリさんは、しばらくの間は俺の怪我《けが》に薬を塗《ぬ》ったり絆創膏《ばんそうこう》を貼ったりしていたが、そのうち意識を失うように眠りに落ちてしまったのだとか。

その後もカタカタと座席を揺《ゆ》らしながら、馬車は街に向かって移動する。

アカリと俺は、ポツリポツリと話題を振り合うが、互いにそんな気分にはなれないのか、話は続かない。

気まずいのではなく、単純に二人とも疲れ切っている。そんな状態で静かな時間がしばらくすぎると、馬車の外が少しずつ騒がしくなってきた。

アカリがカーテンを少し開けたので、隙間《すきま》から窓の外を覗《のぞ》くと、どうやら街に着いたようだ。

ついこの前までと何も変わらない活気にあふれた様子を見ると、村での出来事がどこか遠い国の話のように思えてくる。

だが全身を襲うこの痛みが「現実の出来事である」ことを思い出させてくれる。今はこの痛みに感謝する。

これがあるからこそ俺は、現実を受け入れることができる。狂って全てを忘れてしまわないでいられるのは、この両手に残る痛みが錨《いかり》になってくれているからなのだろう。

「あぁぁ、あああ、ああああ！　うわあああああ！　……はあ、はあ。夢……あ、イツキ……皿洗いさん。目が覚めたんですね」

外の騒がしさがきっかけかはわからないが、シオリさんも目が覚めたようだ。

おそらくあのときの光景を夢で見ていたのだろう。蒼白《そうはく》な顔面に冷や汗を浮かべて、苦しそうにしている。

「シオリさん……いや、錬金術師も目が覚めたんだな」

「そんな、私なんて司書さんがお似合いですよ。私なんかじゃ錬金術師にふさわしくない……」

「シオリさん、イツキ君！　もうじきこの馬車は王宮に到着するよ。見物人が集まってるらしいから、背筋を伸ばしてピンとしてね！」

アカリは王宮の兵士と事前に打ち合わせをして、俺たち勇者の宣伝活動に協力することにしたらしい。これは単に目立ちたいとかそういう理由ではなくて、おそらく一般市民を勇気づけたいとか、それ以上に他の勇者たちへの気遣いの意味が大きいのだろう。

苦しいことがあったけど、そこで戦った勇者がいるというのは、市民たちにとっては心強いのかもしれないな。

アカリが俺に事前に知らせなかったのは、俺なら断らないだろうという信頼として受け取っておくことにしよう。

馬車が停まって扉が開く。本当に大勢の人が見に来ているらしく、俺たちのもとへまるでレンズで光を集めるように、無数の視線が集中している。

集中砲火のごとき視線の雨を通り抜け、宮殿の中までたどり着く。さすがにここまで来ると視線はやわらぎ、俺たちはそのまま謁見《えっけん》の間《ま》、俺たちが召喚された大広間にまで案内される。

そこには、村で起きた地獄のことなどつゆとも知らない勇者たちが集められていて、しばらく待つと馬車で運ばれてきた傷だらけの薄汚れた勇者たちも続々と集合した。

「みなのもの、よく集まってくれた。お主らに来てもらったのは他でもない。知っておるものも多いであろうが、ついに魔王軍による人間界への侵攻《しんこう》が始まった、そのことについて話をしておく必要があるからなのだ」

壇上では魔術師長が苦しげな表情をしながら、勇者たちに向かって話しかけている。その口調《くちょう》は、さっき話したときと違って親しさもやわらかさもなく、かしこまったものだった。

そしてジイさんの隣には見た覚えのないヨボヨボの老人が小さな椅子に腰掛けている。誰だあれ、王様は別の人だから違うとして、ご意見番とか関白《かんぱく》とかそういう立場の人間か？

「その前に、お主らにまずはこの方を紹介しておきたい。よろしいですか、勇者様」

「うむ。ワシの名は杖突宏介《つえつきひろすけ》。お主らと同じこの世界へ召喚された勇者じゃ。今年で八十八歳になる。引き当てたギフトのランクはSSS、ギフト名は『勇者』じゃ。以後よろしくたのむ」

ジイさんに紹介された老人は、自らを勇者と名乗った。

ギフト名が勇者の勇者がいる。つまりあの老人こそが本物の勇者で、それ以外の勇者は必然的にすべて紛い物の勇者ってことになる。それはおそらく、聖剣《ぶ》/魔剣《き》を召喚できる俺でさえも例外ではないようだ。俺が魔王を相手に闘うことすらできなかったのは、俺にはその資格がなかったというだけのこと。なんだろうな……

「話は聞いておるのじゃ。お主らには辛《つら》い思いをさせてしまったようじゃの……。助けが間に合わなくてすまなかったのじゃ、許してくれ」

真の勇者を名乗る米寿の老人は、俺たちに向かってためらうことなく頭を下げる。だがそれは、この国の王が俺たちに頭を下げたのとは全く違う。なんというか、誠意《せいい》が全く感じられないというか、傲慢《ごうまん》さすら感じられるような……

王様は俺たちを対等以上の存在として尊重《そんちょう》し、その上で恥じることなく頭を下げてくれた。だから俺たちも頼みを断ろうとは思わなかった。

だがこの勇者は違う。明らかにその視線は俺たちのことを見下《みくだ》している。真の勇者と名

乗って頭を下げれば従うだろうという魂胆《こんたん》が透《す》けて見える。

有り体《てい》に言ってしまえば「胡散《うさん》臭い」。そんなことを感じてしまうのは、俺の心がやさぐれているだけなのかもしれないが。

「今回我々は大きな痛手《いたで》を被《こうむ》ったのじゃ。村は壊滅《かいめつ》し、村人の死者は五十名。勇者にも多数の重傷者が発生し、そのうち三名は残念ながら命を落としてしまったのじゃ……。ワシがその場にいなかったとはいえ、たった一体の魔物相手にこの被害では先が思いやられる……。ゆえにワシらは対策が必要だと考えたのじゃ」

そう言って真の勇者は指を鳴らして合図を送ると、天井裏に隠れていた忍者たちが巨大な垂《た》れ幕を大きく広げた。

そこには『勇者』を頂点とした巨大な体制図が描《えが》かれている。勇者の下には忍者（Sレア）、錬金術師（Sレア）、吸血鬼（Sレア）の三つの線が伸びていて、その下にはAという塊《かたまり》がそれぞれから二つずつで計六つ。そこからさらに枝分かれしてBが十二、その下は一つにまとめてC。

勇者を頂点としたピラミッドをよく見ると、Sレアから Aに伸びる矢印には「支援」と「指示」の二文字が書かれている。要するにこれは「SレアからAに対して指示をするから、AはSレアを支援しろ」ということなのだろう。ふざけやがって、俺たちのことを何だと思ってやがる……

「巨大な悪を倒すために、ワシらは一致団結《いっちだんけつ》せねばならんのじゃ。仲良しごっこで勝てるほど甘い敵ではないことは、今日の出来事で痛感《つうかん》したであろう。ゆえに勇者であるワシを頂点としたこの体制をとることとした。お主らは、まずはギフトのランクに応じたチームに所属してもらうことになる。誰のもとにつくかは……とりあえずはまあ自由に選ぶがいい」

「ふざっけるな！　それじゃあBランクの俺は、一生Aランクの勇者たちの奴隷《どれい》ってことか？　納得いかねえ！」

老人の言ったことに対して他の勇者が叫《さけ》びを上げた。服装がきれいだから、さっきの村には来ていなかったようだが、確かにそれに関しては俺も同意見だ。さて真の勇者はこの反応にどう対応するか……

「ふむ、確かに一理あるかもしれぬの。……よかろう、ならば貢献度《こうけんど》に応じて区分を見直す仕組みも設けようかの。であれば文句はあるまい？　他にも意見があるものは好きに発言するがいい。可能な限り望みには応《こた》えよう」

その後、モブ勇者たちから様々な意見が寄せられて、さすがに真の勇者が一人では対応しきれなくなったタイミングで、一度解散することとなった。

今日から三日間、一般の勇者たちから意見を募集するという。その後勇者パーティーから決定事項が配布され、それからどのSレアの下につくかの希望を取るのだとか。

例えば忍者の下についたものたちは、基本的に諜報《ちょうほう》や探索の技術を身につけることになり、錬金術師の場合は街に残って戦闘部隊のサポートをすることに。吸血鬼グループはひたすら戦闘訓練を積み重ね、魔物たちとの戦いに備えることになるそうだ。

「イツキ君、すごいことになってきたね。どうする？」

「どうするもこうするも、俺にとって選択肢は一つだけだが」

「そっか。イツキ君の洗浄魔法はCランクだもんね。一番下に入るしか……」

「いや違う。俺が選ぶのは『選ばない』という選択肢だ。あんな野郎の下につくのはごめん被る」

そもそもあの態度が気に食わない。そして、それ以上に大きな理由が一つある。

「あいつらの言うことに従っていても、それで俺があの魔物を倒せるとは思えないからな」

真の勇者がどの程度の実力を持っているのかは未知数だが、あいつらが俺のことをただの皿洗いだと認識している限り、どこに所属したところで俺に活躍の場所はないだろう。

つまりそれは、レベルを上げる機会も存在しないことを意味していて、戦いを放棄《ほうき》して逃げ出すことも意味している。

「そっか。イツキ君ならそう言う気がしてた」

「それにまあ、俺にはもう一つのギフトの件もあるからな。正直な話、団体行動とかはできるだけ避けたいんだ」

　こんなのは、俺にとっても言い訳に過ぎないのだろう。

　誰かの下で働くのが嫌なだけなのかもしれないし、誰かの命令に従って行動するのが嫌なだけだったのかもしれない。真の勇者への単純な嫉妬《しっと》の感情もあるし、人間関係が面倒という気持ちもある。

　俺自身にもこの気持ちに名前をつけることはできていない。だからきっと、この気持ちを本当に理解することは誰にもできないと思う。

「アカリは……どうするんだ？」

　俺はこんな結論を出してしまったが、さすがにこの件に関しては、簡単にアカリを巻き込むわけにはいかないが……

「だったらもちろん、私もイツキ君についていくよ！」

　俺の言い訳……俺の勝手なわがままを、アカリは驚くほど素直に聞き入れてくれた。納得してくれたのかもしれないし、説得を諦《あきら》めたのかもしれない。

　もしかしたら、アカリも内心ではあの勇者たちに疑いの気持ちを持っていた可能性もあるが、この気持ちも俺の気持ちと同様に、簡単に言葉にできるものではないのだろう。

「それは正直助かる。だがいいのか？　ＳＳレアのお前が好き勝手したら、さすがにあいつらも……」

「だって、よく見てよ、イッキ君。あの表にはSSレアの文字がどこにも書いていないんだよ。つまり私もイッキ君と同じで、彼らからはお呼びじゃないってことなんだよ！」

……確かに言われてみれば、あの表にSSレア《アカリ》の居場所は書かれていない。意図的なのか単に漏《も》れていただけなのかはわからないが、いずれにせよいつまでもこの街に居続けていたら、大きな波に呑《の》み込まれることになるだろう。

「せめて最後に、ジイさんに挨拶《あいさつ》をしていくか」

「だよね。この街以外で拠点《きょてん》にできそうな場所がないかも聞いておかないと！」

アカリと俺は、突然の告知にざわめく広間を後にして、魔術師長を探すことにした。

できれば今日中にこの街を離れておきたいところだ。この旅立ちはある意味において勇者たちへの裏切り行為でもある。おそらく当分の間はこの街には戻ってこないぐらいの覚悟をする必要もある。そのためには次の目的地を決める必要もあるし、旅の準備も整えなければならない。

「ジイさんへの挨拶《あいさつ》を済ませたら、手分けして準備を進めるようにしよう」

「そうだね。そのためにはまずは魔術師長さんを探し出さないとね」

ジイさんに挨拶《あいさつ》をするために、そこら辺にいた適当な執事に「魔術師長はどこにいるか」と尋《たず》ねると「魔術師長様は今、真の勇者様とお話になっております」と返ってきた。

ジイさんには話をしておきたいが、あの勇者とはできれば顔を合わせたくない。引き止められるだろうし、場合によっては軽蔑《けいべつ》されてしまうだろうからな。

いつ話が終わるかもわからないし、俺たちにはあまり時間の余裕がないから、ジイさんへの別れの挨拶《あいさつ》をするのは諦《あきら》めて、代わりに簡単な手紙を書くことにした。

封筒《ふうとう》には『誰もいない場所で読んでくれ』と書いて、手紙には『俺たちは俺たちで勝手にやらせてもらう』というようなことを書いた。

自分勝手な上に言葉足《た》らずとは思うのだが、俺自身がこの感情をうまく言葉に直せない。その後のことは魔術師長に任せることにしよう。

好き勝手やらせてもらう手前、俺たちを悪役にしたとしても構わない……まあさすがに追撃部隊とかを組まれるのは勘弁《かんべん》だが。

あのような被害があった直後なのだし、俺たちみたいなのに構っている余裕はないのだと信じたいところだ……

封筒を執事に手渡した俺たちは、旅立ちの前に準備をすることにした。前世の俺は旅というものをした経験などなかったのだが、そのあたりのアドバイスは王宮にいる執事やメイドにも色々と聞いておいたから、まあ準備は大丈夫だろう。

ついでにこの街の周囲の地図や、大まかな世界情勢なんかの話も聞いたけど、そちらについてはスケールが大きすぎてピンと来ない。

隣を見ると、アカリもぽかんとして聞いているのかいないのか。必要な物資の計算とかは得意そうだったから、こいつも多分俺と同じで理系だな。いや知らんけど。

なんとなく聞いた話をまとめると「最近は大きな戦争もなく、比較的安定している」って感じだ。だとしたら、あの悪夢の説明がつかないから、少し情報が古いのかもしれないが……

ついでに厨房にも挨拶《あいさつ》がてら話を聞きに行くと、以前の皿洗いに感謝してくれて色々な裏事情とかも教えてくれた。「これから旅立つ」ことを伝えると、残念そうな顔をしてくれて、長持ちする保存食なんかまで袋に包んで渡してくれた。「こちらこそありがとう」と感謝を告げて、受け取った保存食はとりあえず鞄の中に詰《つ》め込んでおこう。

その後一度街に出て、旅に必要そうなものを手分けして買い揃えた俺たちは、再び門の前に集合した。夜空には星が輝いている。思ったよりも時間がかかったのだが、おかげで準備は整ったし、これぐらいが夜逃げをするにはちょうどいい時間なのかもしれない。

「イツキ君、この門を抜けたら、もう二度と戻ってこられないかもしれないんだよね……」

「そうだな。俺たちは裏切り者として扱われることになるだろうからな」

初めて門を越えたときに足が震えていたのは武者震《むしゃぶる》いに近い感覚だったのだが、今はそこに恐怖の感情が上乗《うわの》せされている。

アカリの言うように、もうここへは戻ってこられないかもしれないことへの恐怖。勇者の勝ち組から離脱することへの恐怖。そしてあの純粋な悪意と戦うことへの……

「おや、あなた方も、こんな夜更《よふ》けにおでかけですか？」

「っ！　……ああ、守衛さんか。俺たちも？　ってことは他にもいたのか、俺たちと同じ考えのやつが」

「はい。あなた方で五組目ですね。みな一様に死んだような目をして『生温《なまぬる》い』とか『足りない』とか呟《つぶや》いておりました。それと比べるとあなた方は比較的お元気に見えます。少なくとも衣服は清潔ですし」

　どうやらあの勇者の提案を蹴《け》ったのは、俺たちだけではなかったようだ。悪夢を前に立ち竦《すく》むものもいる一方で、立ち向かおうとする勇者もやはりいたのだろう。自暴自棄《じぼうじき》になっているだけなのかもしれないが、それは俺たちも変わらない。何かを変えたいという思いはみな同じなのだ。

「守衛さん、私とイツキ君はもう、二度とこの街には戻ってきません。なので、このナイフはお返し……」

「そのまま持っていってもらって大丈夫ですよ。もともと王宮からは『貸すのではなく与えよ』と指示を受けていますから。それよりも、皿洗いの勇者というのはイツキ様のことですよね。イツキ様を待っていた方がおりますよ」

　守衛が門の扉を開けると、姿を現したのはシオリさんだった。

「皿洗いさん！　……やっぱり旅立つんだよね。だったら私も連れていって！」

「し、司書さん……？　どうしてここに」

シオリさんは魔法使いが使いそうな、二メートル近くはある巨大な杖を両手で抱え、暗い瞳でこちらを見つめている。まるで救いを求めるように。

「皿洗いさんたちがあの勇者に唯々諾々《いいだくだく》と従うとは思えなくて。だからここで待ってれば来てくれる気がしたの……」

どうやらシオリさんも俺たちと同じように、勇者たちのやり方には納得できなかったらしい。それで俺たちの行動を読み、この門の前で待ち伏せをしていたのだろう。

「シオリさん、私たちについてきたら、地獄のように辛《つら》い毎日が続くことになるかもしれないよ？　死の危険と隣り合わせのギリギリの状態でレベルを上げて、それでも勝てるかどうかわからない戦いに挑むような……」

「大丈夫です、どんな苦行でも耐えます。それに、きっと苦しみのない安定を選んだら、あとで後悔する。ぬるま湯に浸《つ》かって何もできなくなるのが一番嫌。あの勇者たちに従って偽《いつわ》りの安寧《あんねい》を過ごすぐらいなら、一人きりで街を出た方がマシ」

シオリさんもあのときあの場所で同じ悪夢を見ている。俺たちと同じように無力感に苛《さいな》まれ、切迫感《せっぱくかん》に追われているのだろう。

「シオリさんはこう言ってるけど……イツキ君、どうする？」

「俺としてはどちらでも構わない。司書さんが『ついてきたい』というなら好きにすればいい」

「そっか。じゃあ私も異論ないよ。シオリちゃん、これからよろしくね！」

「こちらこそよろしくお願いします、アカリさん。皿洗いさんもよろしく」

　門の前でそれぞれ握手《あくしゅ》を交わし見つめあっていた俺たちは、守衛の「オホン」というわざとらしい咳払《せきばら》いで我に返って手を離す。そうだった、いつまでも門の前でのんびりしている時間はないんだった。

「勇者様方は夜間に外出するのは初めてだと思いますので、念のために警告《けいこく》します。暗闇は魔物たちの行動を活性化させますので、ご注意ください。それではお気をつけて……またいつか、この街に戻ってこられるのをお待ちしております」

「ありがとう。この世界は俺たちが守るから……」

「だったら、イツキ君のことは私が守るね」

「なら私は、少しでもお二人のことを支えられるように……」

　三者三様《さんしゃさんよう》に思うところはあるのだが、強くなるという目的は一致している。それぞれの覚悟を胸に、俺たちは門を潜《くぐ》り抜けた。


　街を逃げ出した俺たちが向かったのは魔物の森だった。

夜の森は昼間以上に真っ暗で不気味さが五割増だったが、アカリの召喚した光の精霊が光源になってくれたおかげで、なんとか視界は確保されていた。

夜は魔物が活性化するため、昼間と比べて危険度が増すらしいが、つまりそれはレベル上げの効率も上がるということでもあるはず。まずは俺とアカリで協力して、シオリさんを一気にレベル上げ《パワーレベリング》することにした。

まずは綿毛の駆除《くじょ》から始めているうちに、昼間は見かけなかった蛇の魔物やカエルの魔物なども目にしたが、アカリの身体能力を向上させるギフトの力で難《なん》なく撃破《げきは》。移動中にアカリとシオリさんもパーティーを組んだので、魔物を倒した経験値は全員で共有されることになり、全員のレベルが一気に上がった。

もちろん俺も雑魚《ざこ》を倒したりして可能な限りの手伝いはしているが、視界両端に200以上のカウントダウンが残っている以上、聖剣《ぶき》／魔剣召喚は使えない。だから、初見《しょけん》の魔物は基本的にアカリに一任することに。結果的にアカリの負担《ふたん》が大きくなっているので、俺はそのサポートに全力を尽くすことにしよう。

そうして狩りを続けること一時間ほど……だろうか。

「アカリさん！　皿洗いさん！　ついにレベル16まで上がりましたよ！　これで二人に追いつきましたね！」

「やったね、シオリちゃん！　おめでとう！」

「まあ、その間に俺は気づいたらレベル20になってるんだがな……」

真の勇者たちのレベルがどれぐらいかは知らないが、16レベルともなれば勇者の平均レベルを大きく上回《うわまわ》っていることは確実だろう。

そしてシオリさんのレベル上げをしている間に、俺とアカリのレベルもだいぶ上がっていた。ステータスカードを確認すると、ポイントが20溜《た》まっている。

「司書さん、どうする？　スキルポイントの割り振りはもう少し落ち着いた場所でやりたいだろうから、どこかに移動するか？」

「え？　いえ、特にこの場でも困りませんが。というか、このシステムって何か意味あるんですか？　獲得したポイントをひたすら蔵書量拡大につぎ込んでいくだけなんですが……」

「え、ちょっとシオリちゃんのステータスカード見せて？」

「はい。皿洗いさんも見ますか？」

花布栞《はなぎれしおり》
年齢：15
レベル：16
ギフト1：図書館《ライブラリ》

スキルポイント：54（有効期限：残り59分）
—蔵書量拡大Lv5（必要ポイント：2）

獲得済み：
・蔵書量拡大Lv4
・—書類保管《ストレージ》Lv1（派生）
・—書類検索《サーチ》Lv1（派生）

シオリさんにステータスカードを見せてもらったのだが……なんだこれ。以前も見たことはあるが、レベルが上がっても選択肢が全く増えていない。試しにシオリさんに蔵書量拡大Lv5を強化してもらうと、蔵書量拡大Lv6を獲得可能になるが、それだけ。

俺やアカリのスキルツリーが広葉樹《こうようじゅ》だとしたら、シオリさんのスキルツリーは針葉樹《しんようじゅ》？ただひたすら一本道を強化していく感じなのだろうか。

「なるほどシオリちゃん、確かにこれなら何も考えなくてもいいから楽だよね」

「はい。……え、お二人は違う感じなんですか？」

確かに、こっちのステータスカードしか知らなかったら、おかしいのは俺の方になるのだろう。

「俺のは結構枝分かれが多くて……。特に洗浄魔法の方が面倒極《きわ》まる」

「洗浄魔法の方？　まるでそれ以外にもギフトがあるような言い方ですが？」

「え、イツキ君、シオリちゃんに言ってなかったの？」

「そういえば言ってない気がする。今日のレベル上げはこれぐらいにして、そのあたりのことを歩きながら話すか……」

俺たちは一度狩りをやめ、俺とアカリのステータスカードをシオリさんに見せて「やっぱり全然違いますね」という話をしたり、あとは俺のラストワンの方のギフトの説明もしておくことにした。

説明をしつつ、俺は今回獲得した20ポイントを使って「エクストラタイムLv２」と「洗浄力強化Lv６、Lv７」と「洗浄範囲強化Lv６」を強化してポイントを使い切る。

本当はもっとラストワンの方を育てたいんだけど、どうしても端数が生まれてしまって、その端数分は洗浄魔法を強化するしかないせいで、洗浄力ばかりが強化されていってしまう……

アカリはアカリで、だいぶ悩みながら細々としたスキルをいくつか獲得したようだ。シオリさんはただひたすら蔵書量拡大を連打。だけど、結局枝分かれすることはなかったらしい。

シオリさんに俺がギフトを二種類獲得した経緯《けいい》を話すと「すごいですね！　見せてくだ

さい！」とせがまれた。だが、残念ながらまだあと百五十分は使用不可能なので、今回は我慢してもらうことになった。……いや、仮に時間が残っていたとしても、自慢するためだけに見せられるようなものでもないんだけど。

森を抜けて街道を進む俺たち三人がたどり着いたのは、小さな村だった。とはいえ、この村に何か用事があったわけではない。王宮のある街に戻りたくないのと、どこかで一息つきたいという思いが重なった結果、街の近くにありながらほとんど外からの人が来なそうな村を見つけたので、今日はここで一晩過ごすことにしたのだ。

この村は、俺たちが守りきれなかったあの村よりもさらに規模が小さくて、突然訪れた俺たちのような旅人を宿泊させる施設もなかった。しかし、俺たちを見て何事かと集まってきた村人たちに「俺たちが召喚された勇者である」ことや「一晩だけこの村で過ごさせてほしい」ことを説明すると、厚意で一晩だけ泊めてもらえることになった。

村人たちに案内されたのは、既《すで》に使われなくなって久しいであろう、薄汚れたボロボロの空《あ》き家だった。ただ、今は雨風を防げるだけでもありがたい。

ベッドや布団のような気の利《き》いたものはなかったが、その点は街で仕入れておいた寝袋を使えば問題ない。

……まあシオリさんは用意していなかったし、俺たちも予備の寝具を用意するような余裕はなかったから、公正な審議《ジャンケン》の結果、アカリとシオリさんが寝袋を使い、俺はさっき討伐したときにはぎ取った魔物の毛皮（洗浄済み）に包《くる》まることになった。

女性を差しおいて俺が寝袋を使うわけにもいかないから、どうせ勝ってても譲ることにはなったと思うが、理不尽だ……

光源としてアカリが召喚していた光の精霊が消滅し、小屋の中に暗闇が訪れる。そしてすぐに寝息が一つ聞こえてくる。

「あの……皿洗いさん、まだ起きてます？」

「司書さん？　まだ寝てないけど、何か？」

明かりが消えて少し経つと、シオリさんが小声で話しかけてきた。

「いえ、蔵書量拡大を伸ばしていったら、ちょっと気になる派生スキルが手に入ったので試してみたいんですが……やっぱり明日にします。おやすみなさい、皿洗いさん」

「おやすみ、司書さん……」

シオリさんが言っていた「派生スキル」というのは気になるが、本人が「明日でいい」と言うのだから、明日聞くことにしよう。

しばらく経つと、寝息の数が二つに増えた。俺もそろそろ寝ることにしよう……

◇

目が覚めて一番最初に目に入ってくるのは視界両隅の「15＋2」という数字。昨日までは「15＋1」だったのが、エクストラタイムLv2を取得したことで一秒延びたのだろう。

続いて周りを見回すと……アカリとシオリさんが肩を寄せ合って何かを覗《のぞ》き込んでいる。

どうやら、ステータスカードを見ながらヒソヒソと話し合っているようだが？

「……何してんの、二人とも」

「あ、イツキ君、起きた？　見てこれ、シオリちゃんのギフトの新しい能力だって！」

「ああ、昨夜言おうとしてたあれね」

アカリはそう言って、やたらと大量の文字が書かれた自分のステータスカードを見せてくれるが、正直何が新しい能力なのかわからない。というか、シオリさんの能力なら、シオリさんのステータスカードを見せてくれなければいけないのでは？

「昨夜……？　もしかして、私が寝てる間に何かあったの？」

「ア、アカリさん、何も、何もないですよ！　ただちょっと寝る前に私と皿洗いさんでお話をしようとしただけで。結局何も話しませんでしたし、ね、皿洗いさん！」

シオリさんは何をそんなに慌《あわ》てているんだろう。もしかしてあれか、アカリを勝手に仲間はずれにしたと思われるんじゃないかって気にしているのか。だったら俺も「そんなことはない」って伝えた方がいいのだろうか。

「寝る前に少し雑談をしただけで、別にお前を除《の》けものにしたかったわけじゃないから安心しろ。……てか結局、詳しい話は何も聞いていないしな」

「そういうことじゃないけど……そういうことならいっか」

ん？　アカリは一体何の話をしているんだ？　まあいいか。

「それで、派生スキル……だっけ？　結局何ができるようになったんだ？」

「はい、スキル名は『鑑定評価《かんていひょうか》』となっています。蔵書量拡大がレベル20まで成長したときに発生したスキルなんですが……」

「なんか面白い能力だよ。えっと……うん。説明するより試した方が早いかな！　ほらイツキ君、ステータスカードを貸して！」

「え、ああ。わかった」

鑑定評価をステータスカードに使うってことは、より詳細なステータスが確認できるようになるのだろうか。ってことは、さっきアカリが見せてくれたステータスカードには、追加で情報が表示されてたってことなのか。

鞄から取り出したステータスカードをシオリさんに手渡すと、彼女はカードを両手で包み込む。

ピピピピピ……と何かを解析《かいせき》するような音がしてしばらく待つと、シオリさんが手を開いてステータスカードを返してくれた。カードを見ても特に何か変わった様子は見られないのだが……。と思って表示内容を切り替えると、獲得済みスキルの末尾に、新しい記述が増えている。

明野樹
年齢：17
レベル：20
ギフト1（洗浄魔法）
—洗浄力強化Lv8（必要ポイント：2）
—速度向上Lv2（必要ポイント：1）
—洗浄範囲強化Lv7（必要ポイント：2）
—非接触洗浄Lv3（必要ポイント：2）
ギフト2（聖剣《ぶ》／魔剣《き》召喚）
—クールタイム減少（必要ポイント：150）
—持続時間延長Lv3（必要ポイント：49）
—エクストラタイムLv3（必要ポイント：21）
獲得済み：

・洗浄力強化Lv7
・浄化Lv3（MAX）
・速度向上Lv1
・洗浄範囲強化Lv6
・非接触洗浄Lv2
・オフハンド（MAX）
・持続時間延長Lv2
・エクストラタイムLv2
☆自動洗浄Lv1
○聖化（残り299分使用で解放）
○魔化（残り299分使用で解放）
○継続《けいぞく》洗浄（70パーセント解放済み）

自動洗浄っていうのは、王宮で皿洗いをしていたときに手に入れたやつか。どうやら既に獲得したスキルは☆《ほし》で表示されて、獲得可能なスキルは○《まる》で表示される、みたいな感じっぽいな。そんでカッコの中は、獲得条件とかそのあたりだろう。

……残り二百九十九分使用って無理じゃね？　一秒使用するごとに三十分のクールタイ

ムがあるから、十五秒使った後は半日以上は再使用不可能。ってことは、多くても一日二回で大体三十秒しか使えないことになる。

一日で三十秒ということは、一分のカウントを進めるのに二日かかる。それで三百分間使うためには……六百日？　たまに休みを入れたりすることまで考えると……何年かかるんだよ、これ。

そりゃまあ見るからにチートな能力っぽい感じが漂ってくるような名前だし、そんな簡単に獲得できるわけがないんだろうけど……

そんでもって、継続洗浄っていうのは多分皿洗いギフトの追加スキルだよね。こっちは七割解放ってことは、放っておけば勝手に獲得できそうな感じだけど、逆に獲得の条件はわからないな。

そもそも皿洗いのスキルが強化されても……という気持ちはある。便利なスキルではあるけど魔物や魔王を倒すのに役に立つとは思えないし、今の俺は少しでも力を身につけたい。だから、無理してまで取得する必要はないかな。

「イツキ君、どうだった？　隠しパラメーターが見えるようになるスキルなんだと予想してるんだけど……」

ステータスを確認していると、アカリも俺のカードを覗《のぞ》き込む。

「おそらくその通りだろうな。戦闘には使えないけど、便利なスキルであることは間違いなさそうだ」

俺の場合、結果的にあまり役に立たない情報しか表示されなかったが、場合によってはスキル獲得のための重要な情報とかが出てくるかもしれないからな。今後も定期的にステータスを調べる作業をした方がいいのかもしれないな。

「だが、これはあまり公言しない方がいいかもしれないな。独占したいわけじゃないけど、悪用されると面倒そうだ」

「それについては私も皿洗いさんと同意見です。錬金術師は諦《あきら》めたとしても、だからと言って便利な司書役になるつもりはありませんので！」

「それじゃあ、イツキ君も起きたみたいだし、そろそろ出発しようか」

「そうだな、いつまでもカードばかり見ていても、レベルが勝手に上がるわけじゃないからな」

というわけで、俺はステータスカードを鞄にしまい込み、布団代わりにしていた魔物の毛皮もそのまま鞄に放り込む。

アカリとシオリさんはすでに準備ができているようで、寝袋は片づいているし、よく見たらすでに寝間着《ねまき》ではなくなっている。俺が寝ている間に着替えまで済ませてしまったのだろう。

「俺は着替えてから向かうから、二人は外で待っててくれ」

「うん。じゃあ私とシオリちゃんは先に行ってるね！　行こ、シオリちゃん」

「あ、はい……」

アカリが扉を開けて外に出て、再び扉が閉まるのを確認してから、急いで着替えることにした。あの二人とはいえさすがに女性の前で着替えるのは恥ずかしいからな……

着替えが終わり、荷物もすべて片づけて忘れ物がないのを確認したら、扉を開けて外に出る。

「すまん二人とも、待たせた……な？」

「あ、イツキ君……どうしよう」

扉から出たその先で、ふたりは五～六人の村人らしき人に取り囲まれていた。

「皿洗いさん、なんだか私たちに頼みごとがあるそうです……」

二人を囲んでいた村人たちは、さらに俺たちに詰め寄る。

「実は私たちは、あなた方が勇者だという話を聞いて。是非《ぜひ》お願いしたいことがあるのです」

「突然で失礼なお願いとは存じております。ですが、この村の存亡《そんぼう》がかかっているのです！」

「何卒《なにとぞ》！　我々を助けると思ってお力添《ぞ》えをお願いしたく……」

「「「「お願いします！」」」」

村人たちは声を揃えて一斉に頭を下げる。ここまでされると、演劇でも見ている気分になる。だが、頭を下げている村人だけでなく、遠巻きに眺めている村人たちの表情も切迫しているので、人を騙《だま》そうとしているようにはとても思えない。

これでもし、この村人たちの目的が俺たちを貶《おとし》めることだとしたら、俺は一生他人を信じることができなくなりそうだ。

両隣を見ると、アカリとシオリさんの視線も、俺と村人たちの間で彷徨《さまよ》っている。信じるべきか、疑うべきか決めかねているようだが……そういうことなら仕方がない。

「わかった、話を聞こう。アカリと司書……シオリさんも、それでいいか？」

「うん、私はそれでいいよ！」

「私もそれでいいです」

俺が明確に立場を決めることで、アカリとシオリさんも賛同してくれて、それを聞いた村人たちの表情にも安堵《あんど》が浮かぶ。

「「「「ありがとうございます！」」」」

再び村人が一斉に頭を下げたが、なんだこれ。こんなことをされたら断りづらくなるんだが、新手《あらて》の脅迫《きょうはく》か？

まだ何もしていないのに感謝されるとむず痒《がゆ》いので、「そういうのはいいですから……」

と頭を上げてもらい、それよりも本題に入ることにしよう。

「それで、俺たちに頼みたいことってのは？」

「実は、数日前から薬草取りのために森に入っていった若者たちがまだ戻っておりません。まあ、やつらとて森には慣れていますから、どこかで道草でも食っておるのかもしれませんが、連絡すらないというのは心配で……。もしこれから森に向かわれるのでしたら、人探しもお願いしたいのです」

要するに、俺たちに森で遭難《そうなん》した村人の救出を頼みたいということらしい。このように小さな村では、若者が戻らないのは一大事なのだろう。連絡なしで帰らなかったことは今までなかったというから、心配だという気持ちもわかる。そういうことならぜひ力になってやりたいが……

「別にかまわないが、だけどあの森はかなり広いだろ？　偶然で見つけられるようなことはないと思うんだが……」

「一応、やつらは道標《みちしるべ》をつけながら森を探索しておるはずです。このパターンの目印をもし見かけたらたどって探してやってほしいのです。とはいえ無理はせんでください！　あくまでも勇者様の都合を優先してください……」

村の老人から渡されたのは、赤と白の市松《いちまつ》模様《もよう》に織《お》られた布だった。

俺たちが使っていた単色のマーキングとは違って、村人たちは「この目印を使っているのが誰なのか」というところまで判別できるようにしているらしい。この目印を追いかければ、道に迷った村人たちのところまでたどり着くことができるということか。

「そういうことなら、私たちにも手伝えそうですね……」

シオリさんは村人たちから受け取った目印を調べながら呟《つぶや》いた。

「ああ、俺もそう思う。アカリはどう思う？」

「うん！　私もそれでいいよ！　村長さん、私たちに任せて！」

俺とアカリもそれに賛同すると、村人全員から安堵のため息が漏れた。

「いや、私は村長などではないのですが。ですが助かります。うちのバカ息子のことを頼みます。もし馬鹿なことをやってるだけだったら……そのときは容赦《ようしゃ》なくぶん殴《なぐ》ってやってください！」

またこのパターンか……。いかにも代表っぽい感じだったから、俺もてっきり村長だと思っていたが、実際はただのやんちゃな子供の父親だったらしい。てか、俺たちのレベルで全力で殴《なぐ》ったら無事では済まないと思うんだが……そんな笑い話で済むのが一番か。

この世界では何が起こるかわからないからな。助けようと思った人たちが死体で見つかったなんてことも、心のどこかで覚悟する必要があるのかもしれない……。

村を出て森に入った俺たちは、とりあえず道なりに進むことにした。村人の言っていた目印がないか、あたりを見渡しながら歩いているが、今のところそれらしきものは見つかっていない。

というか、いくら目立つデザインの目印とはいえ、これだけ広い森のどこにあるのかもわからないものを探し出すってのは、相当無理がある気がする。それに、俺たちは一応勇者などと呼ばれてはいるけれど、森歩きに慣れてるってわけではないからな。

「皿洗いさん、もしかしてあれじゃないですか？」

だが、森の木々に目印がついていないかと探しながら歩いていると、シオリさんがある方向を指さした。

見ると、確かに木の枝にハンカチのような目印が結《むす》びつけられている。

「ほんとだ！　シオリちゃんすごい、私は全く気づかなかった！」

「司書さん、よくあんなの見つけられたね……」

「たまたまですよ。それよりもせっかく見つけたのですから、目印を追いかけて進んでみることにしましょう」

「……そうだな」

「だね！」

一度見つかると次を見つけるのは簡単で、目印を追っている間に、最近できたと思われる真新しい獣道が見つかった。

そうして草木をかき分けて進み、十分ほど経っただろうか。

「イツキ君、シオリちゃん……これって？」

「……血でしょうか。まだ光沢《こうたく》があって乾《かわ》き切っていないようにも見えますが」

「……急ごう、二人とも！」

シオリさんが次の目印を見失っていたところ、アカリが樹木《じゅもく》に付着している血痕《けっこん》を発見した。もしかしたら、野生の獣のものの可能性もあるが、目印がちょうど途切《とぎ》れていたタイミングで見つかったことを考えると、あまりいい予感はしない。

何かが草木をなぎ倒したかのようにしてできた道を小走りで進んでいくと、突然景色が開け、巨大な地割れが俺たちの視界に飛び込んできた。おそるおそる近づいて下を見ると、どうやらかなり深い渓谷《けいこく》になっているようだ。

崖《がけ》の下からは水の流れる音が聞こえてくるが、深すぎて光が届かないのか、一番下の様子は全くわからない。

「突然立ち止まって、どうしたの、イツキ君！」

「アカリ、ちょっと待て。ゆっくり近づけ……で、下を見てみろ」

「すっごい深い！　こんなの落ちたらひとたまりもないよ！」

「そう……ですね。ですが、あれを見てください。人の荷物に見えるのですが……」

シオリさんが指さす俺たちの真下に目をやると、確かにそこには薬草のような草が詰められたカゴが、崖から生《は》えた木に引っかかっていた。よく見たら、ところどころ、まるで人がすべり落ちたように木の枝が折れたり土が削《けず》れたりしている。ということは、まさか……

「イツキ君！　私、下に降りて見てくる！」

「え？　おいちょっと待て、無茶すんな！」

「アカリさん、待ってください！　今、鞄からロープの魔道具を出します！」

「なくても大丈夫！　でも、怪我《けが》してる人がいたら引き上げるから、用意はしておいて！」

どうするべきかと俺が悩んでいる間に、アカリとシオリさんはすでに覚悟を決めたらしい。

おろおろする俺とは違い、他の選択肢はあり得ないと考えているようだ。

「二人とも、なんでそんなに……怖くないの？」

「『だってこの下には、生存者がいるかもしれないんだよ！』」

アカリはそう言うと、谷に向かって紐《ひも》なしでバンジージャンプを敢行《かんこう》し、シオリさんは鞄から取り出したロープを頑丈《がんじょう》そうな樹木に結びはじめた。

確かに今のアカリのレベルならこの高さの崖から落ちても大丈夫なのかもしれないが……怖くはないのか？　シオリさんはシオリさんで、アカリのことを心配するでもなく当然のようにアカリのことをサポートしようとしている。

その様子は最適化された機械のように迷いがなく、ついこの間まで日本という平和な世界で普通に暮らしていた学生だったとは思えない。だけどなぜだろう。すごいことをしているはずなのに、そこに危《あや》うさのようなものを感じるのは。

「えっと、だったら俺は……何をすればいい？」

こういう場合、勇者って言われる人だったら、考えるよりも先に体が動いて、アカリのことを追って崖に飛び込むものなのだろう。少なくとも俺のように、高さに足がすくんで動けないなんてことはないはずだ。

そういう意味でも、やっぱり俺は勇者には相応《ふさわ》しくない。そう考えているうちに、シオリさんはロープを結び終えていた。

「皿洗いさん！　ロープを結びました！　私はここに残りますので、イツキはアカリさんを追ってください！」

シオリさんのまっすぐな目を見つめ返し、俺はロープを受け取った。

「そういうことなら……わかった。すぐに戻ってくる。シオリも気をつけて！」

そう言ってロープを片手に飛び降りられる俺も、ある意味どこかが壊れているのかもしれない。飛び降りるというよりは、崖に足をかけて滑り降りるようにして、少しだけ勢いを殺しつつ直感を頼りに急斜面《きゅうしゃめん》を駆け降りていく。

シオリから渡されたこのロープは、力を吸って無限に延びる魔道具だ。強く握りしめる右手からどんどん吸い上げられていくが、レベルが高いおかげなのか大して苦痛にはならない。むしろ力を余分に送り込むことで、ロープの長さに遊びを持たせる余裕すらあった。

体感で十秒以上落下し続けると、ようやく崖の底が見えてきたので、ロープに力を送るのをやめる。

崖の下は広い空洞《くうどう》になっていて、俺はロープをつかんで宙づりになりながら、洞窟内の様子を観察する。

地上からの光がほとんど届いていないのだが、どうやら流れている川は結構水深がありそうだ。これなら、もしかしたら川に落ちていれば、場合によっては命が助かっているかもしれない。期待しすぎない方がいいのだろうが、下が地面よりは可能性がある。

それにしても、どうやったら渓谷の下にこんな洞窟みたいな地形ができ上がるのか想像もつかない。もしかしたら、本当に想像もつかないような原理で作られた地形なのかもしれないな。異世界なんだし、何が起きても不思議ではない。

「イツキくーん！　こっち、こっち、こっちー！」

声が聞こえた方向に目をやると、光の精霊を召喚したアカリが川岸で手を振っていた。アカリの周りでは、何人かの村人が小さな焚《た》き火を囲んで暖《だん》をとっている。一人は怪我《けが》をしているようにも見えるが、確認できる限りみんなちゃんと生きているようだ。

魔力を微調整《びちょうせい》してロープを延ばして水面ギリギリまでゆっくり降りて、足先で軽く水面に触れてみる。靴を染みてくる水はヒヤリと冷たいが、これぐらいなら我慢できないこともない。

ロープをさらに伸ばして俺の体が全身水に浸かったら、立ち泳ぎをしつつさらにロープを延ばし、着衣水泳で岸に向かうことにした。前世であればこんな無茶はできなかっただろうけど、レベル20の俺の力であれば、そこまで難しいことでもなさそう……かな。


「はあ、はあ……。思ったよりもきついな、これ」

確かに何とかなったけど、難しいことでないってわけではなかった。普通にきつい……

「イツキ君、お疲れ様。来てくれるって信じてたよ！　それよりも、まずはこの人の汚れを落としてあげて！　今は応急的に止血だけしてあるんだけど……」

「任せとけ。えっと、右手を出してもらえますか？」

弱々しく俺に手を差し出した青年は、背中に大きな怪我《けが》をしていた。生々しいのが嫌なので見せてもらってはいないんだけど、あたりに散らかる血塗《まみ》れの包帯の量からして、相当大きな怪《け》我《が》なのだろう。

俺の洗浄魔法で怪《け》我《が》を治すことはできないから、結局は気休めでしかないんだけど、それでも何もしないよりはマシだろう。

全身の汚れを落としたら「これ、飲みな」と言って、街で仕入れておいた回復薬を差し出すと、ありがたそうにゆっくり飲んで、そのまま気を失ってしまった。安心したのかもしれないが、せめて地上に上がってからにしてほしかった……

「助かった。……だがあんたたちは一体？」

「俺たちは……」

村人たちに「俺たちは勇者だ」と答えようとして、だけどそこで言いよどんでしまった。俺たちは勇者ではない。

「私たちは勇者。ううん、今はまだ勇者とは言えないかもしれないけれど、だけどいつか勇者になってみせるから。私たちは、あなたたちの捜索《そうさく》の依頼を受けて、助けに来たの。さあ、一緒に地上に戻ろう？　そして村に帰ってみんなを安心させましょう」

アカリが優《やさ》しく微笑《ほほえ》むと、村人たちはまるで聖女でも目《ま》の当たりにしたかのように、ホロリと涙の滴《しずく》を落とす。

だがこれで終わりじゃなくて、なんとかして地上に戻らなくちゃいけないんだけど……

天井までの高さは数十メートルはあり、しかもその真下には深い川が流れているから、ロープが蜘蛛《くも》の糸のように垂れてきているとはいえ、帰るのは楽ではなさそうだ。

俺とアカリの二人だけだったら特に問題ないのだが、何せここには怪我《けが》をしている人までいるわけだからな……

「ってわけで、えっと……お前ら、地上に続く道とか知らないか？」

「どうっすかね……。俺たちも、この裂《さ》け目のことは知ってたっすけど、実際に降りてきたのは初めてっすから……」

まあ、ダメもとで聞いてみたが、やっぱり知らないよな……

「あ、じゃあ、この川を下《くだ》っていくのはどう？　もしかしたら地上に出ている川に合流するかもしれないいんじゃない？」

「それは、わかんねえっす。けど、この谷は魔界に通じてるって噂もあるっすから、もしかしたら……」

アカリの「川を下《くだ》る」というアイデアは、リスクが高いからやめておいた方がいいだろう。

いくら何でも、怪我《けが》を負った村人を連れて魔界に突入するのは危険すぎるからな……

「というわけだ、アカリ。結局は来た道を引き返すしかないみたいだな」

「そうだね。それに私たちなら、このロープを登りきるぐらいはできるもんね！」

「ああ。しかもこのロープは逆に魔力を抜き取ることで縮《ちぢ》む特性もあるらしい。俺は魔力の調整をやるから、アカリは怪我人《けがにん》を頼めるか？　あと、怪我《けが》してないお前らなら、ロープを少し登って、それからはつかまっていることぐらいはできるだろ？」

「あ、あんたたち、そんなことを本気でやるつもりなのか？」

「いくら勇者だからって、それは無理じゃないっすか？」

村人たちは、俺たちの言っていることを疑っているようだが、説得するには実際に見せた方が早いだろう。

まずはアカリの背中に気絶《きぜつ》した村人を結び固定して、俺が地上で押さえてピンと張ったロープを両手ですいすいと登っていく。

地上に残った村人たちは、華奢《きゃしゃ》な少女が人間離れした動きをするのに唖然《あぜん》としていたが、俺が「次はお前らの番だ」と言うと、アカリと同じようにしてロープを伝って登っていった。

いくら俺が地上で押さえてるとはいえ、ロープを登るのは大変そうだった。だが、さすがは普段から森に入って薬草探しやら魔物の素材集めをしているだけあって、何とか進んでいるようだ。

全員がある程度の高さまで登ったのを確認すると、さっきロープを延ばすのに魔力を込めたのとは逆に、ロープから少しずつ魔力を抜いていくと、ロープの長さもそれに応じて少しずつ短くなっていった。

続けていくうちに、やがて俺の体が宙に浮かぶようになり、さらに少しずつ上に上がっていく。あまり勢いをつけると、村人たちが勢いについてこれずに振り落とされてしまうだろうから、ゆっくりのペースで確実に上に登っていくことにしよう。

ってか、魔力を抜くのは思ったよりも難しいから、どちらにせよこれ以上速度を上げることは難しそうなんだけど。

「イツキ君！　私は先に上まで戻ってるね。イツキ君はゆっくり来ていいから！」

先にロープを登っていたアカリを見ると、すでに地上へ続く裂け目のあたりまで登っているようだ。さすがはレベル20の勇者なだけあって、村人たちとは体力が違うのだろう。

俺は、ロープを短くするので精いっぱいだから、追いつくこともできなそうだし、アカリは怪我人《けがにん》を背負っているから、とりあえず先に行ってもらうことにしようかな。

「アカリ、わかった。俺たちはゆっくり向かうから、怪我人《けがにん》を頼んだぞ！　……っつーわけで、お前らはあまり無理しなくていいから、手を離さないように気をつけろよ」

アカリは怪我人《けがにん》を背負っているとは思えないぐらいにスイスイと登っていって、あっという間に姿が見えなくなってしまった。そんな彼女のことを見ながら、村人たちは息を呑《の》んでいる。

「すごい……ですね」

「まああいつはああ見えて、勇者の中でも一、二を争う実力者だからな」

「あの子もそうっすが、このロープ……街で売ってる魔道具っすよね。ここまで延ばすのにどれだけ魔力を使ったっすか？」

「しかも、これだけ魔力を消費しても平然としてる……。あんたもやっぱり勇者だよ！」

「そんなもんか？　いや、どれだけロープを延ばせても、誰も救えなければそれは勇者じゃないいんだがな」

この村人たちは素直に俺のことを褒めているつもりなのかもしれないが、それでも俺の心には守れなかったあの村のことが浮かぶせいで、今は皮肉にしか聞こえない。

守るために戦うことも立ち向かうことすらもできなかったという事実が重くのしかかる。「お前は強い」と言われるたびに「なぜ戦わなかったのか」という問いが、小さなトゲとなって俺の心をチクチクと突き刺していく。

……だめだ。こんな調子が続くと、メンタルを病《や》んでしまいそうだ。ここらで少し話題を変えよう。

「なあ、ところでお前たちはどうしてこんな場所に……」

ロープから魔力を抜きながら上に向かって話しかけると、村人は片手で洞窟の奥を指さしていた。

「勇者様！　何かが近づいてくるっす！」

「あれは……魔物……？　勇者様、逃げましょう！」

「バカ、お前、逃げるってどこに逃げるっすか？　勇者様、俺たちのことは見捨てて構わないっす！　勇者様だけでも！」

村人に言われたので目を凝《こ》らすと、バサッバサッと羽音を立てて黒い何かが俺たちに向かってゆっくりと近づいてくるのが見えた。

「お前ら、あの魔物の正体《しょうたい》がわかるか？」

「俺たちもあまり詳しくはないっすが、昔話に出てくる『悪魔』にそっくりっす！」

「勇者様、一体の悪魔が騎士の守護する村を滅ぼしたっていう話もあるぐらいです！　我々が囮《おとり》になるので勇者様は……私たちのことは見捨てて上へ！　勇者様一人でしたら逃げ切れるはずです！」

この世界の昔話によると、あの魔物は単体で村を滅ぼすほどの力を持っている、悪魔と呼ばれる存在らしい。

不安定なロープにつかまっている状態で、しかも俺は二人の村人を庇《かば》いながら戦わなければならない。

控《ひか》えめに言って絶望的な状況なのだろう。だが、絶望上等！　俺はもう逃げない。戦って俺が死ぬのならいい。戦わずに誰かが死ぬのはもう嫌だ。

「お前らはしっかりロープにつかまっていろ！　俺があれをなんとかする！」

視界の両隅に映る聖剣／魔剣の使用時間《カウントダウン》はともに十七秒。別々に使ったとしても三十四秒しかない。無駄遣いはできないから、まずは腰に差していた木剣を抜いて悪魔に向かって構える。

そして、魔力を抜き取る速度を上げて一気に上昇するが……やはり逃げ切ることはできないようだ。

「揺れるぞ、つかまれ！」

近づいてきた悪魔は、俺のことなど無視して村人たちに襲いかかった。それを見た俺は、ロープをつかむ左手を全力で引くことで、一気に数メートル飛んだ。ちょうど目の前に悪魔が来たので、木剣を思いきり叩《たた》きつける。

レベル20のフルスイングを受けた悪魔が落ちていくのを眺めながら、村人たちの少し上のあたりで、ロープをつかみなおした。

「やりましたね、勇者様！」

「さすがは勇者様っす！」

村人たちは俺が悪魔を倒したのを見て歓声を上げていたが、洞窟の奥を見ると、数十体の悪魔が俺たちに向かって一直線に飛んできている。

どうやらさっきの悪魔はただの偵察《ていさつ》で、後ろの大群《たいぐん》が本命のようだ。

「聖剣召喚！　くらえ！　今度はこっちか、魔剣召喚！」

とびかかってくる悪魔の処理は木剣だけでは追いつかず、どうしても聖剣や魔剣に頼る必要がある。

本当はもっと時間を節約したいのだが、召喚して斬りつけてから消すまでにどうしても四秒とか五秒とかかかってしまい、着実に制限時間を消費してしまっている。

洞窟の奥で天井につり下がって悪魔たちに指示を出しているのが一体いるから、あれを倒せば指揮《しき》系統を乱せるかもしれないが、俺のことを警戒《けいかい》しているのか、なかなか近づいてこようとしない。

「魔剣召喚！　……ちっ、こっちはもう時間切れか！」

五体目ぐらいの悪魔を斬り裂いた時点で、魔剣召喚がクールタイムに入ってしまった。

聖剣の方も残り時間は五秒ほど。だが悪魔の群れの数は一向に減る気配がない……こうなったら仕方ない、一か八《ばち》かだ！

「聖剣召喚。……くらえ！」

右手に現れた聖剣を、悪魔のリーダーに向かって投げつける。今までの人生で剣を投げた経験など一度もないし、訓練したこともないのだが、偶然なのかそれともこれもレベルが上がって身体能力が上がったからなのか――

俺の手を離れた聖剣はくるくると回転しながら一直線に悪魔のリーダーに吸い込まれていき……ズシャ！　と突き刺さる音が洞窟の中で反響する。

命中した聖剣が時間切れで消滅し、悪魔のリーダーが力尽きて落下すると、宙にいた全ての悪魔たちは霧《きり》となって消滅していった。どうやらあの飛行型の悪魔たちは全て、一体の悪魔によって生み出された人形だったようだ。

「さすが、勇者様っす！　もう大丈夫っすよね！」

悪魔の群れが消えたのを見て、村人は安心したような声を出すが、次の群れがいつ来るかもわからない。とにかく今は急いで地上に向かうことを優先しよう。

「まあ、とりあえずな。だけどこれ以上ゆっくりしていられないから、ペースを上げるぞ！」

「俺たちは大丈夫です。勇者様、お願いします！」

村人の返事を聞きつつ、俺は一気にロープから魔力を抜いて、上へ上へと上っていく。

悪魔を倒すことには成功したが、俺の視界の両隅には５０９というカウントが表示されている。これで俺はまた八時間半の間、聖剣も魔剣も召喚できない皿洗い勇者状態になってしまった。

今の悪魔を倒したときにレベルが上がった感覚はあるので、地上に戻ってから確認することにしよう。

「イツキ君！　おかえり！」

「イツキ、おかえり」

地上に戻ると、アカリとシオリが迎えてくれた。アカリに運ばれた怪我《けが》をした村人は、シオリが使う回復魔法で治療を受けたおかげで、だいぶ楽そうにしていた。

「アカリ、シオリ……ただいま。……さあ、村に戻るまでが遠足ってな」

洞窟から出てしまえばもう大丈夫だとは思うが、せめて怪我《けが》を負った村人を連れ帰るまでは油断せずにいよう。

地上に戻って村人たちを連れて村に帰ると、村人たちからはすごい感謝をされたけど、俺たちはそのまま村にとどまることなく森の探索に戻ることにした。

さすがにまだ日も昇り切っていないような時間だから、これだけで探索を終わりにするのはもったいないと思ったからな。

森に入ってしばらく歩くと、アカリが「そういえば」といった感じで、くるりと振り返って聞いてきた。

「イッキ君、さっき急にレベルが上がったんだけど、地下で何かあったの？」

「あ、ああ。アカリが洞窟を抜けた直後ぐらいに、悪魔みたいな魔物に遭遇《そうぐう》して、戦闘になったんだ」

「そんなことが……。イッキは大丈夫だったんですか？　怪我《けが》はありませんか？」

「怪我《けが》はないが、ギフトの使用時間を使いきっちまった。……というわけで、ここからは慎重に行動した方がいいだろうな」

今までは「いざとなったら俺の聖剣／魔剣召喚《ギフト》がある」という理由で、アカリが前衛《ぜんえい》、俺がバックアップという感じで進んでいたんだが、俺のギフトが使えなくなってしまった以上、俺一人でいざというときに対処できるかどうか怪《あや》しくなってきた。

これからはより三人の息を合わせて探索を進めた方がいいだろう。

「それで、これからどうする？　森の中を適当に散策するだけでも、レベル上げはできると思うが……」

「私もアカリに賛成です。村人たちが『この川は魔界に繋がってる……』と言っていたんですよね？」

「イツキ君、シオリちゃん。私としては、さっきの洞窟が気になるんだけど……」

そういえば、洞窟の中で村人たちはそんなことを言っていたような気もする。もし仮に本当にあの洞窟が魔界という場所まで繋がっているとするのなら、さっきの悪魔は魔界から来た魔物ということになるのだろうか。

それなら聖剣《ぶ》／魔剣《き》召喚がなければ倒すことができなかったのも納得できるが……

「だとすれば、今の状態で洞窟に戻るのは危険な気もするな……」

「そうだね。イツキ君のギフトがもう一度使えるようになるまでは、地上で安全にレベル上げをすることにしない？」

「私もそれでいいと思います。私のレベルももう少し上げておきたいですしね……」

ステータスカードを確認すると、俺のレベルは22に上がっていた。スキルポイントも11溜《た》まっていたが、クールタイム減少の１５０には届かないし、持続時間延長を強化するのに必要な49ポイントにも足りていない。

……今日中に150は無理だと思うけど、49だったらいけそうかな。

「クールタイムはまだ八時間ぐらいあるんだけど、とりあえずは地上でレベル上げってことにしようか」

「イツキ君にさんせーい！」

「私もそれでいいと思います！」

その後、俺たちは魔物を狩りつつ、適度に休憩を挟《はさ》みつつ、無理をしない程度にレベル上げを続けた。

基本的にシオリが索敵をして俺が最初に攻撃をする。俺一人では危ないとなったら、すかさずアカリが助太刀《すけだち》に入り、俺がシオリをカバーする。というような感じで順調に狩りを続け、少しずつだが確実にレベルが上がっていった。

狩りを続けて四時間ぐらい経つと、俺とアカリのレベルは29まで上がり、シオリのレベルも28まで上昇していた。途中何度か強敵とも遭遇《そうぐう》したが、三人で協力して罠《わな》に嵌《は》めたりアカリのギフトでゴリ押ししたりして、なんとかやってこられた。そして、このタイミングでついに俺のポイントが50ポイントを超《こ》えたので、少し休憩してステータスの割り振りに時間を使うことにした。

持続時間延長Lv2↓Lv3（必要ポイント：90）（54ポイント↓5ポイント）
◎スキルツリー解放：武器性能強化（必要ポイント：5）

「よしこれで、持続時間延長レベル3を獲得して……うげっ、次の持続時間延長レベル4は、獲得するのに90ポイントも必要なのかよ、マジかよ。あ、でも派生で新しく出たのは……武器性能強化？　狙ったかのように余った5ポイントでちょうど獲得できるみたいだ。だったらもうこれしかないだろ！」

武器性能強化Lv0↓Lv1（必要ポイント：30）（5ポイント↓0ポイント）

俺がステータスカードのポイント割り振りを終えるのを、アカリとシオリは待っていたようだ。

シオリは一本道のスキルツリーだから、ポイントの割り振りに迷う要素はない。

アカリも目標としている大きなスキルが一つあるとかで保留にすることは決めていたみたいだから、悩んでいたのは俺だけだったみたいだけどな。

《警……封……十……………》

「ん？　なんだ？　今の……」

　ポイントの割り振りが終わったので「それじゃあ狩りを再開するか」と言おうとしたところで、突然誰かの声が聞こえてきた。

「イッキ君、どうしたの？　急にキョロキョロしはじめて、何か探し物？」

「……えっと？　何か聞こえたけど、二人とも今、何か喋《しゃべ》った？」

「なんのことですか、私たちには何も聞こえませんでしたが？」

　おかしいな。確かに今、ノイズで掠《かす》れた機械音声のようなものが聞こえた気がするのに。

……まあ、森は静かなようで、風のざわつきとか鳥の鳴き声とかで色々な音が鳴りやまないから、空耳だったのかもしれないか。

《警告：封印の解放……残り十分…………。ご注意…………》

「封印？　なんのことだろう……」

　今度はノイズが少し取り除かれていて、さっきよりも聞き取りやすい。どうやら耳で聞いているわけではなくて、俺の内側から湧《わ》き出ているような、脳内に直接響いているような……

「まだ聞こえるのですか、イッキ？　なんと聞こえるのですか？」

「えっと、封印の解放がなんとかとか……あ、また聞こえてきた！」

《警告：封印の解放まで、残り十分となりました。ご注意ください》

「封印の解放まで残り十分だってさ。ご注意くださいって言われても……」

「イツキ君、何か封印してたの？」

「いや特に記憶にないけど。二人には全く聞こえてないってこと？」

俺が尋《たず》ねると、二人とも首を横に振っている。

「私は何も。シオリちゃんは？」

「私も聞こえません。その声は十分と言っているのですね？　念のため少し離れて、イツキを観察した方がいいかもしれませんね」

「爆発したりしたら大変だもんね！　ほらシオリちゃん、隠れよ！」

「ふふっ、そうですね！　イツキは念のためその場で待機していてください！」

二人の雰囲気《ふんいき》は「俺のことをからかっている」のと「割と真面目に爆発の心配をしている」のが半々ぐらいだろうか。

もしかしたらあの悪魔を倒したときに何か呪いのようなものを受けてしまったのかもしれないし、慎重に行動するに越したことはないだろう。

念のため俺の周りにはアカリの召喚した謎の精霊がふわふわと浮かび、アカリとシオリはいつでも逃げ出せるように、少し距離を置いてもらった。

とはいえ、今すぐ爆発するわけでもないし、何もせずに十分間も待機するのはかなり暇なんだが。

アカリとシオリは岩陰《いわかげ》に隠れて雑談をしながら、俺のことを眺めていて……

《特殊《とくしゅ》スキル『魔化』解放まで残り十秒！》

《特殊スキル『聖化』解放まで残り十秒！》

だいたい十分ぐらい経ったと思ったら、再び脳内にアナウンスが流れた。

どういうことだ？　シオリの鑑定で調べたときは、このスキルの獲得まであと二百九十九分間、聖剣と魔剣を使用しないとダメだったはずだが……

「二百九十九分……まさか？」

視界の両隅に意識を向けると、そこにはクールタイムの残り時間が表示されている。残り時間は二百十一分。確か今のクールタイムは五百十からスタートだから、カウントが始まってからちょうど二百九十九分が経過したってことに……まさか？

《ピロリン！　魔剣の使用時間が千二百分を超えたため、魔剣サブスキル：魔化を獲得しました！　魔剣を使用中のため自動的に魔化が発動します》

《ピロリン！　聖剣の使用時間が千二百分を超えたため、聖剣サブスキル：聖化を獲得しました！　聖剣を使用中のため自動的に聖化が発動します》

三百分ではなくて千二百分。どうやらこの数値は、クールタイム中もカウントが進んでいたということで間違いなさそうだ。

そして今は剣を召喚しているわけではないのにスキルが起動するのは、このスキルにとって「使用＝剣の召喚＋クールタイム」ということになるようだ。

スキルが発動した瞬間から魔力というか体力が消費されていく。といっても、そこまで無茶な疲れじゃなくて、軽いジョギングをしているような疲労が常に続く感覚……だろうか。大したことはないいんだけど、何もしなくても疲れるってのが微妙に辛《つら》いというか。

ここには鏡がないので姿を確認することができないんだけど、犬歯《けんし》のあたりが鋭くなっているし、鋭い爪と尻尾《しっぽ》が生えたのがわかる。あとは頭の上に違和感《いわかん》が……頭部を触ってみるとそこには、硬《かた》くトグロを巻いた羊の角《つの》のようなものが生えていた……。このあたりが魔化の影響だろう。

そんで多分、この背中に生えてる白くて大きい羽とか、皮膚《ひふ》の色が脱色したみたいに真っ白になっているのとか、あとはなんか髪が伸びてサラサラの金髪になってるのが聖化の影響だと思う。

「イツキ君……だよね？　どしたのそれ、コスプレ？」

「というか、そもそもイツキであってますよね？　別の誰かに入れ替わったとかじゃないですよね……」

どうやら今の俺は、見ただけでは誰だかわからないぐらいに姿形が変化しているらしい。まあ確かに、髪の色から皮膚《ひふ》の色まで変わってしまったら、そりゃ完全に別人だよな。

封印の解放を十分前に警告してきた理由がよくわかる。突然街中《まちなか》でこんな姿になったら、それこそ面倒くさいことになるだろうから。

贅沢《ぜいたく》を言うなら、具体的に何が起こるかまで事前に伝えてくれた方が助かったんだけど……

「なんか、聖剣と魔剣のサブスキルが解放された結果らしい。そんでもってこのスキル《これ》、ギフトのクールタイムの間も自動で発動し続けるらしいから、オンオフの切替も簡単にはできないっぽい……」

俺のことを安全だと判断したアカリとシオリが、木陰《こかげ》から顔を出しておそるおそる俺の方に近づいてくるので、現状わかっていることを説明する。

「イツキ君、なんていうかその……大丈夫。かっこいいよ！」

二人の視線が俺のことを気遣ってくれているみたいで痛々しい。

こんな格好では、村に入っただけで不審者扱いされそうだから、できれば元に戻りたいところだが……そもそもどうやってこの姿になったかもわからないのに、どうやって戻れると？　いや、無理か。

とりあえず今後はさらに聖剣《ぶ》／魔剣《き》召喚の使用時間には気をつける必要がありそうだ。

今までは武器を使い切ってクールタイム中は街で過ごすとかだったんだけど、今後は逆にクールタイム中にレベル上げをして、街では武器を使用可能状態にしておかなければならないのかもしれないいな。

「見た目に関しては、まあ……どうしようもないが、とりあえず影響はなさそうだし、レベル上げを再開しないか？」

「そうだね、見た目が変わってるからには、強くなってるんじゃない？」

アカリが言う通り、能力は上がっているような気もするんだが……実際にどうなのかはまだ何とも言えない。

そのあたりを試すためにも、適当な魔物と戦ってみた方がいいのかもしれない。今後はこっちのモードを使いこなす必要が出てくる可能性もあるからな。

「イツキ君、見つけたよ！　魔物の気配……だけどなんか少し違う？」

魔物を探して森の中を進んでいくと、アカリが何かを見つけたようだ。

「見てください、アカリ！　あれはウサギの魔物です……が、何かから逃げているように見えます」

二人の視線の先に目をやると、小さなウサギのような魔物が全力で走ってこちらに向かって……よく見ると、俺たちに向かってきているのではなく、その向こう側にいる何かから必死で逃げているようだった。

あのウサギと同じ種類の魔物は何度か見かけたことがあったが、何かから逃げる様子は初めて見る。

ウサギが俺たちを無視して通りすぎてから数秒後、メキメキと木を倒しながら何か大きな獣が近づいてくる。

「あれは……クマ？　にしてもデカすぎないか？」

現れたのは、身長五メートルはあるのではないかという巨大なクマだった。今まで見てきた魔物とは根本的に違う、明らかに危険だとわかる魔物だ。

「イツキ！　あれはきっと、村人を襲っていた魔物です！　ほら、あの爪の形！」

そういえば怪我《けが》をしていた村人の背中には爪で引き裂かれたような傷跡《きずあと》があった。そしてあのクマの爪であれば、ちょうど同じような傷がつきそうだ。

「イツキ君！　危険だからここは私が……」

「GRRRRRRRR‼」

「イツキ？　どうしたのですか？」

「イツキ君……？」

俺自身でさえ、何が起きたのかはっきりとは理解できなかった。

だけど、なぜかクマの獣を見たときに湧《わ》きあがった感情は、「恐怖」ではなく「闘争心」だった。

アカリの制止もシオリの心配も耳に入らず、ただ目の前の敵と闘いたいという感情が抑えられない。

「GRR……アカリ、シオリ……、少し俺から離れてろ。巻き込みたくない！」

「でもイツキ君、一人じゃ危険だよ！」

「アカリ！　ここはイツキのことを信じましょう！　あれはなんか……危険な気がします！」

そう、それでいい。今の俺は下手したらクマ《てき》と二人《みかた》の区別すらつかずに襲いかかってしまうかもしれないから。

「グォーーーー！」

どうやらクマも俺のことを敵として認めたようだ。俺に向かって両手を高くあげて威嚇《いかく》する。

「ＧＲＲＲＲＲ！　ＧＲＡＡＡＡＡＡ！！！」

対する俺もクマに向かって、人間が出すとは思えないような咆哮《ほうこう》を上げて威嚇《いかく》をする。

お互いに「自分が敵より弱い」とは認めなかったようで、一歩ずつ一歩ずつにじり寄っていく。

「ウゴォオオオ！」

先に手を出したのはクマの方だった。全身を魔力でコーティングして防御力を高めており、高く振り上げた片腕を俺に向かって振り下ろす。

村人の背中を傷つけた一撃とは根本的に違う、まさしく全力の一撃と呼ぶにふさわしい攻撃だ。そして俺はそれを……両腕をクロスさせて頭の上に構えて受け止める！

隕石《いんせき》が落ちたかのような衝撃音が響いた。

ミシリ……俺の全身が軋《きし》むような音を立てている。乾いた硬い大地の上に立っていたにもかかわらず、俺の足が地面から三センチぐらい沈み込んでゆく感覚がある。それでも俺は魔化による身体強化で耐え切った。ダメージを受けた体は聖化によって一気に回復していく……

「GUUUR！　GRRRRR！！」

そして、受け止めることができたなら、今度はこっちの番だ。受け止めていたクマの片腕を撥《は》ね上げて隙《すき》を作り出し、がら空《あ》きになった胴体に右手を思い切り突き刺す！

魔化によって鋭く伸びている爪に、さらに魔力で強化した俺の手刀《しゅとう》はぶ厚《あつ》い毛皮を貫いて、クマの心臓部にまでたどり着いた。

俺の爪先がクマの心臓に確かに突き刺さり、致命傷《ちめいしょう》を負ったクマはわずかな素材を残して灰になった。

「GAAAAA！！！」

森に俺の咆哮《ほうこう》がこだまする。敵は倒せた。だが、今アカリやシオリと合流するのはまずい。二人を敵と認識して今にも暴れ出してしまいそうだ……。そう思って、二人がいるのとは全く違う方向に向かって数十メートルを一気に駆け抜けたのだが。

「なんじゃ、なんじゃ？　『森で獣に襲われた』と聞いて探りに来てみたのじゃが、なんじゃこのおっかない生き物は……」

俺の行手《ゆくて》を遮《さえぎ》ったのは、齢《よわい》八十八の真の勇者だった。

彼は俺のことを獣と勘違いしているらしい。まあ確かに今の俺を見れば、誰だってそう思うだろう。

背中に下げていた両手剣を鞘《さや》から抜き、輝く刀身を見せつけるようにして俺に向かって正面に構えている。

この老人は仲間のはずだ。だがここで戦わなければ俺は彼に殺されるだろう。そしてそれ以上に、俺の本能が「戦え。闘え！」と叫《さけ》んでいて、俺はそれに逆らうことができないようだ……

「いざ、勝負じゃ！」

「ＧＲＲＲＲ‼」

さすがはギフトが「勇者」である真の勇者というべきなのか。

聖化と魔化によって大幅《おおはば》に能力値が強化された俺からしても、簡単には攻め込めない雰《ふん》囲気《いき》が漂っている。

にわかには信じがたいことだが、顔も皮膚《ひふ》もしわくちゃの老人から感じる殺気はまるで、守れなかった村で出会った惨劇《さんげき》の魔物と遜色《そんしょく》ないようにすら感じられる。

獣のように荒れ狂っていても、迂闊《うかつ》には踏み込めない。剣の間合《まあ》いに入った瞬間に一刀両断されてしまう未来が簡単に想像できるから……

というか、勇者自身が強そうなのは間違いないのだが、それ以上にやばそうな気配を感じるのは勇者が両手に握るあの大剣だ。

刀身は透《す》き通った半透明の青色で、魔力のような強力な力に覆われている。おそらく今の俺の防御力では受け止めることすらできないだろう。聖剣《ぶ》／魔剣《き》召喚が使えれば話は変わってくるのだろうが、今はないものねだりをしても仕方がない……

「来ぬのか？　であればこちらからゆくぞ？」

「GRR……GRRR‼」

「ふむ。やはり言葉は通じぬか、致《いた》し方あるまい」

ザッ……

老人が一歩、足を前に踏み出すと、それだけで森がザワザワと騒ぎ出した。野生の魔物や動物たち、さらには植物たちまでもが、老人の発する強い殺気に反応したのだろう。かくいう俺も。そしておそらく今、俺の体を動かしている魔物の人格も、同じように恐怖を感じているはずだ。

俺の体は思い切り十メートル近く後ろに跳躍《ちょうやく》し、距離を取ろうとするのだが……

「悪なす存在よ。これはワシが前世で身につけた技術なのじゃが……」

老人は、たった一歩の踏み込みで、いとも簡単に距離を詰めてくる。どう考えても老人の……いや、人間の動きですらねえ！

「いくつかの武術の歩法を組み合わせておるのじゃ。まあ獣のお前に言ってもわからんじゃろうが……」

話してる言葉は理解できるが、言語として聞き取れたところで意味はわからんけどな！

なんだこれ、化物かよ！

苦し紛《まぎ》れに魔力で強化した足で回し蹴りを放つが、老人は軽く拳を当てるだけで相殺《そうさい》し、功夫《カンフー》のような動きで掌底《しょうてい》を突き出してきた。無理な体勢から蹴りを放ってバランスを崩していた俺は、防御をとることも衝撃を受け流すこともできず、拳の威力が俺の体を通り抜ける。

「ふむ。並みの魔物であればこんなものかの。じゃがワシもこの程度の相手に傷を負うようではまだまだじゃ。もはや一刻を争うと言っておったし、早急にれべるとやらを上げる必要がありそうじゃの……」

軽く手を振ってしびれを払っている老人の腕を見ると、そこには確かに小さな痣《あざ》ができているようにも見えるが……俺の全力の蹴りを受けてもあの程度。どうやら俺には、そもそも勝ち目がなかったようだ。

老人が片手をスッと上げると、背後で置き去りになっていた大剣がヒュンヒュンと音を立てて飛翔《ひしょう》し、老人の手にパシッと収まった。どうやらあの剣はただ威力が高いだけでなく、他にも様々な効果が付与《ふよ》されているらしい。さすがは勇者に与えられる武器……というところか。

「悪く思うなよ魔物。ワシとて無用な殺生《せっしょう》は好まぬのじゃが……」

老人は余裕を持って大剣を上段に構えるが、俺の足はふらついて逃げることすら叶《かな》わない。

「GRRR……」

あの剣の一撃を受けたら、俺の体は真っ二つになるに違いない。俺が死んだら姿は元に戻るのだろうか。

それとも体はこのままで、あの老人は人殺しをしたことに気づかずに勇者生活を続けるのだろうか。

どちらにせよ、ここで死ぬ俺には関係ないことか。だがせめて、最後に悪あがきだけでもさせてもらおうかな！

「……」

腰に下げていた木剣を握り締めて正面に構えると、濁《にご》った灰色の魔力が木剣を覆い、擬《ぎ》似的《じてき》な魔剣が生成された。

ギフトによって召喚される魔剣とは比べるまでもなく、老人が掲《かか》げる宝剣と比べてもまさしく雲泥《うんでい》の差だ。

「ほう……獣のくせに人間の武器を使うか。どこで拾ったのかは知らぬが、その程度の付け焼刃で本職の剣士に勝てると思うてか？」

「……」

「もはや語ることはないか、潔《いさぎよ》し！　せめてわしの糧《かて》となれ……」

老人は見せつけるように剣を高く構え、一歩ずつゆっくりと近づいてくる。俺は何とか魔剣を前に構えながら後ずさって距離を取ろうとするが、一向に距離は開かない。やがて背中に何かがぶつかった。どうやら樹木が俺の退路を塞《ふさ》いでいるようだ。

せめて最期《さいご》は恐怖から逃れたいと思い、目を瞑《つむ》って裁《さば》きが下《くだ》るのを待つ。

………？

おかしい、いつまで待っても次の一撃が来ない。まさか老人が俺にとどめを刺すのを躊《ちゅう》躇《ちょ》した？

なぜ老人は、振りかぶっていた剣を下げて俺の右側に回り込んでいるのだろう……まるで何かを守ろうとしているかのような？

「イツキ君！　なんで突然走り出して……え？」

「イツキ！　無事ですか……真の勇者様？　なぜここに……」

今まさに老人の一撃で悪の魔物が討伐されようとしたその瞬間に、茂《しげ》みをかき分けて現れたのは、アカリとシオリだった。

どうやら老人は、突然現れたアカリとシオリが戦いに巻き込まれることを恐れたようだ。

「お主ら！　なぜこのような場所に来たのじゃ！　勇者はまだ王宮で訓練をしているはずではないのか？」

「え？　私たちはただイツキ君を探して……それに真の勇者だか知らないけど、あなたのようなおじいさんに従う義理は、私には！」

「何を言っておる、お主らも勇者なら、真の勇者であるワシの言うことを……」

二人の少女と一人の老人が何やら揉《も》めているようだが、俺にとっては都合がいい。この隙《すき》に逃げるしかない！

そう考えるよりも前に、俺の体は背を低くして地を這《は》うようにして逃走を始めていた。どうやら魔化による本能も、俺と全く同じ結論を導き出したらしい。

勇者の掌底《しょうてい》打ちによるダメージは抜けきっていないが、それでもふらつく体に鞭《むち》打《う》って、一歩でも遠くに逃げなくては……

「おい、小娘ども、話は後じゃ。このままだと魔物《やつ》を取り逃してしまう……」

「待って！　その……話はまだ終わっていないよ！」

「そうです！　勇者たるもの、説明責任はしっかりしてください！」

背後からはアカリとシオリが老人と言い争う声が聞こえてくる。どうやら二人は状況を察して、俺が逃げるための時間稼ぎをしてくれているようだ。

しばらく森をがむしゃらに逃げ回り、たどり着いたのはあの地下空洞に繋がる裂け目だった。

視界両隅の残り時間《カウントダウン》は二時間以上。とても地上を逃げ回るだけで、これだけの時間を稼ぐことができるとは思えない。

ロープなしでここを降りてしまうと、もはや戻る方法は存在しないのかもしれない。

そう思って一瞬だけ踏みとどまった。だがそれは本当に瞬《まばた》きするほどの時間だった。背後ではあの老人の気配が強まった。どうやら二人を言いくるめて、俺という魔物の狩りを再開したのだろう。

意を決して深い裂け目に飛び込むと、地上を舐《な》め回すかのように老人の魔力が波状《はじょう》に広がる。おそらくあれは真の勇者が持つ能力の一つで、人や物を探し出す力があるようだ。広い森の中で最初に俺《まもの》を見つけたのも、あの力を使ったに違いない。

どぶんと鈍《にぶ》い音を立てて全身で水の冷たさを感じる……。そのまま水面まで戻り泳いで陸に上がる。

びしょぬれになった体をぶるぶると震わせながら、地上との裂け目を見上げるが、今はそこからあの老人が飛び込んでこないことを祈るばかりだ……

「そういえば、この川を下《くだ》れば魔界にたどり着けるかもって、村人が言っていたな……」

村人たちは魔界のことを恐れているようだったが、もはや俺に残された道はただ一つ。

魔界だろうが天国だろうが、生き延びるためだったらどこまでだって逃げてやる！

第三章　魔界への逃走

一度の敗北ならば受け入れられた。

相手が魔王だから敗北を糧《かて》にできた。

だけどこれはダメだ。

この世界に、俺の居場所は存在しない。

……気がつくと、俺はどうやら冷たい岩の上で気を失っていたようだ。

嫌な夢を見ていた気がするが、内容を思い出せない。心臓の下のあたりに水が溜《た》まったような、指先まで冷え切って感覚が鈍《にぶ》っているような。そんな嫌な感触が残っている。

全身には痛みと疲れが残っている。唯一の救いはここが川のすぐ脇で、喉《のど》の渇《かわ》きだけはすぐにでも癒《いや》すことができることだろうか。

「っぷはぁ」

川に顔ごと突っ込んで口から水を体に取り込んで一息つくと、考える余裕が戻ってきた。

老人……真の勇者との戦いから逃げ出した俺は、縦穴に飛び込んだ後、何かに急《せ》きたてられるように川を下《くだ》って逃げまどい、そして気がついたらこんな場所までたどり着いていた。

洞窟の光量では水面には何も映らないが、体に触れると爪も牙も丸くなり、背中の羽も髪の長さも元に戻っていることがわかる。どうやら無事に俺の聖化と魔化は解除《かいじょ》されているようだ。

「そういえば、荷物がないな……どこかで落としたのか？」

装備を見直してみると、木剣やナイフだけでなく、ステータスカードや各種素材が入っていた鞄までなくしたようだ。木剣とナイフは地面の亀裂《きれつ》に飛び込む前に「危険だから」と地上に放置したのを覚えているが、他の荷物もどこかで落としてしまったのだろう。

ただ一つ言えることは、本当に今の俺は何も持っていない状態だということ。ボロボロになった清潔な衣服だけは身につけているが、逆に言えばそれ以外は何も残っていない……

「……ねえ、あれ、生きてるみたいだよ！　ほら行きなよ。もしかしたら言葉が通じるかもしれないよ！」

「……ええっ？　僕が行くの？　やだよ……。食べられちゃったらどうするの？」

これからどうしようかと物思いにふけっていると、微《かす》かな声が聞こえてきた。

初めは川の流れる音かと思ったのだが、どうやら空耳ではなくきちんとした言葉で、誰かと誰か（あるいは何かと何か）がこそこそ話し合っているようだ。

声が聞こえてきた方に目をやれば、岩陰から微《かす》かな明かりが漏れてくる。どうも誰かが隠れているらしい。

こんな洞窟にも人の言葉が通じる種族がいるのには驚きだ。だがかなり臆病な性格なのか、いつまで経っても話しかけてくる気配はない。これはこちらから動かないとダメなパターンか？

「おい！　えっと、俺に何か用か？」

「ひゃいっ！　えっと、ねえどうしよう。ねえ、どうしよう……」

「僕に聞かないでよ！　とにかく言葉が通じるみたいだから、話をするしかないじゃん！　……えっとこんにちは。その、いい天気……ですね！」

大きな声を出したつもりはなかったのだが、岩の向こうの二人を驚かせてしまったようだ。

ここは洞窟の中だから、天気の良し悪《あ》しもわからないし、そもそも関係ない気もするのだが……まあ、お互いにコミュニケーションが得意ではないらしい。

「俺はイツキ。お前たちは？」

「私はオニビだよ！　イツキ？　変わった見た目だね。どこから来たの？」

「僕もオニビだよ！　イッキはもしかして悪魔なの？　僕たちを食べたりはしない、よね……？」

岩の隙間《すきま》からふわふわと湧《わ》き出てきたのは、ぼんやり光る二つの火の玉だった。もしかしたら「オニビ」というのも個体名ではなくて、種族としての鬼火《おにび》とかそういうことを言っているのかもしれない。

「安心しろ、俺はお前たちを食べたりしないし、悪魔じゃなくただの人間だ。ついさっきここに降りてきたんだが……もしかしてお前ら、地上に帰れる道を知っていたりしないか？　もしそうならそこまで案内してくれると助かるんだが」

「ちじょう？　なにそれ。僕は知らないけどオニビは知ってる？」

「私も知らない……あ、ちじょうってもしかして外の世界のこと？　もしかしてイッキは外の世界から来たの？　ねえ、外ってどんなところなの？　私も連れてってよ！　ね、オニビ！　もしかしたら外の世界に行けるかも！　すごい！」

「ダメだよ、オニビ。外界は怖いところなんだよ。僕たちオニビは外に出たら、怖い悪魔に食べられちゃうんだよ！　長老たちにも言われてるでしょ！」

どうやら、このオニビたちも地上への道は知らないようだな。だが友好的な原住民に出会うことができたのは、幸運かもしれない。

「知らないならそれでいい。……代わりに、お前らの知り合いに知っていそうなやつはいないのか？」

「だったら……僕たちの家族に聞けば何かわかるかもしれません」

「あ、お家に行くの？　私たちが案内するよ！　ついてきて！」

淡く輝く炎の妖精たちは、ふわふわと揺れながら川から離れ、わき道から洞窟の奥深くに向かって移動を始めた。俺を仲間のところまで案内してくれるらしい。

今のところ危険な感じはなさそうだし、とりあえずついていくことにしようかな……


オニビたちについていくと、やがて洞窟の中の袋小路《ふくろこうじ》のような場所にたどり着く。そこにあったのは、小さな炎に群がるオニビの群れだった。

群れと言っても数はそこまで多くない。ぼんやり光っているのが動き回っているので数えにくいが、大体五～六匹ぐらいだろうか。

中心にある大きな炎の中に洞窟の中で拾ったと思われる小さな木片をくべているようだが、突然俺のような人間が現れたことで驚かせてしまったようだ。

比較的大きなオニビが炎を守るように立ち塞《ふさ》がって、残りの小さなオニビたちは炎の中に飛び込んでいった。

「着いたよ、イツキ！　ここが僕たちのお家です！」

「そうだよ、イツキ！　そしてこのオニビたちが、私たちの家族だよ！」

「それはいいんだが、まずはお前たちの家族に、俺のことを紹介してくれないか？　何か誤解されているようなんだが……」

二人のオニビは暢気《のんき》なものだが、他のオニビたちは俺のことを恐れているようなので、まずはその誤解を解《と》いておきたいからな。

「わかった！　みんな聞いて！　これはイツキっていう生き物で、僕たちを食べたりはしないみたいだよ！」

「このイツキは洞窟の中で倒れてたの！　それよりも聞いて！　もしかしたらこのイツキは外界から来た生き物なのかもしれないいんだって！」

なんだろう、もしかしたら彼らは俺のことを「人間のイツキ」ではなく「イツキという種族」と勘違いしているのかもしれない。まあ彼ら自身も「オニビ」と呼び合っているから、もしかしたら個という意識が弱い種族なのかもしれないな。

「はじめまして、俺はイツキ。地上から落ちてきて……そう、色々なものから逃げてきたんだが、洞窟の川沿いでこの二人のオニビに出会ってな。もしかしたらここまで来れば地上に繋がる道を知っている人がいるかもしれないと聞いてきたんだが……」

「うわー！　ちじょうだってー、すごーい！」

「ちじょうってなに～？」

「知らないけど、多分外の世界のことでしょ～？」

俺が説明をすると、小さなオニビたちが無邪気《むじゃき》に俺の周りに寄ってきた。

ここに来たら、長老的な存在のオニビから話を聞けるものだと思っていたのに、想像と違うというか。

「なあ、本当にこいつらが地上への道を知っているのか？　俺にはそうは思えないんだが……それに、子供ばかりじゃなくて大人はいないのか？」

「……イツキ、あの炎を見て。あんなに小さな炎では、大人を生み出すことはできないの」

そう言われても、俺は基準を知らないから、これが大きいのか小さいのかを判断することはできないのだが。確かに大きくないようにも感じるな。

「でも大丈夫だよ、僕に任せて！　僕たちはみんなで一つの存在だから、僕があの炎の中に入って過去のオニビたちの記憶を思い出せば、きっと手がかりが見つかるよ！」

そう言って、オニビの片割れは炎の中に飛び込んだ。オニビが混ざった瞬間にぼわりと一瞬だけ炎が強くなったが、すぐに元の小さな炎に戻ってしまう。どうやらこのオニビという種族は、あの大きな炎から生まれた分身みたいなもののようだ。

「オニビが思い出すまで時間がかかると思うから、その間にイツキの話を聞かせてくれない？　ねえ、イツキが言う『ちじょう』って、どんな場所なの？　暖《あたた》かくて優しくて、無限に広がっているというのは本当なの？」

「地上の様子……かあ。まあ確かに太陽光が当たるから、昼間はここより暖かいし、壁に覆われた地下と比べたらそりゃ、広さは無限と言ってもいいんだろうけど。というか、どうしてオニビたちは地下に引きこもっているの？」

オニビが地上にあこがれていると聞いたときから違和感があった。

このオニビたちは地上にかなりの興味を持っているし、地上のことを噂では知っているようだった。地上に向かう方法を調べた上で諦《あきら》めたのならまだしも、俺と出会うまで考えもしなかったというのは不自然だ。

「それは……この洞窟には悪魔がいるの。悪魔は私たちのことを食べてしまう恐ろしい存在なの。昔は悪魔なんていなくて、この洞窟は私たちにとっての天国だった、らしいのよ！　なのに、ある日突然現れた一匹の悪魔に、私たちの仲間はみんな食べられちゃって。生き残ったのは、こうして悪魔たちに気づかれないぐらい奥深くに隠れたホノオだけだったの。本当はもっと遠くまで飛び回って燃料《しょくじ》を集めたいのに、あの悪魔がいるから川まで行くのも命懸《いのちが》けだし。……そのせいでほら、ホノオが今にも消えてしまいそう……」

俺は過去の洞窟の様子を知らないから、これはただの想像に過ぎないんだけど、もしかしたら今は暗くて怖いこの洞窟も、昔は光あふれる楽園のような場所だったのかもしれない。

それにしても、悪魔か……。悪魔？　そういえば前に悪魔と呼ばれていた魔物を一体討伐したが、もしかしてあれのこと……だろうか。

「なあ！」

「ひゃい！」

「その悪魔ってのは、もしかして羽が生えて真っ黒でツノは……生えてた気がするがあまり覚えていないな。とにかくそんな『いかにも悪魔！』って感じの魔物のことか？」

「えっと、悪魔は悪魔です。悪魔を見て生き残ったオニビはほとんどいないので見た目のことは分かりませんが、この洞窟で何かに襲われたらそれは悪魔だから、振り返らずに岩の隙間《すきま》に逃げろって言われてます！」

「つまりそれは、この洞窟で攻撃的なのはその悪魔だけってことか？」

「そう、イツキの言う通りなの！　でもそれがどうかしたの？　もしかしてイツキ、悪魔と戦うつもりなの？　それはやめた方がいいの！　勝てっこないよ！　私たちのためにそんなことまでしなくても……」

「いやなんていうかその、多分もう俺が……」

いや待て。確かにあれは悪魔っぽい見た目をしていたし、話を聞いた限りだとあれと同じやつである可能性が高いんだが、ここからは距離もあるし、もしかしたら人違いの可能性もあるのか。

仮にまだその悪魔が生きている状態で、オニビたちを安心させてしまうと危険にさらしてしまう可能性もあるので、うかつなことは言わない方がいいか。

「俺が、何？　イツキが私たちを助けてくれるの？」

「そう、だな。もしその悪魔が現れたら、そのときは俺が相手をしてやろう。とはいえあまり長居はできないが……」

体力を回復させるという意味で、少しの間休むのは選択肢にあるが、何せ今の俺には荷物がないからな。水だけなら近くの川まで行けばなんとかなりそうだが、食料ばかりはどうしようもない。まさかこのオニビたちを食べるというわけにもいかないし。

さてどうしようかと悩んでいると、再び炎がぼわりと舞い上がり、一人のオニビが飛び出してきた。

「なあなあ、聞いてくれ！　たった今ホノオノリンクで情報を集めた結果わかったんだけど……どうやらあの川の上流で、悪魔が何者かに倒されたらしいよ！」

あ、うん。それ多分俺です。

「ええ？　そうなの、すごい！　たった今私たちもその悪魔の話をしてたの！　ねえ、一体誰が倒したの？」

「それが、聞いた話だと『光の場に舞い降りた輝きの剣を持つ勇者が悪魔を倒した』らしいよ！　なんでも、この洞窟の川の上流には時間帯によって空が強く輝く場所があるんだって。光の勇者はその光から突然現れて、悪魔を倒して光の中に消えていったんだって！」

　やっぱりそれ、俺のことじゃないかも……。そんなかっこいい人知らない。

「それで、地上に行ける方法はわかったのか？　なんだったらその『光の場』ってところに案内してくれてもいいんだが」

「イツキ。気持ちはわかるけど、光の場への行き方は僕たちにはわからないよ。わかるのはただ、光の場っていう場所で悪魔が倒されたらしいっていうことだけ。でもそのおかげで僕たちは自由に行動ができるようになるんだ！　すごいよね！　……そうそう、ちじょうへの行き方だけど、川にそってまーっすぐ進めば『うみ』って場所にたどり着けるって。そこからなら外の世界に繋がっているかもっていう情報が手に入ったよ！」

　光の場というのが地上に通じている可能性もあると思ったのだが、どうやらそううまくはいかなかったらしい。代わりに地上に通じる場所の情報が手に入ったものの、それにしても海か……

「そうか。やっぱり川に沿って進むしかないのか……。わかった、ありがとう！」

　オニビたちは悪魔がいなくなったと知って、意気揚々と燃料探しに旅立ってしまった。

　もしかしたらこの洞窟がオニビたちの力でかつての輝きを取り戻す日が来るのかもしれないが、それまでオニビたちのことを見守っているわけにもいかない。ここで彼らとはお別れすることにしよう。

「じゃあ、俺は川に沿って歩いてみることにするよ。じゃあな！」
「ちじょうに戻れたらまた遊びに来てね！　今度はちゃんとおもてなしするよ！　だから
そのときは、ちじょうのお話を色々聞かせてね！」

オニビたちと別れて川に戻った俺は、再び水の流れる方向に進むことにした。オニビたちの言葉ではどれぐらいで海に着くのかはわからなかったけど、方針が決まっただけありがたい。

今気づいたんだけど、地上の光が全く届かない洞窟でもかろうじて視界を確保できていたのは、色々な場所にオニビたちが潜《ひそ》んで微《かす》かに発光していたからだったんだな……

そんなオニビたちは、悪魔が倒されたという情報を聞きつけて活性化したのか、さっきまでとは違って活発に動き回るようになり、洞窟全体が少しずつ明るくなっているような気がする。

歩きやすくなった洞窟を進むことしばらく、道の幅《はば》が急に広がってひらけた場所にたどり着いたと思ったら、そこは地底湖といった感じの大きな空洞だった。

天井も高く奥行きも結構ある。そして、地上の光は全く届かない。

池のように溜《た》まっている水の中を覗《のぞ》いてみても真っ黒で、湖底も見えないぐらいに深いということ以外わからない。

「くん、くんくん……ん？」

微妙に潮《しお》の香りというか、海の香りを感じたような気がしたので、指先を水面につけてペロリと舐《な》めてみると……うえ、かなりしょっぱい。ということは、どうやらこの湖が海に繋がっていることは確かなようだ。

水の中を探せば、海に繋がる海底洞窟とかがあるのかもしれないけど、だからと言って「レッツダイビング」というわけにはいかない。潜水用の器具なんて持ち合わせていないし、耳抜きとかそういう技術が必要って話は聞いたことがあるから、道具があっても素人の俺には難しい。

いくら勇者として強化されていても、知識のない状態で水に潜《もぐ》るのは自殺とそう変わらないだろうからな……

そこで、池の周りを中心に別の道を探すこと約十分。喉の渇《かわ》きと腹の減りが強くなってきた頃に、俺の耳が「ひゅる、ひゅるる」と風の通り抜けるような音を捉《とら》えた。風の音が聞こえるということは、外界と通じている可能性が高い！

「なんだ……これ」

音を頼りに枝分かれした細い道を進んでいくと、現れたのは人工的に作られた不思議な壁だった。

……いや、壁というよりは蓋《ふた》と表現した方が適切かもしれない。不思議な模様が描かれたマンホールの蓋のようなオブジェが洞窟を塞《ふさ》いでいた。

かなり昔に作られたからなのか、全体的に汚れていて、どちらかというと古代の遺跡にしか見えない。

風の音が聞こえるということは、どこかに隙間《すきま》があるはずなんだが……今の時点では特に見当たらなかった。

「それにしてもこのオブジェ、一体何でできているんだ？　木材や金属ではないし、石……というよりは、どちらかというと陶器《とうき》に近いのか？」

観察した感じ、錆《さ》びついているのではなく、単純に汚れているっていう感じだ。

試しに爪で表面をカリカリと削ってみると、奥から白くてツルツルとした綺麗《きれい》な地肌が顔を覗《のぞ》かせた。

「こうなると、全体がどうなっているのかも気になるよな……」

試しに、洗浄魔法を発動した状態で蓋に触れてみると、みるみる俺の魔力を吸って、オブジェクトの汚れが落ちて、白くなっていく。

最終的には、持久走《じきゅうそう》を走り切ったぐらいの疲労を残して、すべての汚れを落とすことができた。これは、マンホールの蓋というよりは……扉？

扉をぐいっと押し込んでみると、魔力が吸われた感覚があったが、回転して扉が開いた。

俺のギフトで洗浄した結果、元の扉としての機能を取り戻したようだ。

扉の向こうの洞窟はまだ少し先まで続いているけれど、ちゃんと太陽の光が届いてきた。

薄暗かった洞窟から急に明るい場所を見たせいで目が霞《かす》む。外の気配に胸躍《むねおど》らせながら洞窟を進むと、目に飛び込んできたのは、はるか彼方まで続く水平線だった。

どうやらここは、海に面した無数の洞窟の一つだったらしい。そして目の前に広がるのが、噂に聞いていた魔界なのだろうか。

魔界というからには暗い世界をイメージしていたが、太陽は輝いているし、緑はあるしで、瘴気《しょうき》が漂っているわけでもなさそうだ。

これなら、普通にこのあたりでも生活できそうなものだが。

「さて……と。魔界に到着したのはいいが、これからどうしようかな」

選択肢としては、ここから川の上流へ逆走し、再び人間の世界を目指すというものがある。

ただ、地底の川は途中で何度か曲《ま》がりくねっていたから、まっすぐ進むだけでは絶対にたどり着けないだろう。大まかな方角はわかるから、無事に帰れる可能性もあるにはあるが、いずれにせよまずは俺自身の安全を確保しなくてはならないかな。

とりあえず水と食料を確保する必要がある。そう思って立ち上がると、背後に気配を感じたので慌《あわ》てて振り返る。聖剣と魔剣もいつでも出せるようにするが……

「にゃーお！」

って、なんだ猫か……

茂みをガサゴソとかき分けて現れたのは、一匹の小さな猫だった。愛くるしい見た目が可愛《かわい》らしい……

「なんてにゃ！　油断したな、馬鹿め！」

足元にすり寄るような緩《ゆる》やかな動作から一転、気づいたら背後に回り込まれて背中に猫パンチを一撃。後頭部にも猫パンチ。さらに回り込まれてしっぽでペシッと、顎《あご》を揺さぶるようなトドメの一撃を。

「ぐぇ……いってぇ……」

「んにゃ、今ので気絶しにゃいだと？　お前もしかして、かなり強いにゃ？」

くそっ、頭がぐらぐらする……。可愛《かわい》い顔してこんなひどいことをする生き物がいるなんて、やっぱりここは魔界に違いない！

可愛《かわい》いから撫《な》でてやろうと前傾姿勢になっていたおかげで威力がうまい具合に逸《そ》れたのは運がよかったのだが、仕方ない！　聖剣を一秒だけ使って、殺したくはないがなんとか無力化して……

「わ、悪かったにゃ。あまりにも油断してるように見えたからつい襲っちゃっただけなんだにゃ！　別に殺そうと思ったわけじゃにゃいから、許してほしいにゃん！」

「いいか、にゃんづけで喋《しゃべ》って可愛《かわい》いのは猫耳少女だけだ。身長三十センチに満たない子

猫は普通にニャーニャー鳴いてるのが一番可愛《かわい》いんだ。まずお前は、そこから理解しろ！」

俺は一体何を話しているんだろう。

「お前は一体何を話しているんだにゃ？」

だから、それは俺が聞きたい。なんか頭がぼーっとして……。さっきのダメージに加えて喉の渇《かわ》きや空腹が重なって頭がうまく働かない。とりあえずこの場で腰を下ろして、少し休むことにしようかな。


「……お前、かなり強いにゃ？　私はこれでも強い方だと自負《じふ》してたんにゃが……そんな私を手玉に取るなんてすごいにゃ！」

「強いとか言われても、俺より強いやつは何人でもいるからなあ……」

警戒を解かずに腰を下ろして休んでいると、猫がすり寄ってきた。

試しに喉とか首の周りを撫《な》でてやると、ゴロゴロと気持ちよさそうな音を鳴らしてぐでっとだらけた感じになった。突然攻撃されたときは驚いたけど、所詮《しょせん》は猫か。いやまだ油断はできないが。

「そうだにゃ！　お前のことを私の家来にしてやるのにゃ！　いい考えにゃ！　是非《ぜひ》そうするべきにゃ！」

口さえ開かなければ普通に可愛《かわい》いのに……

というか、もしあのとき俺が倒されてたら、一体どうなってたんだろう。

「なあお前、さっきの奇襲《きしゅう》が成功していたらどうするつもりだったんだ？」

「どうする？　……そんなことあまり考えてなかったにゃ！　そういえばお前、食べてもあまり美味《おい》しそうじゃないにゃ」

「いやいや……だったらなんで急に襲ってきたんだよ」

「動く生き物を見つけたら襲いかかっちゃうのは、私たちの本能だから仕方ないんにゃ！」

「確かに猫がネズミを襲うのは本能って聞いたことがあるが、にしてもサイズに限度があるだろ。人間を襲う本能を持った猫なんて聞いたことないぞ……」

いやまあ、この世界は火の玉だって喋《しゃべ》るぐらいなんだから、喋《しゃべ》る猫がいても不思議ではないか。何せここは俺が元いた世界とは違う世界の、しかも魔界と呼ばれるような場所。何が起きても不思議ではない。

「……というか、ここって魔界でいいんだよな。違いがわからないんだが。なあ猫、お前は何か知ってるか？」

「にゃ？　何のことにゃ？」

「だから、ここはどこなんだ？　魔界じゃないのか？」

猫に聞いてみると、猫は首を傾《かし》げて悩みはじめた。

「魔界……？　魔界って何にゃ？　聞いたこともないにゃ。どこかの場所のことを言っているのにゃ？」

もしかしたら魔界のことを「魔界」と呼んでいるのは、人間だけなのかもしれない。だから、ここが魔界かを猫に聞いてもわからないってことか。だったら質問を変えて……

「それなら、猫。このあたりで人間……俺みたいな種族を他に見たことがあるか？」

「お前みたいなやつにゃ？　う～ん、もしかしてあいつらのことかにゃ？」

「見たことあるのか？　だったらそこに案内してくれないか？」

「でもあいつら、お前と違ってかなり凶暴《きょうぼう》にゃ。近づくのはやめておいた方がいいにゃ……」

「いや、まあ多分大丈夫だろ。少し話を聞きたいだけだし……」

「多分お前はあいつらのことを誤解しているにゃ！　わかった、案内するけど、まずは遠くから観察できる場所に連れていくにゃ！」

猫は俺の手から離れると、ぐうっと大きく体をしならせ、伸びをしてからそのままスタスタと歩きはじめた。チラチラとこちらを振り返っているのは「ついて来い」ということなのだろう。

猫について茂みをかき分けながら少し歩くと、木製の柵《さく》で囲われた小さな村が見えてきた。

「あれにゃ。あの中に、お前と似た姿の生き物がたくさんいるにゃ！」

「なるほど、どれどれ……」

目を凝《こ》らすと、確かにそこには二足歩行をする人影が見えた。肌は岩のような茶褐色《ちゃかっしょく》で目はギョロリと大きくて、頭には白くて大きなツノが生えた半裸《はんら》の生き物のことを人と表現するならばだが。あれが人間ですか？

距離が離れているから声は聞こえないけど、見た感じ会話はしているようだから言葉は通じるのかもしれない。ただ、ちょっと生理的に受けつけないというか。

もしかしたら「話してみればいいやつらだった」という可能性も捨てきれないが……

「で、どうにゃ？　お前の仲間たちだったかにゃ？」

「いや、見た目からして全然違うじゃねぇか！　あれのどこが人だよ。どっちかっていうと、鬼の方が近いようなやつらじゃねぇか！」

「そんなこと言われても知らんにゃ。お前と同じで二足歩行してるから、親戚《しんせき》みたいなものじゃないのかにゃ？」

俺からしたら、それこそ犬と猫ぐらいに違う種族に見えるんだが、もしかしたら猫からすると人も鬼も似たようなものなのかもしれないな。俺だって猫の種類を正確に言い当てられるのかは怪しいし。

だが、あんなのが普通にいるということは、どうやらここは魔界で間違いなさそうだ。

村人たちの言っていた「洞窟が魔界に繋がっている」っていうのは事実だったってこと

だな……

「まあ、仕方ないか。とりあえずあれは同じ種族ではなさそうだが……」

「あ、もしかしてお前、ひとりぼっちなのかにゃ？　やっぱり私の家来になるかにゃ？」

猫は俺のことを気遣ってくれているのかもしれないが、それでも俺は猫の家来になるつもりはない。

「猫の家来はちょっと……。せめて対等な仲間とか？　それならまあ考えないでもないが」

「だったらそれでいいにゃ！　まずは私たちの巣に案内してやるにゃ！　あと、もし腹が減ってるのならご馳走《ちそう》してやってもいいにゃ！　その代わり私の家来になるにゃ！」

「お、気が利くな。家来にはならんけど、できれば飯は人でも食えるものがいい。生肉とかはちょっとさすがに……」

「まったく注文の多いやつだにゃ。てか私は人間が何を食べるのかを知らんにゃ。色々出すから、食えるものを食うといいにゃ！」

「着いたにゃ！　ここが私たちの家にゃ！　……みんな帰ってきてるみたいにゃ！　せっかくだからみんなにお前のことを紹介したいにゃ。……ちょっとここで待ってるにゃ！」

「え、あっ、ちょ……」

猫に案内されて洞窟の入り口に到着すると、猫は俺をこの場に残してささっと中に入っていってしまった。洞窟の中からは「帰ったにゃー！」という声が反響して聞こえてくる。他にもいくつかの鳴き声が混じって、にゃーにゃーと軽い騒ぎになっていた。

てか、理由もなくついてきただけの俺を、他の仲間たちは認めてくれるのだろうか。面倒くさいことにならなきゃいいんだが……

「お前、ついてくるにゃ！　うちの群れのボスに紹介してやるにゃ！」

しばらく待っていると、猫が戻ってきた。

「ボス？　ボス猫ってことか？」

「ボスって言っても、名ばかりのボスだにゃ。だけど、一応私たちの中では一番偉いにゃ！」

「まあそういうことならありがたく。……でも、緊張するな」

「緊張なんてするだけ無駄にゃ。会えばきっとお前もそう思うことになるにゃ」

猫について薄暗い洞窟の中をまっすぐ進むと、不自然な明かりが見えてきた。どうやら壁に取りつけられた照明が光っているようだ。炎ではないから、魔力か何かで明るさを確保しているのかもしれないな。

ひらけた空間に出たら、そこにはテーブルの上にデデンと偉そうに座っている一匹の猫がいた。まあ、予想通りではあったけど、やっぱり猫なんだな……

「ボス！　こいつがさっき話した私の新しい仲間だにゃ！　さあ自己紹介をするにゃ！」

「どうも。俺は明野樹、種族は人間だ。事情があって遠いところから来たのだが……」

人間以外に自己紹介をするのは初めてだから、これでいいのか自信がないな……

「ふむ。確かにあなたは、伝承にある『人間』と一致する部分が多いようですね。わかりました、あなたは仮に人間であるとしましょう。それでその人間さんが私たちに何かご用ですの？」

「いや、ご用というか、俺はただ……」

さすがはボス猫といった感じで態度も偉そうなのだが、そもそもご用があってきたわけじゃないいんだよな。

「ボス！　さっきも言った通り、こいつは私の仲間になったのにゃ！　だから、みんなにも紹介しに来たのにゃ！」

猫の話を聞いて、ボス猫は「ふむ」と何やら納得した様子だ。今の話のいったいどこに納得したのだろう……

「つまり、あなたは私たちの仲間になりたいんですね。普通でしたら断ってますが、その子が信用したというのなら、特例として認めましょう」

「やったにゃー！　よかったにゃ。これでお前は私たちの仲間にゃ！」

なんかあっという間に仲間として認められてしまった。

「それはまあどうでもいいとして、偵察の結果はどうだったのです？　まさか忘れていたわけではありませんよね」

「もちろん忘れてなんかいないにゃ！　今のところここの近くには、茶色い人型の集団が三つと、犬型の群れが一ついたにゃ。でも、私たちがここにいることに気づいたようなのはいなかったから、まだ当分は大丈夫なはずなのにゃ！」

「そうですか……。最近また魔王軍の動きが活発になっておりますわ。あなたも気をつけてくださいね」

ん？　今、気になる言葉が聞こえた気が……

「魔王軍？」

「お前、魔王のことを知らないのかにゃ？　ほんっとうに世間知らずなんだにゃ……」

「こら、この方はあなたの仲間なのでしょう？　馬鹿にしていないで説明してあげなさい……。いいですか？　魔王とは強力な力を持った魔族の王のことでございます。その力は強大で絶対的で、私たちのような小さな獣では太刀打《たちう》ちすらできません。しかもここ最近は、またどこかと戦争でもしようとしているのか、このあたりへの支配を強めているようで……。私たちを追放してまで魔族や鬼族が侵攻してきているのです。この場所もいつまでも安全とは言えなくなってきています……」

なるほど。人間界では単に「魔王を倒そう」みたいなムーブだったけど、魔界ではそんなことになっていたのか……

　魔界というからには、そこに住む魔物は全て魔王の配下なのかと思っていたが、どうやら実際は魔界も一枚岩ではないらしい。

　この猫たちのように、人間と同じく魔王に怯《おび》える魔物もいれば、逆に鬼のように魔王に忠実《ちゅうじつ》な勢力もある。

　つまり、魔物と人間が手を組んで魔王と戦うことも、あり得ない話ではないということか。

「まあ難しい話はおいおいすることにしましょう。それよりもあなた、お腹が空《す》いているのでしょう？　食事を用意しておりますので、どうぞ召し上がってください。……とはいえ、人間の口に合うかはわかりませんが」

「精一杯《せいいっぱい》おもてなしするのにゃ！　みんな、出てくるにゃ！」

「『にゃー』」

「『にゃーん』」

　猫の掛け声とともに、壁の岩の隙間《すきま》から続々と猫が湧《わ》き出してくる。その数は……ざっと二十匹はいるだろうか。

　猫やボス猫と違って、他の猫は言葉を話すことはできないようだが、皿を運んでくれた猫に「ありがとう」と伝えると「にゃー！」と返事をしてくれた。どうやら、こちらの言葉はある程度通じているようだ。

「それじゃあ人間！　好きなものを食べるといいにゃ！」

猫たちが運んできたのは、料理とは言えないものばかりだった。火を通せば食べられないこともないと思うのだが、いくら洗浄魔法があるとはいえ、生の鶏肉を食べる勇気はない。

とりあえず当面は果物とかを食べることで凌《しの》ぐことにして、調理に使うような火や刃物は少しずつ準備していけばいいかな……

俺が最初に手に取ったのは、毒々しいほどに真紅《しんく》に染まった丸い物体だった。これが何かはわからないけど、とりあえず甘い香りがするから、果物であることは間違いないだろう。

おそるおそるかじってみると、かなり水分が多いようなので、リンゴというよりはみかんというか、どちらかというと南国のフルーツに近い感じかな。

中の果肉は真っ白で、香りと同じで味もかなり甘い。果皮は少し苦味《にがみ》があるけど、吐き出すのはもったいないし、気になるほどでもないから一緒に食べてしまうことにしよう。

「どう……かにゃ？」

「うん。美味《うま》いじゃん、これ！」

一緒に食べていると、苦《にが》い渋皮《しぶかわ》もいいアクセントになっているような気すらしてくる。

単純に俺の腹が限界まで減っていただけなのかもしれないが……

「気に入ってもらえたようでよかったにゃ！　じゃあ、私も同じものをいただこうかにゃ！」

そう言って猫も、俺と同じ果物を取り寄せてかぶりつく。猫の食事として果物が出てきたのだから当たり前なのかもしれないけど、こっちの猫は肉だけでなく果物も食べるらしい。

「人間にとってどうかは知らないが、この果物には魔力がたくさん含まれてるから、私にとってはごちそうなのにゃ！」

他の猫は何を食べているのだろうかと見回してみると、どうやらこの果物を食べている猫は他にはいないようだ。というか、他の猫たちは他の食材を食べながら、俺たちの方をじっと観察しているようだが……

「なあ、あいつらは遠慮してるのか？　『ごちそう』という割に誰も手をつけていないが……」

「この果物は、魔力耐性がないやつが食べると毒になるのにゃ。この群れでは、私とボス以外はこの果物を食べられないし、そもそも食べたいとも思っていないはずにゃ。耐性のない猫には、この匂《にお》いが異臭に感じるらしいし、食べたら苦しんで最悪死に至るらしいにゃ」

「ってことは、俺は知らないうちに勇気ある行動をとってたってことなのか？　そういうことは先に言えよ！」

「お前なら大丈夫だと思ったのにゃ。それに、お前がもし食べられなかったとしたら、そもそも食べる気にならなかったはずにゃ！」

ちなみに、この果物を食べるのは本当に一部の上級魔物だけで、ある意味この果物を食べられるかどうかが、そのまま実力を持っていることの証明にもなるらしい。

どうりでさっきから猫たちの視線が俺に集中しているわけだ。

「昔は、この果物の取り合いになるぐらいに強い仲間がたくさんいたらしいんだけどにゃ……」

「そうだったの？　てっきりお前とボス猫が特別なんだと思っていたが」

「そんなことないにゃ。だけど、それもこれも魔王のせいにゃ！　前にこの土地に魔王軍が攻めてきたときに、大半の戦士は戦って死んでしまったのにゃ……。私はそのときまだ子供だったから生き延びたんだけどにゃ……」

魔王との戦いはそんな昔から続いていたんだな。

「そうか、それは悪いことを聞いちまったかな」

「大丈夫にゃ。私は正直あまり覚えていないのにゃ。だけど、ボスのところでこの話をするときは気をつけた方が……」

不意に話をしていた猫が口を閉ざして、何かを聞き取ろうとするかのように耳を立てた。

つられて俺も耳を澄《す》ますが、特に何も聞こえてはこない……。

「ん？　おい、どうかしたか……」

「静かに！　……この声は、救難信号にゃ！　おいお前、食べた分は働いてもらうにゃ！

ついてくるにゃ！」

「お、おい！　まずは説明を……わかったよ！　ついていきゃいいんだろ！」

俺には何も聞こえなかったが、猫の耳には助けを呼ぶ声が聞こえたらしい。

人間には聞こえない高周波《こうしゅうは》で会話をするのだろうか……猫ならありえる気がする。

内容は俺にはわからないが、猫の慌《あわ》てようからして、危機的状況なのかもしれない。

慌《あわ》てて猫について走ると、隠れ家《が》を抜けたすぐ目と鼻の先で猫が立ち止まった。

「伏せるにゃ！」

猫に言われて姿勢を下げて、木陰に身を隠して隙間《すきま》から先を覗《のぞ》き込むと、そこには一匹の小鬼がいた。ひび割れたような褐色肌に、大きな白いツノを生やしていて、腰には鞘《さや》に納められた剣を下げている。

「にゃ〜お」

「よしよし、よく知らせてくれたにゃ。帰ってボスにも状況を伝えてやってほしいにゃ……」

「にゃー！」

猫は、救難信号を送ってくれたという子猫に対して労《ねぎら》いの声をかけてこの場を離脱させてから、俺の方を向く。

「人間、お前なら、あれを倒せそうかにゃ？」

「さあ……。俺のレベル的に倒せない敵ではないと思うが、向こうが武器を持っているのが厄介《やっかい》だな……」

もっと言うなら、こっちに武器がないのがよくない。せめて木剣でもあれば太刀打ちぐらいはできたと思うが、一メートル近い武器を持つ小鬼相手にステゴロを挑むのは分《ぶ》が悪い。

「私も同じ考えにゃ」

「だったら、戦わずに逃げるっていうのはダメなのか？」

試しに逃げることを提案してみるが、猫は残念そうに首を横に振った。

「ダメにゃ。あいつはこのまま進むと私たちのアジトにたどり着いてしまうにゃ。せめて私が囮《おとり》になって、注意をそらしてやる必要があるにゃ。お前はここで見守っていてほしいにゃ」

「猫、お前はあれに、勝てるのか？」

「人間、猫には勝てなくても戦わなきゃならないときがあるのにゃ……」

「勝てなかったとき、お前はどうなるんだ？」

「逃げきれなかったらそのときは……お前が群れを守ってやってほしいにゃ」

ダメだ、猫はどうやら自分が生き延びることよりも、群れの安全を優先しているようだ。

確かにあの小鬼は強そうだ。俺もおそらく素手で勝つことは難しいだろう。だからと言って、勝てる手段があるのに逃げ出してしまったら、俺は絶対に後悔することになる。

猫とはいえ、言葉を交わした友を見捨てることは、俺にはできない。

「わかった、俺が行く。猫、お前はここで見守っていてくれ」

「ダメにゃ！　これ以上友が死ぬのは耐えられないにゃ！」

「まあ見てろって。だけど俺がダメそうだったときは……そのときは俺を囮《おとり》にして、お前らは逃げてくれ」

「まっ……待つにゃ。待ってくれ……にゃ」

引き留《と》めようとする猫を置き去りにして、俺は茂みを飛び出した。

獲物を見つけた小鬼は丸腰の俺を見ても油断することなく、即座に鞘《さや》から剣を抜き放った。

「悪いな小鬼。恨《うら》むなら己の運のなさと……」

聖剣《ぶき》／魔剣を両方出したら、暴走することは目に見えている。だけど片方ずつなら御《ぎょ》せるかもしれない！

「俺にこのギフトを与えた神とやらを恨《うら》むんだな！」

聖剣を召喚すると、右手には白く燦然《さんぜん》と輝く一振りの剣が現れた。その光は以前よりも一段と強くなっているような気がする。剣の柄《つか》をしっかりと両手で握りしめて重みを感じ、視界のカウントダウンが進んでいるのを確認する。

「んにゃ？　見た目が変わったにゃ？」

奥の茂みから猫の驚く声が聞こえるが、俺の体にも変化が表れているようだ。強い光が俺の体を包んだ次の瞬間、髪は長い金髪になり、背中には白く大きな翼が広がっている。

魔化と聖化が同時に発動したときは、何だかよくわからない姿だったけど、聖化だけの場合は天使のような見た目になる……ということなのだろうか。

そして同時に、俺の中に大きな感情が生まれた。

（正義の名のもとに悪を粛清《しゅくせい》。根絶《ねだ》やしにして殺し尽くす。消し炭になるまで焼き尽くす……）

まるで、俺の中にもう一人の人格が現れたような感覚で、しかもこの人格には敵味方の判断すらできていないようだ。

もしこの暴走する感情のままに行動してしまったら、全ての生き物を殺した上で、魔化を理由に自殺すらしてしまいかねない。だが今後も聖剣を使っていくのであれば、この感情と向き合わなければならないだろう。だからこそ俺は、意識の手綱《たづな》を握りしめ、少しずつでもコントロールしようとする。

（悪……魔物に正義の鉄槌《てっつい》、仲間を守るために……）

衝動《しょうどう》を抑えながら待つと、少しずつ感覚をつかめるようになってきた。まずはこの爆発するかのような強いエネルギーの矛先《ほこさき》を、目の前の小鬼の方に向けて……

小鬼は俺の変身を見て「ぐぎゃ！　ぐぎゃぎゃ！」と不思議な声を上げている。もしかしたら威嚇《いかく》しているつもりなのかもしれないし、仲間を呼ぶつもりで声を上げているのかもしれない。

小鬼からしたら理不尽に感じるだろう。ただ歩いていただけなのに、突然聖剣を持った勇者が現れたのだから。

小鬼はそれでも必死に抵抗しようと剣を突き出してきた。だが、聖化の影響で知覚能力が上がっているのだろうか、俺にはまるでスローモーションのように、小鬼がゆっくりと動いて見えた。

「少しずつ……少しずつ……」

紙一重《かみひとえ》で攻撃を躱《かわ》し、勝手に動こうとする衝動を少しずつ解放し、動力として体に伝えていく。

俺自身の意思や経験とは関係なく体が自然と動き出し、無駄のない動きで聖剣の光が一《いっ》閃《せん》する。

首を刎《は》ね飛ばされた小鬼の体は灰になり、やがて風に流れて消えていった。残されたのは、小鬼が使っていたショートソードと、小さな鋭い牙のようなドロップアイテムだけだった。

「ふう……なんとかなった」

聖剣の発動を解除すると、視界右上のカウンターは残り13となっていた。もともとが20＋2秒だったから、二十二引く十三で、九秒間戦闘していたということになる。

これで聖剣の使用可能時間は十三秒。魔剣の二十二秒も合わせれば、三十五秒間。時間を回復するためには使い切る必要があるんだけど、そうしたらその間ずっと聖化か魔化を発動し続けることになる。

さっきの感じだと、クールタイムに入ったとしても暴走まではしないだろうが、それでも十一時間もの間維持し続けることができるかどうかはわからない……

この時間は、計画的に消費する必要がありそうかな。

「やったにゃ！　これで私たちの安全はひとまず守られたにゃ。やっぱりお前はすごいやつだったにゃ！」

敵を倒して聖剣を消すと、隠れていた猫が飛び出してきた。

「そうだな。だがこれは連発できないから、あまり期待するなよ」

「そうなのか。それは残念だにゃ。その力があれば、魔王すら倒せそうなのににゃ……」

煽《おだ》てるようにして猫が言うが、それは違う。

「猫、お前は魔王を舐《な》めすぎている。あの程度で勝てるほど魔王は弱くない……」

「そうなのか？　私は本物の魔王を見たことがないから、よくわからないのにゃ」

猫たちは、魔界に住んでいるのに、魔王を見たことがないらしい。

つまり逆に言えば、このあたりで活動している限り、魔王に再会するような事故はそうそう起きないということか。

復讐《ふくしゅう》の機会が遠ざかったことを悔しく思うべきだったのかもしれないが、安堵のようなものを感じてしまっている自分がいる。それは俺自身の心の弱さを表しているわけだが、「魔王や真の勇者と比べたら弱い」という事実は変わらないのだから、弱さを認めることも必要……なのかもしれない。

「さて、あの小鬼が落とした剣だが……これは洗えば使えそうかな」

小鬼が残した戦利品《ショートソード》は、手垢《てあか》や泥で黒ずんでいて使い物にならないように見えたけど、武器を拾い上げて洗浄魔法を発動させることで、汚れがボロボロとこぼれ落ちて綺麗《きれい》な刀身が現れた。

刃こぼれまでは直らないから微妙に欠けていたり凹《へこ》んでいたりするけれど、十分使えそうだし、いつまでも丸腰で聖剣《ぶ》／魔剣《き》召喚に頼っているわけにはいかないからな。

小鬼の近くには剣の鞘《さや》も落ちていたので、そちらも洗浄して綺麗《きれい》にして、剣を納めて腰に差しておこう。

木剣とは違った重さに戸惑《とまど》うところはあるものの、そのうち慣れるだろう。

この武器があれば、小鬼が群れで現れても十分に戦うことができるだろう。ならば、この機会に鬼の群れを一掃《いっそう》してしまうのも悪くないかもしれない。そう思った俺は、猫にこの鬼のことを聞いてみることにした。

「ところで、猫。この鬼たちの住処《すみか》はわかるか？」

「にゃ？　それは探せば見つかると思うけど……そんなの探してどうするにゃ？」

「お前たちは鬼に襲われて困っていたんだろ？　だったら、俺が鬼退治をしてやるよ」

「急にやる気になったにゃ？　一体どうしたんにゃ？」

確かに言われてみれば、違和感がある。もともと俺はこんな好戦的な性格ではなかったはずだが、もしかしたら武器《ちから》を手に入れたことで舞い上がっているのかもしれない。あるいは、聖化したときの影響がまだ残っているのかもしれない。

猫たちがこの鬼に蹂躙《じゅうりん》される様子を想像してしまったのが原因なのかもしれないし、考えれば他にも理由はあるかもしれない。

だけど、この感情を言葉にするのは簡単ではない。だから、猫に説明するときは少し違う形にしておこう。

「今の俺なら、こいつらを倒せるからな。それに猫たちも、いつまでも逃げ隠れするのは大変だろ？」

「でも、私たちのこの土地を侵略《しんりゃく》しようとしてるのは小鬼だけじゃないにゃ！　他にもっと大きな敵とかも……」

「だったらそいつらもまとめて俺が追い払ってやるよ。とにかくまずは鬼の群れだ」

「……わかったにゃ。でもこれは私たちの問題にゃ。お前が無理をする必要はないにゃ！」

もちろん無理をするつもりなどないが、無理のない範囲で全力を尽くすことにしよう。

最悪俺が死んだとしても、もともと魔界にいなかった人間がいなくなるだけだからな……

◇

イツキ君が暴走して真の勇者と戦い、そのまま敗走して姿をくらませてから、あっという間に半日がすぎた。

真の勇者はイツキ君の暴走した姿を見て「ヒトガタの魔獣」と呼称。最優先討伐目標に設定して、私たちも含む一般の勇者には「見つけたら場所だけ知らせて逃げるように」と指示した。

あの場で真の勇者とイッキ君の戦いに割り込んだ私たちは「なぜこのような場所にいたのか」と問いただされた。けれど「仲間《イツキくん》を探している」と答えたら「仲間のためなら仕方ないかの……」と納得してもらえた。

どうやら真の勇者には「仲間のために危険を冒《おか》してこそ勇者」っていう考えがあるみたい。

イツキ君こそが「ヒトガタの魔獣」であることは話せなかったけど、イツキ君と森ではぐれてしまったことを話したら、心配して緊急で捜索隊まで編成してくれた。

危険な魔獣がいる可能性の高いこの森に残されたイツキ君や、彼を捜索しようとしている私たちを心配してくれているみたい……

暴走しているイツキ君を隠しておきたいこちらからするとハラハラする展開だった。でも、真の勇者たちの厚意を無下《むげ》にするわけにもいかないから、真の勇者たちと一緒にイツキ君の捜索が始まった。

森の中を、真の勇者や忍者君が探知《たんち》の魔法みたいなのを使って探しても見つからなかったけど、日が暮れる頃になって、ようやく手がかりだけは見つかった。

真の勇者が拾ったのは、地下空洞へと繋がる地面の裂け目の入り口に投げ捨てられるように放置されていた、イツキ君の木剣とナイフだった。

「どうやら件《くだん》のイツキとやらは、この裂け目に落ちてしまったようじゃ。地上を探しても見つからぬのは、そういうことじゃったか……」

「この穴、相当深いようでござる。おそらくイツキ殿も無事では……」

崖の上に木剣やナイフが放置されているということは、イツキ君は真の勇者から逃げるためにこの崖を飛び降りたんだと思う。

真の勇者と忍者君はどうするかを相談して、とりあえず結論を出したみたい。

「いずれにせよ、今はこの下に降りる装備もないし、時間的にも限界が近いのじゃ。今日はここまでにした方がよさそうじゃの。この地下の空洞も気になる。イツキの捜索とあわせて、明日はここの探索もするとしようかの」

「そんな……イツキ君……」

「アカリ、仕方ありませんよ。イツキの捜索は明日にしましょう……」

実は、装備という点では、一度ここから降りたときのロープが残っているから降りられないことはない。ただ、これ以上捜索するとイツキ君が見つかってしまうかもしれないと思ったから言わないでおいた。

イツキ君の変身がどれぐらい続くのかは知らないけど、もしまた魔獣の姿のイツキ君と真の勇者が遭遇《そうぐう》してしまったら、今度こそイツキ君が殺されてしまう。

明日まで待てばイツキ君の姿も元に戻るだろうし、下に水はあるから、イツキ君も数日なら何とかなるだろうしね。

その後、私たちは真の勇者に保護されて、王宮のある街まで連れ戻された。

私もシオリちゃんも、すでにこの街の宿は解約してしまっているので、今日は王宮の個室を一つ貸し与えられることに。

イツキ君が使っていた個室とは比べ物にならないぐらいに豪華な部屋を用意されたのは、私たちが女性だからなのか、それとも私がＳＳレアの勇者だからなのか。

いずれにせよふかふかなベッドに豪華な食事まで提供されて、ここから逃げ出そうとしていた私たちとしては決まりが悪いというか……

「シオリちゃん、これからどうしよう。イツキ君は戻ってこられるのかな……」

「あの裂け目でイツキの装備が見つかったということは、おそらくイツキはそこから下りて洞窟に逃げたのでしょう。ですが彼は地上に戻れる装備を持っていないので、自分の力だけでこちらに戻ってくるのは難しいかと……」

前にあの裂け目から戻ってきたときのロープは、シオリちゃんの鞄の中にしまわれているし、そもそもロープがあったとしても地上に結んでなかったらたどれないしね……

「そうだよね。だったらやっぱり、今すぐにでもイツキ君を助けに……」

「アカリ、落ち着いてください。とりあえず今日は我慢して、体の疲れを回復させることに専念《せんねん》しましょう。真の勇者たちとは、何か理由をつけて別行動するようにすれば……」

コン、コン……

誰だろう。私たちがベッドに腰掛けながらヒソヒソと話をしていると突然、部屋の扉をノックする音がした。

「シオリちゃん……誰だと思う？」

「さあ。明日の打ち合わせでしょうか……」

シオリちゃんと顔を見合わせるけど、彼女も心当たりはないみたい。

コン、コン……

「あの〜、もう寝ていますか〜？」

再度のノックとともに、鼻から空気が抜けるような落ち着いた声が聞こえてきた。

声のトーンからして女性であることは間違いなさそうだけど、聞き覚えは……ないはず。

「どうする？　シオリちゃん……」

シオリちゃんにこっそり問いかけると「とりあえず返事だけでもしておきましょう」と小声でささやいた後、声量を元に戻して「起きてますよ、私たちに何かご用ですか？」と返事をした。

扉の下の隙間《すきま》から光は漏れているだろうし、寝ていると嘘をつく理由は思いつかないしね。

「あら〜起きてましたか〜。でしたら少しお話をしたいのですが、中に入ってもよろしいですか？」

「……はい、どうぞお入りください。鍵はかけていません」

再びシオリちゃんと目配《めくば》せをすると、「こくり」と頷《うなず》いたので、客人には部屋の中に入ってもらうことにした。

王宮内で襲撃《しゅうげき》に遭《あ》うとは考えにくいけど、相手が誰なのかわからない以上、警戒は解かないでおく。念のために、壁に立てかけてあった武器を体に引き寄せて、ギフトもいつでも発動できる状態にしておいて……私たちの部屋を訪れた客人を迎え入れることにした。

扉が開くとそこにいたのは、ゆったりしたガウンを着たおば……お姉さんだった。

その顔は……ちらっとだけ、どこかで見たことがあるような気がするけど、思い出せない。

黒髪のウェーブヘアはこの世界の人っぽくない。勇者のうちの一人だと思うから、勇者が集まったタイミングで見たことはあったのかもしれない。けれど、日本だったら普通によくいそうな顔だから、他人の空似という可能性も高い。というか、そんなことは今はどうでもいいかな。

「こんばんは～、あなたがSSレアの勇者さんですね！　そしてあなたは……？　まあいいですか、そんなことは」

「……はい。私はSSレアの勇者、水音朱理です」

「そんなこととは初対面なのに失礼ですね、確かに私のギフトはBランクですけども！

私は花布栞。そういうあなたは、何様なのですか？」

「私はＳレア、錬金術師の湯川《ゆかわ》です～。水音さんと花布さんですね、よろしくお願いします～」

ペコリとお辞儀《じぎ》をした女性はおっとりした様子で、とてもじゃないけどＳレアのギフトを持った強者には見えなかった。

錬金術師というよりは、保母さんとか保健室の先生とかの方が似合いそう。

錬金術師は真の勇者のパーティーに入っているから、私たちが保護されたという情報も即座に伝わったのかも。だとしたら、用事があるのはＳＳレアのギフトを持つ私……なのかな。一体何が目的なんだろう。

「私が来ましたのは、水音さんにご用があったのです～。単刀直入《たんとうちょくにゅう》に言いますと、水音さん。私たちの勇者パーティーに入りませんか？」

錬金術師の湯川さんは、断りもなく椅子に腰掛けると、唐突《とうとつ》に持ちかけてきた。

「……つまり、私の勧誘ですか。質問するということは、私たちには『断る』という選択肢も用意されているんですよね？」

「え～っと……ごめんなさい、話す順番を間違いました。あなたたち二人は、私たちが運営する『勇者連合』に入ることになります。普通はまず、ランクに応じたチームに入っていただくのですが、水音さんはＳＳレアのギフトをお持ちなので、その過程を飛ばし、最初から勇者パーティーに参加することもできるということです～。断る理由は特にないと思うのですが？」

湯川さんは、私の質問に対して、答えになっていない答えを返してきた。こういう人には、もう少し具体的に話したほうがいいのかも……

「いや待ってください。そもそもなぜ、私たちがあなたたちの連合に入らなきゃならないんですか？　そんな面倒くさそうな組織は嫌なんですけど……」

「ん～？　あなた方は真の勇者様《ヒロスケ》に命を救われたのではないのですか～？　命の恩人には尽くすのが当たり前なのでは、ないのですか～？」

ああこの人、やっぱりそういうタイプの人か……

そもそも私は真の勇者に命を救われたわけじゃないし、仮に命の恩人だとしても、それだけで組織の奴隷になる理由にはならないんじゃないかな。

いや～でも、こういう人って何を言っても無駄なんだよね、基本的に。……どうしよう。

「まあ、そのことは一旦いいや。それより、私はその勇者パーティーとかってのに入れるとして、シオリちゃんはどうなるの？」

「花布さんですか？　彼女は確か、Bランクのギフトをお持ちなんですよね。でしたら、Bチームの一番下か、Cチームの一番上に入ってもらうことになります。SSレアの友人だからと言って優遇《ゆうぐう》していては、周りに示しがつきませんので～」

「あ、やっぱりそうなるんだ。だったら私もそんなパーティーはお断りだよ。私は地位よりも友情を優先したいから……」

「あなたはまさか、そんな友達ごっこで世界を救えるとでも思っているのですか～？」

このおば……この錬金術師さんは一体何を言っているのだろう。もしかしてそれ、私たちを煽《あお》ってるつもりなのかな。

いやまあ、世界を守りたいっていう使命感に燃えるのは勝手にやればいいんだけど、他人にまで押しつけるのは程々にしてほしい。望まない人にまで火をつけたら、引火どころか放火だよ……。

ていうか、そっか。

「あなたには友達がいないんだね。だから友達の大切さもわかんないんだ。確かにその歳じゃ、同年代の勇者もあまりいないだろうし、それならしょうがないかあ」

「アカリ、そんなことを言ったらおばさんに失礼だよ！」

「おば……」

もしこのおばさんが純粋な正義感で動いているのなら、きっと私たちの煽《あお》り文句なんて気にもしなかったんだろうけれど、今みたいに青筋《あおすじ》立てて大炎上しているようじゃダメダメだよね。

「……つまりあなたたちは、私たちの指示には従えないと。つまりそういうことですか？」

おばさんが自分の意見を自分たちの意見に置き換えてるのは気になるけど、まあ要するにそういうことだよね。

「結論としてはそうなるのかな。シオリちゃんはどう思う?」

「私ですか? 少なくともこのババアに従うつもりは一切ないですよ?」

「ババ……。わかりました、あなたたちは私に喧嘩《けんか》を売っているのですね? SSレアだからSレアに負けることはないと思ってバカにしているのでしょうね! だったら、Sレアのギフトを鍛え抜いいいた実力、今ここで見せつけてやりましょう!」

「え、まさかここで戦うつもり? もう少し常識を……」

「アカリ、あなたは大人《おとな》しくしていて。あのババアは私が教育してやります!」

「なんでシオリちゃんまでやる気満々なの?」

一歩前に踏み出したシオリちゃんは片手で私を庇《かば》うようにしながら、虚空《こくう》から一冊の本を取り出した。

そういえばシオリちゃんが戦う様子を見るのはこれが初めてかもしれない。図書館《ライブラリ》というぐらいだから、本を使って戦闘をするんだろうけど、一体あの本をどう使うんだろう……

「まずはBランクが相手ですか。SSレアにわからせてやりたいところでしたが……、先にあなたを潰《つぶ》してからにしましょうか!」

「そんなこと考えてるとはね。だけどあなたもさすがに、Bランク相手に負けたとなれば『ランク絶対論』を疑わざるを得ないだろうからね。授業の時間だよ！　ちゃんと予習はしてきた？」

「粋《いき》がるなよ、ガキが！」

なんだろう。おばさんが最初に見せていたあの余裕のある態度は、もしかしてただの厚《あつ》化粧《げしょう》だったのかな。あっという間に、見るに堪《た》えない姿に成り果てちゃった……

シオリちゃんに任せる形になっちゃったけど、本当に大丈夫なのかな。

だって相手はSレアだよ？　Bランクのギフトで戦っても勝てるとは思えないんだけど……

そんなことを考えながら、いつでもシオリちゃんの助けに入れるように構えつつ見守っていると、錬金術師のおばさんもシオリちゃんと同じくどこからか一冊の本を取り出して、パラパラとめくる。

おばさんが一つのページを大きく開けば、そこから巨大な魔法陣が現れた。

「食らいなさい！　煉獄《れんごく》の炎の召喚！」

おばさんが魔法陣に向かってちょっと痛いセリフを叫《さけ》ぶと、魔法陣から赤く輝く巨大な炎の塊《かたまり》が飛び出して、シオリちゃんに向かってゆっくりと進んでいく。

それに対してシオリちゃんは……避けようともせず、手に持った本を開こうとすらせず、むしろ炎に向かって飛び込んだ？

「ハハハ！　あなたはおバカなの？　避けていれば命ぐらいは助かったかも……」

「まあ正直な話、ババア程度の放つ炎なんて、ぬるま湯ぐらいにしか感じないんだよね……その、レベル差がありすぎて？」

「え？　ちょ、え？　なんで？　そんなの、聞いてない、聞いていな……」

シオリちゃんが辞書ぐらいの分厚《ぶあつ》さの本を振り下ろし、見るからに固そうな背表紙で、おばさんの額を思い切り殴《なぐ》りつける。

ガツン！

鈍《にぶ》い音が部屋に響いたと思ったら、おばさんはたった一撃で気を失って倒れてしまった。

おばさんが意識を失った瞬間に、炎も消えたので、部屋が少し焦《こ》げ臭くなっただけで済んでよかった……のかな。

「アカリ……どうしよう、このババア」

「シオリちゃん……できれば、そこまで考えてから行動してほしかったかな」

「とりあえず、部屋の外に捨てておこうか？」

「……そだね、誰か来たら拾ってもらえるだろうし、それでいっか」

おばさんを私とシオリちゃんの二人がかりで引きずって廊下に出ると、たまたまメイドさんが一人いたから「急に気を失ったんです！」みたいなことを適当に話して全部お任せすることにした。

メイドさんは一人では対処できないと思ったのか、応援を呼びに走っていったけど、あとは王宮の人たちにお任せすることにしようかな。


「さて」

「さて、シオリちゃん。……どうしよう」

「どうしましょうか、アカリ……」

錬金術師のおばさんを部屋の外に放置したままパタンと扉をしめた私たちは、ひとまず落ち着くために再びベッドに腰掛けて……。うん。いや、状況は何も変わってないんだよね。

戦闘自体はあっという間に終わったから、まるで白昼夢《はくちゅうむ》を見ていた気分なんだけど、壁や床は焦《こ》げてるし、部屋の外が少し騒がしくなってきているから、現実に起こったこと、なんだよね……

「あまりにもアレだったので思わず殴《なぐ》り倒してしまいましたが、目を覚ましたババアが正直に話をするとも思えませんし……」

「うん。私もそう思う。おばさん自身の矜持《きょうじ》とかもあるんだろうけど、それ以前に今の王宮の政治は、ギフトのランクを主軸《しゅじく》においた体制になっているみたいだから。上層部の人たちは、Sレアの錬金術師をBランクのシオリちゃんが倒したってことをそもそも信じないかもね」

「ごめんなさい、アカリ。あのときはつい熱くなってしまいましたが、私じゃなくてあなたが倒していれば、こんな面倒なことにはならなかったのかも……」

「過ぎた話をしてもしょうがないよ、シオリちゃん。でも、これからどうするかはちゃんと考えないと……」

いくら私がSSレアの強力なギフトを持っていても、もともと仲間だった錬金術師の言い分の方を信じるだろうから、私たちが一方的に悪かったことにされちゃうかもしれないんだよね……

一番いいのは、私たちを普通に追放してくれること。そうすれば最初の目的通りになるし、そのままイツキ君を探しにいくこともできる。

面倒くさいのは、なんらかの理由をこじつけられて幽閉《ゆうへい》されたりすることだけど……そのときは全力で逃げればいいかな。

Sレアの錬金術師であの程度っていうことは、真の勇者以外だったらどうにでもなりそうだし、真の勇者も私たちにつきっきりってわけにはいかないだろうからね。

「シオリちゃん、考えてみたんだけど……とりあえずは様子見《ようすみ》することにしない？　もちろん逃げ出せる準備だけは常にしておくんだけど」

「そうですね。あの程度のババアが上にいるような組織にとどまる理由はありませんが、私たちが自暴自棄になる必要もありませんからね」

「――それを聞いて安心したでござる。お主らに不利にならぬべく調整するでござるから、明日は話だけでも聞いてほしいでござる」

「「っ⁉」」

突然聞こえてきた声に慌《あわ》てて周りを見ても、誰の姿も見つからない。

そもそもこの声は、扉の外から聞こえてきたような……？

「すまぬでござる。聞き耳を立てるつもりはなかったのでござるが、スキルレベルが上がりすぎて制御《せいぎょ》できないのでござる……。それはさておき、先の戦いは一部始終を見させてもらったでござる。アカリ殿、錬金術師殿は『特例を認めない』と言っていたのでござるが、シオリ殿と一緒なら、勇者パーティーに参加することは可能でござるか？　二人が首を縦《たて》に振ってくれるのであれば、全ての根回しは拙者《せっしゃ》が行うでござる」

忍者君らしき声の人は、私たちに姿を見せないまま話しかけてきた。女子の部屋を盗み聞きするなんて許せないけど、まあ、本人にも制御できないっていう話だから、特別に許してあげようかな。

「アカリ殿のネームブランドも重要なのでござるが、錬金術師殿を一撃で倒せるシオリ殿の実力も、今の勇者パーティーには必要なのでござる……」

忍者君の話を聞く感じ、やっぱりほとんどの勇者は実力不足な状態みたい。

だったら私たちも、まあ限度はあるけど、協力してあげてもいいかな……

「そこまで言うのなら……。シオリちゃんはどう思う？」

「アカリに任せます。なんだかんだ言って、あいつらの本当の目的は、私ではなくアカリでしょうから」

シオリちゃんに聞いたら私に任せてくれるみたい。だったら、とりあえずは忍者君のことを信じることにしようかな。

「忍者君、決めたよ。とりあえず君たちの話に乗ることにする。だけど多分あの錬金術師は大反対すると思うし、他にも反対する人はいるはずだから大変だと思うよ？」

「あと、勘違いしないでほしいのですが、私もアカリもあなたたちの奴隷になるわけではありませんからね。あくまで私たちは私たちで、勝手に行動させてもらいます。もちろんそちらが協力したいと言うのであれば、それは好きにすればいいですが……」

そうだよね。

私たちは明日から早速イッキ君の捜索に向かいたいんだけど、別の仕事を押しつけられたりしたら厄介《やっかい》だからね。

「それは構わぬでござる。お主らはイッキ殿の遺体を探しに例の裂け目に潜りたいのでござるな？　それについては、お館様《やかたさま》も同意見でござる」

「忍者君、イッキ君は生きてるはずだよ！」

「そうです。勝手にイッキを殺さないでください！」

「しかし、拙者の気配探知スキルであの裂け目の下をかなり広範囲に探ってみたでござるが、生命反応は感じられなかったでござる……。希望を持つのはいいでござるが、絶望を受け入れる準備もしておいた方がいいでござるよ」

そんなことは……。きっとイッキ君は生きている。なんとなくそんな気がしていたんだけど、もしかしたら……

今までの確信もよく考えたら根拠がないし、もし洞窟で強力な魔物に襲われていたりしたら、暴走状態のイッキ君では……

いや、やめよう、やめよう。悪いことを考えると、それが現実になってしまうような気がするから……

「それでは拙者はこれにて。今宵《こよい》はしっかり休み、明日に備えるといいでござる……」

忍者君は私たちの心に不安のタネ火を残したまま、扉の前から立ち去ったみたい。気配が消えて、それ以上声が聞こえてくることはなかった。

「シオリちゃん……イッキ君は大丈夫かなあ」

「わかりません。今はともかくイッキを信じるしかないですね……」

村の人たちが強力な魔物に焼き尽くされたときも絶望しかけたけれど、そのときはまだ知らない人たちだったから耐えられた。

だけど、仲良くなった友達のことになった瞬間に、こんなにも動揺《どうよう》するなんて。

まるでこれじゃ、知らない人の死はどうでもいいと思っているみたいじゃん。……だから私は真の勇者になれなかったのかも。

「アカリ、悩んでも悔《く》やんでも、それでイツキが助かるわけではありません。今はとにかく体を休めて明日に備えることにしましょう」

「……そうだね。今日は色々あって疲れたし、せっかくふかふかのベッドもあることだから、もう寝ることにしよっか」

「これでこの布団が焦《こ》げ臭くなければ完璧だったんですけどね！　……アカリ、おやすみなさい」

「それはシオリちゃんがおばさんに喧嘩《けんか》を売ったからでしょ！　おやすみ、シオリちゃん」

◇

「アカリ、起きてください。朝ですよ」

「う～ん、シオリちゃん……。まだ暗いよ……」

シオリちゃんに起こされた私が窓の外を見ると、景色は薄暗く、太陽もまだ顔を出していない時間だった。

それでもよく見ると街のあちこちで、たいまつを立てて、準備をしている人たちがいた。街はすでに活動を始めているみたい。

「シオリちゃん、待ち合わせの時間まではまだ余裕があるんじゃないの？」

「そうなのですが、せっかくなので街を回りませんか？　あの裂け目の下を探索するのなら、専用の道具を用意した方がいいと思いますので……」

「それもそっか。確かにボートとか焚《た》き火とかがあると便利かもしれないし、魔獣の素材とかも買い取ってもらいたいしね」

私たちの鞄の中には、一通り旅に必要な道具が入っているつもりだったけど、洞窟を探検するってなったら必要な道具も変わってくる。それに、魔獣の素材なんかは持っていっても仕方がないから、今のうちに売り払ってお金にしてしまいたい。

シオリちゃんは既に着替えが終わっているみたいなので、とりあえず私も寝間着からいつもの服装に着替えて、街の散歩というか、物資の調達に向かうことにした。

荷物も全部鞄に詰め込んだ私たちが扉を開けると、たまたま歩いていたメイドさんがいたので声をかけることにする。

「メイドさん、おはようございます！」

「あら勇者様、おはやいですね。お出かけですか？」

「はい、街にお買い物に行こうかなって思って……」

「私たち使用人も、勇者様の活躍には期待しています！　頑張《がんば》ってくださいね！」

「勇者になれるかはわからないけど、それでもこの世界のために全力を尽くすよ！　ね、シオリちゃん！」

「もちろんです。私たちは勇者ですから……」

このメイドさん以外にも、たまたま通りがかった使用人さんたちはみんな私たちに期待しているような視線を向けてきている。もし私たちがこの街から逃げ出そうとしていた事実を知ったら、私たちを責《せ》める視線に変わるのかもしれないけれど……あまりそのことは考えないようにしよう。

街を歩いて色々なお店を回っていると、見たことも聞いたこともないアイテムもいくつかあるんだけど、そのたびにシオリちゃんはどこかから本を取り出して調べてくれた。おかげでお店の人にそこまで迷惑をかけずに、色々なものを買いそろえることができた。

シオリちゃんの本には、道具の使い方とかの他に、素材の価値や使い道なんかも書いてあるみたいだから、交渉《こうしょう》をある程度有利に進めることができた。Bランクとか言ってたわりには便利なギフトだよね、シオリちゃんの図書館って。

「あ、そうだ。ところで、シオリちゃん」

「なんですか？」

「シオリちゃんのバトルスタイルってどんな感じなの？　本で殴《なぐ》るのが基本なの？」

シオリちゃんは錬金術師を本で殴《なぐ》って倒したけど、まさかそれが本来の戦い方っていうわけじゃないよね……

「そういうわけではないですが……アカリはどうなのですか？　私と違って戦闘系のスキルもあるんですよね」

「え、もちろんあるけど……見る？」

「見せてください、是非《ぜひ》！」

「しょうがないなあ……いくよ」

シオリちゃんにはなんかうまくごまかされた気もするけど、せっかくだから私のスキルの一つも紹介しておこうかな。

「まずは、光の精霊から。見ててね！」

手のひらを皿のように広げて精霊をイメージすると、そこから光が湧《わ》き出してくる。その光は私の言うことを聞いてくれるから「あっちに飛んでいけ！」って心の中で命令すると、思った方向に移動してくれる。

「どう？　便利でしょ！」

「確かに便利です。他にはどんな精霊がいるんですか？」

「そうだね、例えば闇の精霊なんかは光とか魔力とかを吸収して解析するのが得意な子だよ。あとは、今出せるのは風の精霊と水の精霊。この子たちは風を起こしたり水を操《あやつ》ったりできるんだけど、まだ力が弱いから、そよ風を出したり水滴を飛ばしたりできるぐらいかな」

「それって、戦闘向きとは言わないような……」

うん。シオリちゃんの言う通り、現時点で精霊召喚は戦闘向きではないんだよね。将来性に期待っていう感じ？

風の精霊とかは、風を束《たば》ねれば攻撃とかもできそうだし、今後火の精霊とかを召喚できれば、それで炎攻撃とかもできそうだし……。

「あとは、シンプルだけど身体強化とか？　これはまあ効果は単純で、私の身体能力が二倍とか三倍とかになるだけなんだけど……」

「いやそれですよ、そういうのを『戦闘向きのスキル』って言うんです！」

「そうは言うけど、地味だよ？」

「地味でも強いじゃないですか！」

今まで私のポイントは、基本的に精霊召喚のスキルツリーに割り振っていたんだけど、シオリちゃんがそこまで言うなら、身体強化の方にも少しは注いでみようかな……。

まあ、そのときになってから考えればいっか。

「シオリちゃん、あとは何が必要かな」

「そうですね……大体そろいましたね。そろそろ時間ですし、集合場所に向かいましょうか」

結局、シオリちゃんのギフトの戦い方は聞き出せなかったけど、それはそのうち聞けばいいかな。

基本的に戦うのは、Sレアギフトを持ってる私の仕事だから、シオリちゃんが戦うことはないはずだし、今の私たちなら、ギフトなしでも敵を倒せちゃうしね！


街の大通りを抜けて、門の前にある広場のような場所に向かうと、そこにはすでに二十人以上の人がいて何やら騒《ざわ》めいている。

街の人と比べて日本人っぽい顔つきだから、たぶん全員勇者だと思うけど、これじゃまるでバーゲンセールに群がっているみたい。

彼らを眺める街の人の視線も生温かいものになっている……まさか真の勇者はこんな大勢で洞窟探索に向かうつもりなのかな。

「シオリちゃん……どうする？」

「そうですね。落ち着くまでここで待ちましょうか。あの中に入る気にはなりません」

「そだね。暑苦しそうだもんね」

シオリちゃんと私は、少し離れたところで人混みが落ち着くのを待つことにした。

彼らが何のために集まっているのかは知らないけど、私たちがあの中に交ざる理由はないからね……。

「ねえ、シオリちゃん。あの人たちは何をあんなに焦《あせ》ってるのかな」

「さあ、もしかして先着の数名だけがパーティーに入れるとか……でしょうか」

「それか、これから始まる勇者の演説を聞くための席を取り合ってるとか？」

いや、集まった勇者たちの様子を見てる感じだと、そんな殊勝《しゅしょう》な理由ではなさそうかな。

完全に目が血走ってるし、「他の勇者を押しのけてでも前に出たい！」っていう気持ちが伝わってくるから。

「あやつらが焦っているのは『先にパーティーに入った方がもらえる経験値が多い』という噂が流れているのが理由でござる」

勇者たちのおしくらまんじゅうを呆然《ぼうぜん》と眺めていると、誰もいなかったはずの背後から突然声が聞こえてきた。

「そうなんだ……って、やっぱり急に現れたね、忍者君！」

「絶対あなたわざとやってますよね……。それで、実際はどうなんですか？　パーティーに入る順番で、経験値に差はあるのですか？」

私もシオリちゃんも、突然話しかけられてびっくりするのは、昨日で体験済みだからね。今回はそこまでびっくりはしなかったけど、できれば次からは普通に話しかけてほしいかな……

「拙者には経験値を目で見る技術はないのでござるが、レベルの上がり方を観察する限り、経験値は平等に分配されているようでござるよ」

「だったら、あの人たちに教えてあげればいいんじゃないの？」

「アカリの言う通りだと思います。そうすれば、彼らも無駄な努力をせずに済むのに……」

「あれが、言われて納得する人間の目に見えるでござるか？」

確かに、こういうことは口で言われても納得できないものなのかもしれないね。

特に経験値の量とかレベルの上がり方とかは、勇者にとってはまさに生命線だから。だとしても、あそこまで必死だと、ちょっとみっともない。

「ていうか忍者君、真の勇者はあの人数の勇者を全員連れていくつもりなの？　戦闘後の経験値が少なくなったりしない？　っていうか、足を引っ張られたりしないの？」

「それは……やむにやまれぬ事情があるのでござる。お館様《やかたさま》は真の勇者という立場上、一般の勇者の育成にも努《つと》めねばならぬのでござる」

「なるほど。確かにここで真の勇者がパーティー加入を断ってしまうと、『真の勇者は他の勇者を見捨てた』という噂が立つ可能性もありますね」

「シオリ殿の言う通りでござる。それに、あやつらを連れていくことは、拙者たちにとっ

てもメリットがあるのでござるよ」

「メリット？」

忍者君が言うメリットっていうのは何だろう。

見た感じあの勇者たちのレベルは大したことなさそうだし。もしかして、あの中に便利なギフトを持ってる勇者でもいるのかな……

「実はあやつらが加入するパーティーは、拙者とお館様のパーティーとは完全に別枠で、経験値は分散されないのでござる」

「え？　それって実は、彼らは彼らだけでパーティーを組んでいて、経験値はそもそも共有されてなかったってこと？」

「そうではござらん。一応あちらのパーティーには、われらの代表として吸血鬼殿が参加しているでござる。吸血鬼殿が獲得した経験値は、しっかり他の勇者にも分配されているのでござるよ」

吸血鬼っていうのも確か、Sレアの一つだったよね。名前からしてまさに戦闘系ってかんじかな。要するに吸血鬼が獲得した経験値だけを共有する感じなのかな……

どんな人なのか気になるけど、ここからだと誰がそうなのかはわからない。

「じゃあ、吸血鬼君がゲットした経験値だけは渡すけど、それ以外の経験値は真の勇者たちだけで独占できるってこと？」

「左様《さよう》。加えて吸血鬼殿のスキルには『経験値吸収』というものがあり、これを使うと、分配された経験値の一部を吸収することができるでござる」

「……え？」

「本人が直接稼いだ経験値は奪えぬと言っておったでござるが、パーティーに分配される分は、吸収することができるそうでござる。なんでも『一人で狩りをするより効率よく経験値が集まる』と言っていたでござるが……」

うわ、今の話を聞いて一気に見る目が変わったんだけど。

他の勇者たちのレベルも少しずつ上がっているらしいから、多少の経験値は獲得しているんだろうけど……

「つまりあの取り巻きたちは、寄生しているつもりが実際は寄生されてる宿主側だったってこと？」

「アカリ、一応勇者たちも経験値を得ているのでこういう関係は『寄生』ではなく『相利《そうり》共生《きょうせい》』と言うらしいですよ。いわゆるウィンウィンの関係というやつです」

なんか、私の思ってたウィンウィンの関係とはちょっと違うような……

まあ結果的にそれでみんなが満足してるなら、それでいいのかな。

「それで忍者君、私たちはどうするの？　まさかあれと同じパーティーに入るの？」

「もちろん、アカリ殿とシオリ殿はあのパーティーに入る必要はないでござる。拙者とお館様を合わせた四人のパーティーに入ってもらうでござる」

念のために忍者君に聞いてみたんだけど、私たちは真の勇者のパーティーに入るってことが最初から決まっていたみたい。

まあ、私たちからしたら、あのお遊戯《ゆうぎ》パーティーに入る理由が何もないからね。

「あれ？　そういえば錬金術師のおばさんは？」

「錬金術師殿は王宮にて待機しているでござる。さすがに、シオリ殿と顔を合わせたくないと言っていたでござるよ」

「勝ちましたね、アカリ！」

うん。シオリちゃんはいったい何と戦っているんだろう。まあシオリちゃんが満足しているならそれでいっか。

改めて吸血鬼パーティーに入りたがっている人を見ると、やっぱりそんなにレベルが高そうには見えないかな。

なんていうか、目の前にいる忍者君からはオーラみたいなのを感じるんだけど、あそこにいる勇者からはそういうのを全く感じない……。っていうか、あそこには二十人ぐらいいて、多いって思ったんだけど、よく考えたら勇者が全員集まったわけじゃないんだね……

「ねえ忍者君、勇者の数が全体の半分ぐらいな気がするんだけど、厳選《げんせん》しているの？」

「アカリ殿、希望者はあやつらですべてでござるよ。他の勇者は王宮に引きこもっているか、一人で狩りに出かけているかでござる」

「もしかしたら、吸血鬼に寄生するのは効率が悪いことに気づいているのかもしれませんね」

「シオリ殿の言うことにも一理あるでござるが、どちらかというと……」

忍者君は口を濁《にご》したけど、たぶんあの村の惨劇を見た勇者が、戦うことを諦《あきら》めているのが大きいんだよね。

「拙者たちは、あの敵個体を『魔王』と呼称しているでござる。魔王と対峙《たいじ》した勇者は大半がふさぎ込んでしまっているから、お主ら二人やイツキ殿のように立ち向かおうとする者は本当に希少《きしょう》なのでござる。たった一人のためにここまでの捜索隊が編成されるのも、そのあたりを評価したからでござるよ……」

真の勇者自身はあの場にいなかったけど、それでもあの村一つが消し飛んだという事実は重く受け止めているみたい。

私も、イツキ君を守るという目的がなかったら、何もかも諦《あきら》めて放り出していたかもしれない。今もシオリちゃんがいなかったら、イツキ君がいなくなったショックで心が真っ二つに裂けていたと思う。

だからこそイツキ君には生きていてほしいし、生きているって信じてる。今度こそ、私がイツキ君を守らなきゃいけないんだ。

「お主ら、よく来てくれたのじゃ。……お主らは、ワシにとっての希望の星じゃ。これからよろしく頼むぞ」

吸血鬼に群がる勇者たちの騒ぎが落ち着きはじめた頃になって、ようやく真の勇者が現れた。

見た目はこんなおじいさんなのに、暴走したイツキ君を圧倒できるだけの実力を持っているんだよね……

「こちらこそよろしくお願いするね、おじいさん。お手柔らかにね！」

「アカリ殿！　お館様に無礼《ぶれい》でござる……」

「よい。それにしても、イツキとはあの有名な皿洗いの勇者だそうじゃな。最弱ギフトで魔王に抗《あらが》う者がいようとはな。惜しい者を亡《な》くしたものじゃ……」

なんか私はこの余裕のある態度に腹が立つ。この人は、私たちが希望だとか言っていたけど、きっと本心ではそんなことかけらも思っていないと思う。

だって、今この街にいるすべての勇者が束《たば》になってかかってもこのおじいさんには勝てないから。それぐらいなら私には見ただけでわかる。

うがった見方かもしれないけど、この人は私たちのことを駒《こま》としての戦力とか、露払《つゆはら》いぐらいにしか考えていない。そんな人に心から心酔《しんすい》するなんてことは、私にはできそうにない。

……なんてね。きっと私の本心は、イツキ君を殺そうとした上に、すでに死んだかのように扱っているこの人を許せないだけなんだろうね。

でも大丈夫、私は信じている。イツキ君は生きている。だってそんな簡単に死ぬなんて……そんなことあるはずないから！

「さて、パーティー申請を送ったぞ。確認してほしいのじゃ」

真の勇者に言われて確認すると、確かにカードの表面に、パーティー申請のメッセージが届いていた。

「あ、来てますね。許可します」

「私のところにも来ています。……私も許可しましたよ」

シオリちゃんも私と同じように申請を許可して、これで私たちは、真の勇者と同じパーティーに入ったことになったのかな。

「アカリ殿とシオリ殿はすでにパーティーを組んでいるのでござるな。では拙者からも申請を送るから許可してほしいでござる」

ああそっか、忍者君ともパーティーを組まなきゃいけないのか。忍者君からも同じように申請が来たから同じように許可をして、これでようやくこの四人のパーティーが完成したことになる。

「あれ、そういえば吸血鬼君はパーティーに入れなくていいの？」

「ああ、あいつか。あいつはよいのじゃ」

「吸血鬼殿は勇者の雑兵《ぞうひょう》を連れてレベリングをするから、拙者たちとは別行動する予定でござる」

まあ確かに、吸血鬼君自身は戦闘能力は高いんだろうけど、他の勇者たちが邪魔だからね……。だったらいっそ、別行動した方がいいってことなのかな。

「お館様、どうやら吸血鬼殿も準備が整ったようでござる」

「それではボチボチ、向《む》こうとしようかの……」


真の勇者であるおじいちゃんが先陣を切る勇者の集団は、魔物の森にある巨大な裂け目まで特にトラブルもなくたどり着いた。

おじいちゃんと忍者君が軽く目配せすると、忍者君はコクリと頷《うなず》いて、手際《てぎわ》よくロープを木に巻きつけたり地面に杭《くい》を打ち込んだりして、あっという間に下へと向かう縄梯子《なわばしご》が完成した。

「それではまずは拙者から。安全を確認したら合図を送るでござるよ」

「うむ。気をつけるのじゃぞ……」

忍者君は縄梯子《なわばしこ》を使わずに崖に沿って垂直に駆け下りて、すぐに地上からは見えなくなった。

しばらく待つと、下から青色の火花を散らす不思議な花火があがってきた。

「どうやら地下は安全なようじゃの。レディーファースト……と行きたいところじゃが、ここは安全を考えて、ワシから先に降りることにするのじゃ。お主らは後に続くがよい」

そう言いつつすでに飛び降りている真の勇者に「あ、はい」と声をかけるものの、彼の姿はもう見えない。

私にとっては二回目の、私以外にとっては初めての洞窟探索が始まった。

前に降りてきたときは周りを見る余裕なんてなかったけど、改めて見る洞窟は壁や地面や天井が青白い光でキラキラと輝く幻想的な場所だった。

「アカリ。あの光、動いていますね。蛍《ほたる》のような生き物でしょうか……」

「わかんない。前に来たときはそれどころじゃなかったから気にしてなかったけど……。でもそっか、真っ暗なだけじゃなかったんだね。だったらイツキ君も安心かな」

「そうですね。イツキを捜すのもこれなら難しくはなさそうです」

縄梯子《なわばしこ》を伝って地下空洞に着いた私たちは、鞄から取り出した小舟を水面に浮かべ、まずはその上で一息つく。

シオリちゃんも私と同じ小舟に降りてきたけど、二人用の小舟しか用意してなかったたから、他の人たちは泳いでもらうことにしようかな。

本当は人数分用意してもよかったんだけど、あまり周到《しゅうとう》に準備していると「すでに一度来たことがあるのでは？」って疑われちゃうし、そもそもこんな大人数で来るとは思ってなかったからね。

ちなみに、忍者君はなんと水面を歩き、真の勇者のおじいちゃんはロープを揺らして勢いをつけて、そのまま川岸にダイレクトに着地したらしい。

ホントなんなの、このおじいちゃん。洞窟に降りてきた人たちの中で一番アグレッシブじゃん……。

ちなみに吸血鬼チームの人たちは次から次に降りてきているけど、最初の方の人たちはドボドボ川に落とされてる。大丈夫かな……。

そんなことを考えながら舟をこいでいると、不意に斜《なな》め上から声をかけられた。

「あいつらならあれぐらい大丈夫だよ、今日のリストに『泳げない人』は交ざってないはずだからね。でも心配してくれてありがとう、お姉さん」

「え？　どこから？　てか誰？」

「アカリ、きっとそのコウモリです。そのコウモリが喋《しゃべ》っているように聞こえます……」

シオリちゃんが指差す方を見ると、そこには全長一メートルぐらいの巨大なコウモリが、音もなく空中でホバリングしていた。

「はじめまして、ボクは吸血鬼の勇者だよ。名前はヒガサ、よろしく。……君たちが、話に聞いていた新メンバーだね？」

「うん。私はアカリだよ、こちらこそよろしくね」

「はい、シオリです。吸血鬼って、本当にコウモリだったんですね……」

「この姿は、空を飛ぶために仕方なく。もう陸に着くから……」

巨大なコウモリが「えいっ！」と一言あげてその場で前方向にくるりと回ると、ぽわんという効果音とともに、少年が現れて岸に着地した。

見た目だけだと中学生か、下手したら小学生にも見えるぐらい。こんな子供みたいな勇者も交じってたんだね……

「改めて、よろしくおねがいします。ボクは瀬野《せの》妃傘《ひがさ》。見ての通り、吸血鬼です！」

私たちが船を進めて岸にたどり着いて、小舟を鞄の中にしまうと、ヒガサ君はものすごく丁寧に挨拶《あいさつ》してくれた。

「こちらこそよろしくね。私は水音朱理。ギフトは神霊術《シャーマン》だよ。で、こっちは……」

「花布栞、ギフトは図書館です。今日はよろしく。一緒にイツキを探しましょう……」

「神霊術《シャーマン》と、図書館？　えっと……で、ＳＳレア《つよいの》はどっちなの？」

「さあ、どっちだろうね……。なんて、冗談だよ。ＳＳレアなのは私の方。図書館のランクは……Ｂとかだっけ？　でも、別にランクが高いからすごいってわけじゃ……」

「それじゃあ！　あのおばさんを懲《こ》らしめたBランクっていうのは、お姉さんのことだったんですね！　すごいです、憧《あこが》れます！」

そっちかあ……

私がSSレアだからって、シオリちゃんが蔑《ないがし》ろにされないか心配だったんだけど、杞憂《きゆう》だった……むしろ、私の方が放っておかれてるというか。

あのおばさんは仲間にも嫌われてるのかな。逆に心配になってきたんだけど……まあそんなことはどうでもいっか。

シオリちゃんはヒガサ君の顔を見ながら苦い顔をしているけど、これはどっちかっていうと突然少年に憧《あこが》れられて戸惑《とまど》っている感じかな。だったら別に私は特に気にしなくてもいいよね……

「あ、ほら見て。ヒガサ君の仲間たちもどうやら無事に岸までたどり着いたみたいだよ」

「ホントだ。もっとお姉さんたちと話したかったけど、向こうをほっとくわけにもいかないし……また今度ゆっくりお話ししましょう。今日は一緒にがんばろうね！」

ヒガサ君は私たちに向かって丁寧にお辞儀《じぎ》をすると、そのままパーティーメンバーのもとに走っていった。あんな小さな子が二十人ぐらいのパーティーのリーダーになっているのかあ。大変だとは思うけど、これも強いギフトを得た者の宿命なのかもね。

「シオリちゃん、イツキ君はいないね……」

「はい。ですが最悪の事態……例えば力尽きたイッキが見つかるとかそういう状況でなかっただけマシですよ。イッキのことだから、洞窟の奥に隠れているとか、川を下《くだ》った先まで逃げているのかもしれません。心配しなくても大丈夫ですよ」

「そっか、そうだよね。心配してもしょうがないよね」

　周りを見渡してみると、忍者君や真の勇者はすでに周囲の警戒をしているみたいで、それに対してヒガサ君についてきた勇者のパーティーは落ち着きなく勝手に動き回っているみたい……

「……おーい！　これって誰のですか〜？　岩に引っかかってたんですけど……」

　そんな勇者の一人が突然、ボロボロになった清潔な鞄を片手で持ち上げて声を上げた。岩の間に挟まっていた鞄を見つけたみたい。

「ったく誰だよ、こんな速攻で持ち物を落とすやつは」

「そうだ。もしかして中にステータスカードとか入ってるんじゃないか？　調べてみろよ」

「どれどれ……お、あるじゃん！　ふむふむ、聞かない名前だな。おい、イッキってのはどこのどいつだ？」

　勇者たちがステータスカードを見ると、そこにはイッキ君の名前が書かれているらしい。

「え？　ちょちょ、ちょっと待って！　私にも見せて、それ！」

イツキ君の名前を知らないってことは、洞窟探索の他に彼の捜索も目的としていることを、ヒガサ君のパーティーメンバーは聞かされていないのかな？

慌《あわ》てて駆け寄って勇者から鞄とステータスカードをひったくると、確かにそこにはイツキ君の名前が載っていた。

バッグはボロボロなのに、不自然なぐらいに汚れがない。多分これは、イツキ君が『洗浄魔法』のギフトを使ってきれいな状態を保っていたからなのかな……

「アカリ、これは少し、イツキの捜索を早めた方が……」

「そうだね。武器もないし、道具もない状態で一人ぼっちなのは、かなり危険だもんね……」

文句を言われながらも、イツキ君の鞄とステータスカードはそのまま預かって、真の勇者のもとに向かうと、彼と忍者君は何やら考え事をしているみたいだった。

「ふむ……いやしかし……」

「お館様、どうしたのでござるか？」

「いや、この洞窟には悪魔のような魔物がおると聞いておったのじゃが……どうやら杞憂《きゆう》だったようじゃな」

「悪魔……でござるか？」

悪魔？　真の勇者が何か言っているけど、そう言えばイツキ君が洞窟でそんなのを倒したっていう話を聞いたような……

「ねえシオリちゃん、悪魔ってもしかして……」

「アカリ、そのことは！」

そっか、私たちが以前ここの洞窟に入っていたことは秘密にしているんだった。だけど、真の勇者には今の言葉を聞かれてしまったみたいだし、どうしよう。

「お主ら、悪魔について何か知っておるのか？」

「い、いえ、別に……。私たちも同じような噂を聞いていたので、もしかしたら？　って思っただけです」

「そ、そうです。私のギフトは『図書館』というギフトなので、その……色々情報収集していたんです！」

「そうじゃったか。そういうギフトもあるのか……。いや疑って悪かったのじゃ。しかし、だとしたらなおのこと気を抜くわけにはいかぬのじゃ。お主らも油断せぬようにな」

「拙者も気配探知を怠《おこた》らぬようにするでござる」

真の勇者は一瞬、私たちを問い詰めるような鋭い視線を見せたけど、私たちの説明に納得したのかすぐに元の優しげな微笑《ほほえ》みに戻ってくれた。一瞬、ほんの一瞬だけど、おじいさんの本性《ほんしょう》が見えた気がする。敵に回すと怖い。たぶんそれは仲間のことを大切に思っているからこそなんだろうけど、イッキ君はこんなのと戦ってたんだ……

　その後、吸血鬼チームの勇者たちもようやく一息ついたので「そろそろ出発しようか」という頃合いになったとき、ふと天井を見上げると、何かが裂け目から落ちてきた。

「うわぁあああああ」

「助けてくれえぇぇええぇ」

「あああぁぁあああああ」

ドボン。ドボンドボン……。地上から、叫《さけ》び声とともに何人かの人間が降ってきて、そのまま川に着水して高い水しぶきが上がる。

　よく見たらあの人たち、地上に残ってロープとかを見張っていた勇者たちだと思うんだけど……

　私たちが落ちてくる勇者たちに気を取られていると、こんどはロープがシュルシュルと短くなって水面から遠ざかっていく。まるで地上から回収されているように……これって！

「誰か、あのロープを止めるのじゃ！　急げ！」

「拙者にお任せくだされ！」

「ハルトか、頼むぞ！」

　真の勇者の焦ったような声に応じて、忍者君が目にも止まらない速さで水面を駆け抜ける。助走をつけて思い切り飛び上がると、ロープに向かって手を伸ばし……だけどロープに指がかすめるだけでつかめない。あとほんの少しが届かない……！

「……致し方なしで、ござる！」

と思ったら、忍者君はなんと、空中で思い切り踏み込んで、そのまま何もない虚空を蹴ってさらに飛び上がった。

「「二段ジャンプ？」」

私とシオリちゃんの感想が一致して、ついハモってしまった。ゲームとかのキャラクターたちは当たり前のようにやっていることでも、現実に目の当たりにすると意味わかんない光景だよね。

「つかんだでござる！　……だがしかし、これは！」

忍者君がつかんだロープを思い切り引っ張ると、ずるりと抜けるような感覚で、地上からロープの切れ端《はし》が落ちてくる。

重力に従って水面にスタッと着地した忍者君は、悔しそうな恨《うら》めしそうな顔でロープの切れ端を握ったまま地上を見上げるけれど、残りのロープや梯子《はしご》がそのままボトボトと水面に落ちていく。

「どうやら、地上でロープを切断されたようじゃの……。ヒガサよ、お主なら天井まで飛んで戻れそうか？」

「ダメ、無理だよ。ボクの変身での飛行には高さ制限があるから。レベルが上がっていればできたかもだけど……」

「そうか、わかった。それならよいのじゃ。……しかしそうなると、別の方法を考えねばならぬのじゃが」

忍者君は地上に戻るのを一旦諦《あきら》めて、地上から水面に叩《たた》きつけられるように落ちてきた勇者たちを救出している。

派手な水しぶきが上がるような落ち方だったから、水面だったとはいえ相当なダメージを受けたはずだしね。

かなり弱ってはいるみたいだけど、忍者君が手を差し伸べると「ゲホッゲホッ」と咳《せ》き込みながらもなんとかつかまっているから、とりあえず生きてはいるみたい。

残り二人の勇者は軽傷なようで、ゆっくりと立ち泳ぎで私たちのいる岸に向かって泳いでくる。

「どういう……ことなの？」

「アカリ、おそらくですが……。どうやら勇者一行も一枚岩ではないようです。相手は他の勇者なのか、それとも王宮なのか。目的も全くわかりませんが、私たちも油断しない方がよさそうです」

シオリちゃんに話しかけると、他の勇者には聞こえないように声を潜めて返してくれた。

「そうだね、シオリちゃん。別におじいさんや忍者君、ヒガサ君を疑ってるわけじゃないけど……やっぱり気は許さない方がいいのかもね」

気のせいかもしれないけど、他の勇者たちが私たちを見る目が厳しくなっているように感じる。まるで私たちを疑っているか、貶《おとし》めようとしているかのように。

もしかしたら、それこそが敵の狙いなのかもしれない。どちらにせよ、彼らのことも少し警戒した方がいいのかも……

「……なるほど、お主らは背後から突き落とされたのでござるか。相手の顔は見ていないのでござるか？」

岸に着いた勇者たちに忍者君が事情聴取《ちょうしゅ》をしているけど、あまりはかどってはなさそうかな。

「ああすまない。警戒していたつもりだったんだが、後れをとってしまった……」

「……こんなことなら、地上の見張りをもう少し手厚くしておくべきだったのかもしれんの。それにしてもこのタイミング……まさかヒトガタの魔獣のしわざかの」

「それは昨日、お館様が戦ったという……？」

「あやつにそこまでの知恵があったようには思えぬのじゃが……まあ気にしても仕方ないかの。それよりも今は話を聞こう。お主ら、何が起きたのかを詳しく話してくれ。小さな手がかりだけでもよいのじゃが……」

「それが、俺たちにも何が起きたのか……」

落ちてきた勇者たちから話を聞くと、彼らが地上で見張りをしていたところ、崖の下の方で軽い爆発音が聞こえたという。「どうしたのだろう」と覗《のぞ》き込もうとしたら、石のようなものを投げつけられて一人が落ちそうになったらしい。

そして、落ちそうになった一人を助けようと残りの二人が手を差し出した瞬間、フードを目深《まぶか》に被った敵が現れて、そのまま崖下に突き落とされてしまったとか。

彼らが言うには「勇者である俺たちがまったく対応できなかった。相手は相当な手練《てだ》れに違いない」ってことなんだけど、実際のところ彼らのレベルは5～7ぐらいらしいから、レベルが10以上になってる勇者なら誰でもできる。もしかしたら勇者じゃなくて、この世界の兵士とかでもなんとかなるかも。

つまり、手がかりは何もないし、敵の目的も全くわからないってことに……

聞けば聞くほど手がかりがないことがわかってくると、他の勇者たちが苛立《いらだ》ちを隠そうともせずに、こちらに向かって突っかかってくる。

「なあ、おい！　もしかしなくても俺たちは、その二人に嵌《は》められたんじゃないのか！　そいつらは仲間を探すとか言いながら、俺たちを罠に嵌《は》めた。どうせ見張りを突き落としたのも、帰り道を閉ざしたのも、そいつらの仲間が隠れてやったに違いない！」

「そうだ！　それにそいつら、さっきからおかしいぜ！　まるで下に川があることがわかってたかのように小舟まで用意してやがるし、その後の行動も迷いがなさすぎる。まるでここに何があるのかを知っていたかのような！」

それは、気持ちはわかるけど……というか、隠し事をしているという点では的中しているからなんとも言えないんだよね。

「それは、私とアカリがしっかり準備をしていただけの話です。濡《ぬ》れ鼠《ねずみ》になって苛立《いらだ》つのはわかりますが、その感情を他人にぶつけないでください。むしろ、なんであなたたちはこの程度の準備もしていなかったのですか？　洞窟探索となれば、色々な準備をするのは当たり前でしょう？」

うん、シオリちゃんカッケェ。「あなたたちが間抜けだったのです」と真顔で言いくるめられた勇者たちは「ぐぬぬ……」って唇《くちびる》をかみながら、反論できずにいるみたい。

険悪な雰囲気《ふんいき》になりそうなところで、真の勇者が助け舟を出すように私たちと勇者たちの間に「まあ落ち着くのじゃ」と割って入ってきてくれたから、もう大丈夫かな。

「それによく考えるのじゃ。仮にこれが罠だったとしたら、この二人は今頃上で高みの見物をしておるはずじゃ。わざわざ同じ罠に嵌《は》まる必要もないじゃろう……。すまぬな二人とも。こやつらは不安な感情を誰かにぶつけたいだけなのじゃ。許してやってくれ」

「それはまあ、気持ちはわかるから別にいいよ。それよりも私たちはどうするの？　あの裂け目から地上に戻ることは難しそうなんだよね」

「そうじゃの……。ワシらがここに来ておることを知っているのは王宮の魔術師長あたりじゃが、数日は戻らぬと告げてあるからの。ワシらが戻らぬことに違和感を抱き、実際に救出が来るのは一週間は後になるじゃろうな。であれば、ワシらは地上へ続く別の道を探した方が合理的だと思うのじゃが、お主らはどう考える？」

「私たちはもともとイツキ君を探すつもりだからそれでもいいよ！　シオリちゃんもそれでいい？」

「帰り道がないのに不安は残りますが……まずはイツキを探すことが重要です。それにこの洞窟の先は魔界に繋がっているという噂もありますから、いっそこのまま川の流れに沿って……」

「お主らは、そこまで知っておったのじゃな……」

　私たちが魔界の話をすると、おじいちゃんは一瞬驚いたような表情で私たちを見て、納得するように頷《うなず》いてから息を吸い、洞窟全体に響くような大きな声で話し出した。

「みな、ワシの話を聞くのじゃ！　何者かによって退路は断《た》たれたが悲観する必要はない。これより我らは遭難者の捜索をしつつ魔界へと侵攻する！　ヒガサよ、ハルトよ！　覚悟はできておるな？」

「もちろんだよ、おじいちゃん！」

「拙者はもとよりそのつもりでござる！」

おじいさんが語りかけると、ヒガサ君と忍者君もすかさず返事をした。

「アカリさん、シオリさん。イツキの捜索はもちろん続けるが、仮に彼が見つからなかったとしても諦《あきら》めず、魔界への侵攻に協力してほしいのじゃが……」

「って言ってるけど、シオリちゃんはどうする？」

「私も邪魔するつもりはありませんよ。それに、魔界に向かうことにはもとから賛成です」

「だよね。私もシオリちゃんと同じ考え。おじいさん、私たちは邪魔をしないから、おじいさんも私たちの邪魔をしないでね」

少し生意気《なまいき》かもしれないけれど、でも私はこの勇者たちのことも信頼しているわけじゃないから。

イツキ君を見つけた後は別行動をするつもりだし。だけどそれまでの間なら一緒に行動してあげてもいいって思っているかな。

「ふむ、最近の若いのは……まあよいか。それでは最後に、勇者諸君よ！　突然の事態で不安になる気持ちはわかる！　じゃが同時にお主らは英雄に同行する権利……いや、お主ら自身が英雄となれる可能性をつかんだのじゃ！　ここで助けを待つのもよい。ワシらについて新天地を目指してもよい。これから向かうのは魔物の土地じゃ。お主らの安全は保証できないかもしれぬ。じゃが、その先には確かな栄光が待っておる。これからどうするか、それはお主ら自身が選ぶのじゃ。ワシらはこれより魔界へ向かう。残りたいものは残り、英雄になりたいものはついてくるがよい！」

おじいさんは演説を終えると、困惑する勇者たちを待つこともせずに、先陣を切って川の流れに沿って歩きはじめた。忍者君と吸血鬼君もその後についていく。

他の勇者たちは周りをキョロキョロ見て様子を窺《うかが》っているみたいだけど、真の勇者からしたら、本当にどっちでもいいって考えてるのかも。

レベルも低い、ギフトのランクも高くないし、向上心を持って何かをしようともしない。そんな勇者がついてきてもあまり役に立たないし、これから向かう魔界《しんてんち》で生き残れるかもわからないからね。

「アカリ、私たちも行きましょう」

「そうだね。でもこの人たちはどうするんだろうね……」

「そんなのは、彼ら自身が考えることです。アカリが気にしてもしょうがないですよ」

仮に、地上からの助けが来るのが一週間後だとして、その間食料とかは足りるのかな……。それに、謎の光源のおかげで真っ暗ではないけれど、それでも薄暗いこんな空間で一週間以上生活して、本当に平気なのかな……

「そう……だね。こんな臆病者たちには気を使うだけ無駄だよね！　さ、シオリちゃん！

私たちは真の勇者様についていくことにしよっか！」

「アカリ、そんな大きな声で言ったら……」

「なん、だと！　おいそこの裏切り者！　もう一度言ってみろ、誰が臆病者だ！　お前たちだって勇者様に寄生しているだけだろうが！」

「そうだ！　勇者様はああ言っていたが、俺たちはお前を信用したわけじゃないんだぞ！」

「残念だったな！　勇者様や吸血鬼様を騙《だま》すことはできても、俺たちを騙《だま》すことはできない！　俺たちがお前たちを見張ってやる。うかつな真似《まね》ができないようにな！」

これは、余計なことまで言ったのかもしれない。ていうか、こんな軽い挑発で釣れるとか、ちょっと沸点《ふってん》低すぎでは……？

「シオリちゃん、こんな場所にいたら雑音がうるさいし、とっとと行こうか！」

「アカリは、その……優しいんですね。こんなやつらのためにわざわざ……」

私たちに厳しい視線を向けてくる勇者たちを無視して洞窟を進んでいくと、忍者君が話しかけてきた。

「アカリ殿、シオリ殿。勇者たちを落とした犯人が何者かはわからぬでござるが、拙者たちをこの洞窟に閉じ込めるのが目的だったとすれば、イツキ殿はこの空洞に落ちていない可能性も高いでござる……」

「そっか。確かに言われてみればその可能性もあるね。つまり、崖の上にあった剣はわざと置かれていたってことだね」

イツキ君を倒せる敵が真の勇者以外にもいるっていうのは想像できないけど、もしかしたら変身が解除されて無防備になってるイツキ君を敵が捕まえたのかも……

「ちょっと待ってください二人とも。だとしたらイツキは今どこに?」

「それは……」

シオリちゃんと同じことを私も考えているんだけど、考えたところで答えは出ないんだよね……

「……敵の狙いが拙者たちだとすれば、敵側にイツキ殿を生かしておく理由は特にないはずでござる」

「ちょっと忍者君! そんな縁起《えんぎ》でもないこと言わないで! イツキ君は生きてるはずだよね、シオリちゃん!」

「私もそう信じたいですが、ステータスカードの入った鞄が見つかったのも、地上に近いこのような場所です。戦っているうちにたまたま落ちてしまっただけかもしれません……」

「アカリ殿、信じるのはいいが、覚悟もしておいた方がいいかもしれぬでござるよ……」

それから私たちはイツキ君を探しながら川岸を下流に向かって進んでいるんだけど、いまだにイツキ君の痕跡《こんせき》すら見つからない。

せめて何か一つでも手がかりを見つけたいんだけど、まさかあの洞窟を照らしている狐火のような何かに聞くわけにもいかないしね。いくら神霊術《シャーマン》で精霊を召喚できる私でも、精霊と話ができるわけじゃないから……

それに気になるのは、勇者たちを突き落とした犯人が誰かっていうこと。

おじいさんたちは、錬金術師のおばさんを疑っているような感じ。

忍者君が握りしめたロープの切り口を見ると、刃物で切断されたんじゃなくて、熱や薬品で溶《と》かされたようになっていた。そんなことができるのは、錬金術師であるおばさんの薬品ぐらいしか考えられないんだって。

あと、おばさんとは私たちのことで喧嘩《けんか》別れみたいになっていたから、衝動的に今回の犯行に及んだ可能性もあるって言ってたけど……

でもだとすると、あのおばさんにイツキ君をどうこうできる実力があるとも思えないから、イツキ君はこの洞窟の中にいる可能性が高い。それなら私としてはまだ嬉しいんだけど、だったら私たちに向けてメッセージの一つも残していないのはおかしい……っていうのは、イツキ君に期待しすぎなのかな。

私たちに厳しい視線を向けている勇者たちは「私たちこそが真犯人。イツキ君は共犯者」みたいに考えているんだろう。けどこれは論外《ろんがい》として……あと考えられるのは、魔王や悪魔の存在かな。

もしあの魔王と同じぐらい実力を持つ魔物が現れていた場合。……それならイツキ君を倒して罠を仕掛けることもできると思う。地上に残った勇者を谷底に落とすことなんて、それこそ朝飯前なんだと思う。

だけど、だとしたら、イツキ君はもう……

考えごとをしながら歩いていると、真の勇者が立ち止まり、それにつられて他の勇者たちも足を止めた。

「ふむ……どうやら皆の疲れは限界のようじゃ。このあたりで一休みとするかの？」

「賛成でござる。では拙者は少し先を見てくるでござる！」

「わかった。じゃあ、ボクはこのあたりの見張りをしておくね」

「ハルト、ヒガサ……頼むぞ。すまぬがワシは少し休ませてもらう」

おじいさんが、まるで老人のように疲れたそぶりで岩の上にどかりと腰を下ろすのを見て、一瞬違和感を覚えたけれど、アグレッシブな老人でも歳には勝てないってことなのかな。

そうでなくてもこの洞窟を進んでいる間は、おじいちゃんがずっと先頭で警戒してくれていたから、疲れが溜《た》まっているだけなのかもしれないけど……

「アカリ、私たちも休みましょう。休めるときにしっかり疲れを取らないと、いざというときに動けませんよ」

「そうだね、シオリちゃん。それにしてもイツキ君のステータスカードは名前以外表示されないし、色も若干灰色っぽくなってる気がする。これってイツキ君、本当に死んじゃったのかな……」

「灰色？　……確かに私のカードと比べてみると色が若干違いますね」

シオリちゃんが取り出したカードと並べてみると、色の違いは明確だった。明らかにイツキ君のステータスカードは、曇《くも》りガラスみたいに灰色になっていて、まるでイツキ君の状態を表しているようで……

「時間が経つごとにだんだん色が変わってるみたい。これは、持ち主が死んじゃったから……なのかな」

「アカリ、諦《あきら》めないでください！　イツキはきっと生きてます！　きっと。きっとこのカードは、持ち主の手を離れて放置されていると、色がくすんでいく仕組みになっているだけですよ」

確かに、私たちはカードを長期間手放したことがないから、その可能性もあるけど……

「そう……なのかな。そうだと……いいな」

「泣かないでください、アカリ。泣くのはイツキと合流してからです」

「そうだね。泣いてなんていられないね！　うん、私、諦《あきら》めない」

それに、イツキ君はきっと生きている。

根拠はないけど、なんとなくそう思うもん。

「ところでアカリ、この洞窟に潜ってから敵を倒しました？」

「え？　倒すどころか、魔物に遭遇《そうぐう》すらしてないよね……なんで？」

「いいえ、気づいたら、洞窟に入る前よりレベルが上がっているような気がするのですが」

シオリちゃんに言われてカードを確認すると、確かに少しレベルが上がっているような……

「本当だ、レベルが上がってる……あれ、また上がった？」

「忍者さんが何かと戦っているのでしょうか……」

一応今の私たちは、真の勇者のパーティーに所属しているから、真の勇者や忍者君が倒した敵の経験値も入ってくるんだけど……。でもおじいちゃんは岩の上で瞑想《めいそう》しているし、忍者君は偵察に行っているけど、私たちのレベルが上がるほどの敵と一人で戦っているとは考えにくい。

「お館様、この先に大きな空間があったでござる！　地上に繋がっていると思われる巨大な門も見つけたでござる！」

そして忍者君もここに戻ってきた。だけどまた私のレベルが一つ上がった。つまり敵を倒しているのは忍者君ではないことに……

「アカリ！　またレベルが上がりました、これって！」

真の勇者のパーティー以外で、私たちがパーティーを組んでいる人は一人だけ。

「やっぱりこの経験値、イッキ君！　イッキ君だよ！　イッキ君は生きてたんだよ！」

ステータスカードのパーティー一覧を見ても、他に経験値が入ってきそうな人はいない！

「そうですよ！　イッキは今も生きていて、どこかで何かと戦っているんです！」

あまりはしゃぐと他の勇者たちに怪しまれるから大きな声は出せない。でもこれで希望は繋がった。

何かと戦って経験値を稼いでいるということは、誰かに捕まっているわけではなさそうだし、少なくとも死んじゃってるなんてことはありえない。きっとイッキ君はこの洞窟に逃げ込んで、どこかで今も戦っているに違いない。

ちょうど忍者君が地上に繋がる道を見つけたと言っていたし、私たちも一刻も早く地上に出て……イッキ君ともう一度会いたいな。

会ったら文句を言わなきゃ。もう一人でどっかに行っちゃダメだって。

あとがき

はじめまして、作者のみももも と申します。

この度は本作を手に取っていただき、ありがとうございます。

この作品はもともと、一話完結の短編作品として、とあるWebサイトに投稿《とうこう》したものでした。短編を書いた時点ではキャラクター名すら決まっておらず、私自身も続きを書くつもりはありませんでした。

しかしその後、それではもったいないと感じた私が、ストーリーや舞台となる世界の設定を後から肉付けすることで、少しずつ物語が形作られていきました。本作は、このように普通の物語とは少し違う成り立ちをしています。そのため、物語を書く上では少し不安定な側面もありました。

けれども今思えば、筋立《すじだ》てがなく、先行きの見えない状態から執筆をスタートさせたからこそ、様々なアイデアが生まれ、多くの読者に愛される作品になったのだと考えています。

さて、この作品の主人公であるイツキは、いわば普通の男子高校生です。彼は不良や落ちこぼれというわけではなく、天才や秀才《しゅうさい》でもありません。

真面目に学校に通って、不真面目に授業を聞き流す。やる気に燃えるタイプではないけれど、与えられた仕事はこなす。生まれつき何か才能を持っているわけでもなく、きっと人並みの勇気しか持ち合わせていない、そんなありふれた人間です。

物語の主人公には向かないようなキャラクターたちが、異世界に飛ばされて能力を与えられたらどうなるか。

私は、そんなことを考えながらこの作品を書きました。

彼らが『勇者』として振る舞わないことに、やきもきすることもありました。物語が進まなくて、方針転換を強《し》いられたこともありました。

でも、だからこそ、矛盾《むじゅん》や葛藤《かっとう》を抱えながら戦うキャラクターたちに共感していただけたのではないかと信じています。自作を褒めるのは照れくさいですが、あとがきから読まれている方は、是非本編も読んでみてください。

きっと後悔はさせません。

それでは、叶うことならば、またどこかで会えることを祈って。

二〇二二年十二月　みももも

キャラクターデザインラフ大公開！
アカリ初稿
イツキ調整稿1
(マント無)
シオリ初稿
AS THE LAST-ONE PRIZE

Illstration：寝巻ネルゾ

「銀座編」大好評発売中！
累計650万部（電子含む）突破！
ゲートSEASON1～2
大好評発売中！
コミックス
最新22巻
2022年12月
刊行予定!!
SEASON1　陸自編
単行本
●本編1～5／外伝1～4／外伝+
●各定価：本体1,870円（10%税込）
文庫
●本編1～5〈各上・下〉／
外伝1～4〈各上・下〉／外伝+〈上・下〉
●各定価：本体660円（10%税込）
漫画
漫画：竿尾悟
●1～21（以下、続刊）
●各定価：本体770円（10%税込）
SEASON2　海自編
単行本
●本編1～5
●各定価：本体1,870円（10%税込）
文庫
最新5巻
〈上・下〉
大好評発売中！
●本編1～5〈各上・下〉
●各定価：本体660円（10%税込）

大ヒット
異世界×自衛隊ファンタジー!
ゲート0《ゼロ》
GATE:ZERO
自衛隊
銀座にて、
斯く戦えり
〈前編〉
〈後編〉
柳内たくみ
Yanai Takumi
ゲート始まりの物語
「銀座事件」が小説化!
20XX年、8月某日——東京銀座に突如『門（ゲート）』が現れた。中からなだれ込んできたのは、醜悪な怪異と謎の軍勢。彼らは奇声と雄叫びを上げながら、人々を殺戮しはじめる。この事態に、政府も警察もマスコミも、誰もがなすすべもなく混乱するばかりだった。ただ、一人を除いて——これは、たまたま現場に居合わせたオタク自衛官が、たまたま人々を救い出し、たまたま英雄になっちゃうまでを描いた、7日間の壮絶な物語——
650万部!
自衛隊、ついに状況開始!!
●各定価：1,870円（10%税込）　●Illustration：Daisuke Izuka

ネットで人気爆発作品が続々文庫化！

アルファライト文庫 大好評発売中!!

異世界召喚されました……断る！ 1

俺を召喚した理由は侵略戦争のため……？
そんなのお断りだ！
女神様にもらった成長チートでスローライフさせてもらいます！

K1-M illustration ふらすこ

可愛い&チョロい女神様に貰ったチートスキルで
自由なスローライフを異世界で大満喫！

42歳・無職のおっさんトーイチは、勇者として異世界に召喚された。その際、女神様から、『鑑定』をはじめ多くのチートスキルをもらったことで、召喚主である王国こそ悪の元凶だと見抜いてしまう。王国への協力を断り、国外に脱出したトーイチは数々のスキルを駆使し、自由な冒険者としてスローライフを満喫する！ 「第13回ファンタジー小説大賞」奨励賞受賞作、待望の文庫化！

文庫判　定価：671円（10%税込）　ISBN：978-4-434-31321-9

アルファライト文庫

この作品に対する皆様のご意見・ご感想をお待ちしております。

おハガキ・お手紙は以下の宛先にお送りください。

【宛先】

〒150-6008 東京都渋谷区恵比寿 4-20-3 恵比寿ガーデンプレイスタワー 8F
（株）アルファポリス　書籍感想係

メールフォームでのご意見・ご感想は右のＱＲコードから、
あるいは以下のワードで検索をかけてください。

アルファポリス　書籍の感想　検索

ご感想はこちらから

本書は、2020年6月当社より単行本として
刊行されたものを文庫化したものです。

ギフト争奪戦《そうだつせん》に乗《の》り遅《おく》れたら、ラストワン賞《しょう》で最強《さいきょう》スキルを手《て》に入《い》れた 1

みももも

2022年 12月 31日初版発行

文庫編集－中野大樹
編集長－太田鉄平
発行者－梶本雄介
発行所－株式会社アルファポリス
〒150-6008東京都渋谷区恵比寿4-20-3恵比寿ガーデンプレイスタワー8F
TEL 03-6277-1601（営業） 03-6277-1602（編集）
URL https://www.alphapolis.co.jp/
発売元－株式会社星雲社（共同出版社・流通責任出版社）
〒112-0005東京都文京区水道1-3-30
TEL 03-3868-3275
装丁・本文イラスト－寝巻ネルゾ
文庫デザイン―AFTERGLOW
（レーベルフォーマットデザイン－ansyyqdesign）
印刷－中央精版印刷株式会社

価格はカバーに表示されてあります。

落丁乱丁の場合はアルファポリスまでご連絡ください。

送料は小社負担でお取り替えします。


ISBN978-4-434-31320-2 C0193